負けくらべ

志水辰夫

Shimizu Tatsuo

小学館

負けくらべ

1

先ほどまでぶつぶつぶつぶやいていた独り言が聞こえなくなったかと思うと、鼾《いびき》に変わった。

三谷孝《みたにたかし》は読んでいた本のページをめくりながら、目の端で隣のベッドをうかがった。

生方幸四郎《うぶかたこうしろう》がふんぞり返った格好で寝ていた。

大口を開けている。顎を突き出し、呼吸するたび、胸が上下動する。

息遣いのたび、立てる物音が耳障りだった。起きていようが寝ていようが、いちいち騒々しい人物だ。

窓の外に、杉並区ゴミ焼却場の大煙突が見えている。

入院しているのは、同じ区内の総合病院で、三谷は定期健診のため、二日間入院していた。

相部屋となったのが、生方幸四郎だったのである。

生方の病名は膵臓《すいぞう》の慢性疾患とあったが、鼻も悪いようで、しょっちゅう詰まらせては、悲鳴のような咽頭音《いんとうおん》を発した。

気分のよいときは上体を起こし、辺りを見回してため息をついていた。

そのときも、据《すわ》りの悪い首がふらふら揺れた。

目を落ち着かなそうに左右へ走らせ、眼球がときどきひっくり返っては、白目になった。

内臓の具合もよくないようで、腹のごろごろ鳴る音が隣のベッドまで聞こえてきた。

ときたま放屁《ほうひ》をした。大きな音が出ると、うれしそうに、にたぁと微笑《ほほえ》んだ。

腕や手指は痙攣《けいれん》が止まらず、ぶるぶる震えていた。

その手で、薄くなった髪を撫《な》で上げた。

顎や無精ひげをまさぐった。

できることはなんでもした。長つづきするものはひとつもなかった。

高鼾をかいていたかと思うと、突然咽《のど》をひゅっと鳴らし、びっくりして飛び起きた。

おびえ切った目をしていた。

首をすくめて周囲を見回し、なにごともないとわかると、なにくわぬ顔にもどった。

三谷とはまったく目を合わせなかった。

後から入ってきたわけだから、最初の挨拶くらいはするつもりだったが、生方は三谷が見えているという態度すら示さなかった。

しゃべれないわけではなく、巡回に来た看護師とはことばを交わしたり、質問に答えたりした。

三谷に対しては、無視する以前の振る舞いで押し通した。

焦点の合わない目をときたま向けてくることはあったが、それはたまたまこっちを向いたからだった。

生方幸四郎は五十九歳、もとは外務省で三十数年事務官を勤め上げたエリート官僚である。五十二歳のとき外郭団体の海外国際事業団に出向し、昨年五十八歳まで在職していた。定年前に退職したのは、奇行や奇声がひどくなり、業務に支障が出はじめたからで、関係者が協議の上、強制入院させたのだった。

当初は多摩の青梅《おうめ》にある精神疾患者を対象とした専門病院に入院していた。

生方は入院させられるとわかったとき、尋常《じんじょう》でない拒絶反応を起こし、暴れ狂って、いかなる診察もさせなかった。

興奮と激情のあまり呼吸困難を起こし、酸素吸入器の世話になったこともある。

入院後も診察は拒否、採血すらさせようとしなかった。

注射針を恐れること幼児のごとく、泣き叫んで、医師があきらめるまで抵抗しつづけた。

都内のこの病院へ転院してきたのも、青梅の病院が匙《さじ》を投げたからだという。

病室は六階の端っこにある一般病棟だった。部屋はふたり部屋で、生方が収容されたときは、誤嚥性肺炎《ごえんせいはいえん》で入院中の老人がいた。

病室には朝夕二回、院長と看護師が巡回してくるが、形式的なものに過ぎず、生方のベッドには足も止めなかった。

病院側からなにも強制されないとわかると、生方ははじめておとなしくなった。むしろ無気力、無反応となり、まったく手のかからない患者になった。

この間、病室に生方を訪ねてきたものは、職場、家族、知人も含め、ひとりもいない。

入院して二日後、同室だった老人が退院し、生方はひとりになった。

そのつぎの日に、三谷が入院してきたのだ。

ひと晩を一緒に過ごした翌日の午後、見回りに来た師長が三谷に向かって言った。

「三谷さん、三時になったら九階の個室が空くそうですけど、どうされますか。明日退院される方にこんなことを言うのも、なんですけど」

「今夜ひと晩ですか」

「ごめんなさいね。クラスター騒ぎで、最悪のタイミングだったんです」

「パソコンの調子が悪くて、やっと安定してきたところなんです。今夜ひと晩くらいでしたら、このまま我慢しますよ」

「すみませんねえ。そう言っていただけると、こちらも助かります」

その日も、午後九時の消灯時間まで、三谷はパソコンでネットにふけっていた。

翌日午前、手続きを終えて退院することになった。

出て行くときも生方に挨拶はしなかった。

最後に見たとき、生方は口を開けて眠っていた。

病院からはタクシーで、阿佐谷《あさがや》にある自宅へ帰った。

手荷物を片づけてから、青柳静夫《あおやぎしずお》のところへ電話した。

「三谷です。ただいま退院してきました」

「どうもご苦労さまでした。ろくでもない用ばかりお願いして、すみませんでしたね。生方に圧力をかけるため、病院側にお願いして、いろいろ小細工してもらいましたが、不自然ではなかったですかね」

「みなさん口裏を合わせてくれましたよ。とはいえ、圧力になりましたかね。わたくしが病人でないことぐらい、向こうもわかっていたと思います。泣いたりわめいたりこそしませんでしたが、演出過多が常態になり、もとにもどれなくなって苦しんでいる感じを受けました。なにもしないでほったらかしにされた方が、かえって不安になるんじゃないかと思います」

自分のことばが有罪の決め手となったり、推測の根拠として利用されたりすることのないよう、できるだけ断定的な言い方はしないようにしている。

だが生方の場合は、自分がいかに正常でないかを強調するあまり、これでもか、これでもかと、演出が過剰すぎた。

厚化粧に厚化粧を重ねる手法が、引っ込められなくなっているのだった。

「わかりました。審査会にそう伝えて、なんらかの措置を取ってくれるよう進言しておきます。本当にありがとうございました」

青柳から丁重な礼を言われ、これで今回の仕事は終わった。報告した段階で終わりなのである。

青柳は内閣情報調査室を定年まで勤め上げ、現在はその外郭団体である東亜《とうあ》信用調査室という会社の運営を任されている。

三谷はその青柳から頼まれ、今回のような依頼を、協力というかたちでときどき手伝っている。

義務でもなければ雇用でもない、単なる協力だから、自分の考えを報告した段階でその仕事は終わりだ。

生方の話題は以後出てくることはないし、三谷の助言がどのように生かされたか、結果を通知してもらうこともない。

それが今回に限り、いくらか展開がちがった。

五日後、生方が病院から失踪したという報《しら》せを、青柳からもらったのだ。

生方が自分の意志で逃亡したのか、第三者の手引きがあったのか、青柳は明らかにしなかった。

三谷が入院してきたことで生方が追い詰められ、逃亡を決意させる引き金になったと、余計な気遣いをさせたくなかったのかもしれない。

当局の監視下に置かれている人間が逃走した責任は青柳の領域であり、三谷が問われるべき事項ではないからだ。

十日後、生方幸四郎の水死体が、浅草橋近くの神田川で発見されたというニュースはテレビで知った。

それについての青柳のコメントはなかった。

2

若芽の匂う五月になった。

コンクリートの袖壁に『財団法人東輝《とうき》記念財団』『株式会社東輝クリエイティブ』ふたつの社名がブロンズ板で嵌《は》め込んであった。

どういう企業か知らなかった。奥に見えている社屋は、中学校の校舎みたいな素っ気ない四階建てビルで、やや離れた木立の中に、周囲と釣り合いの取れていない仏堂のような木造家屋が見えていた。

建物のうしろに盛り上がっているのは、緑におおわれた里山だ。

三谷は先月来たときから、この緑地に目をつけていた。それで今回ははじめから、集音器つきレコーダーを用意してきた。

里山といっても標高はせいぜい二十メートルくらい。面積は数町歩ありそうだが、前面から見た感じでは、里山全体がオフィスの敷地になっているようだ。

フェンスに沿って裏に回って行くと、敷地の境界が不自然に凹《へこ》んでいた。手前が建売住宅の団地になっている。一戸当たりの敷地が十数坪しかない、縦に長い二階建て住宅が二十戸ばかりひしめいていた。

フェンスの一部が破られている。

金網を剝がして侵入した形跡と、それを繕った跡が残っており、繕う方が根負けしたらしく、いまでは人が入れるくらいの穴が空いていた。

子供らが遊び場をフェンスの向こう側に求めたとしても、同情したくなる環境格差になっている。

里山から鳥のさえずりが聞こえてきた。

胸がぞくぞくしてきた。

東京界隈《かいわい》ではまず聞くことがないクロツグミの声だったのだ。この里山に目をつけたのは、やはりまちがいではなかった。

腰をかがめ、破れ穴から塀の内側に入った。心強いことに、侵入した人間の踏み跡が、道となって林へ分け入っていた。

クロツグミがまた啼《な》いた。つがいで啼き交《わ》わしている。

ポケットから集音器つきのレコーダーを取り出し、セットした。

三谷のバードウオッチングは、音声の収録のみである。カメラはなしだ。写真は即物的すぎ、イメージの醸成を阻害すると固く信じている。

集音器をかざしながら林の中に入った。

踏み分け道はすぐ消え、自然林になった。

いい森だ。カシやシイの常緑樹が多く、林はほの暗い。下草が育たないからその分歩きやすく、地面の感触もよいのだ。

名残の山桜が咲いていた。

ヒヨドリも啼いている。

クロツグミの声がしなくなった。

耳をすませていると、ちがう声が聞こえてきた。

霊長目ヒト科メスの啼き声だった。

鼻にかかった声と息遣い、場違いなところに侵入してしまったようだ。

シイの木の下で、男が女を組み敷いていた。丸出しにした男の尻が、ピストン運動を繰り返している。

高く上げられている女の足は靴を履いたままだ。

三谷はきびすを返した。

力ずくという感じでなかった以上、他人が出る幕ではない。

もとのところへもどろうとしたら、またクロツグミの声が聞こえた。

啼きながら移動している。

それでまた引き返そうとしたら、咎《とが》められた。

「なにをしているんですか」

振り返ると五十年配の女が立っていた。黒いオフィススーツ、足下が黒いパンプスと、黒ずくめの扮装《ふんそう》だ。

三谷は愛想笑いを浮かべながら、頭上と集音器を指さした。

「クロツグミに誘われましてね」

「どこから入ってきたんですか」

「そこからです」

破れ穴の方向を指さした。

「立ち入り禁止の文字を見なかったんですか。ここは私有地です」

そういえば立て札らしいものが引っこ抜かれていた。

「気がつきませんでした。クロツグミの声が聞こえたものですからね。つい夢中になってしまいまして」

「フェンスを繕っても繕っても、すぐ壊されてしまうんです。子供の仕業じゃありませんよ。大人が押し入って来るんです。以前はカタクリも自生していたんですけどね。まったくなくなってしまいました」

「いいことを教えてあげましょうか。マムシに注意という立て札を立てておくといいですよ。ときどき文章を変え、日時など入れるとより効果があります」

「それはご親切にどうも。だからといって、おたくの不法侵入を認めるわけではありません。速やかに出て行ってください」

「わかりました。すぐに出て行きます」

一礼して立ち去ることにした。

女がうしろから見守っていた。しかしついてまでは来なかった。

振り返ったときは見えなくなっていた。

それでまた向きを変え、左の林へ潜り込んだ。

そちらでクロツグミがさえずっていたのだ。求愛の啼き声だったから、簡単には引き下がれなかった。

「おう、こっちこっち、こっちに来ましたよ」

ちがう方角から声が聞こえてきた。

シイの林から男が出てきた。

さっき見かけた男だった。いまはズボンをはいていた。背丈が百九十近くありそうな大男だ。

憑《つ》き物が落ちたみたいな、さっぱりした顔をしていた。

「あれがそうでしょう、ほら、あそこ」

林の一郭《いっかく》を指さした。

粗野ではなかったが、かといって風格を感じさせるほど品位もなかった。身近なところで思いつくなら中学校の教頭クラス、物怖《ものお》じしない厚顔は手に入れているが、成熟はしていない。その割に威圧感のないのが意外だった。

「さっきから、同じところを行ったり来たりしてます。この森に棲《す》みついてるんだったらうれしいけど、なんという鳥ですか」

「クロツグミです。だいたいが山の鳥でして、こんなところで啼いているのは珍しいんです」

「そうですか。ふつうのツグミならわかるんだけど」

「似てますよ。雄は黒いからすぐわかります。あそこ、チャッチャヤッと地鳴きしながら梢《こずえ》を渡ってるのがいるでしょう。あれが雌です」

ふたりして二羽が移動している方へ自然に向かった。さっきのシイの木があった。

女はいなくなっていた。

男は四十前後、図体《ずうたい》相応に顔が大きく、目鼻立ちが大まかで、ひげなし、頬全体がつやつやしていた。いかつさがないのは、声もソフトだからである。

「似たような啼き声でしたら、去年何回か聞いたんですけどね。あの声に口笛を吹いてるような、ヒューヒューという啼き声が混じるんです。はじめて聞いたので、以後気をつけていたんだけど、それからは見てません。今年は一度も聞いてないんです」

「どこで啼いてたんですか」

「カラマツ林でした」

「とすると、ここじゃありませんね」

「ええ。山梨の山荘にいるときでした」

「いつごろでした」

「去年の、いまごろでしたかね」

男はそう言うと口をとがらせ、口笛で啼き真似《まね》をしようとした。口笛はそれほどうまくなかった。

「海を渡ってきた迷い鳥かもしれません。いまの時期でしたら珍しくないんです」

男が林の中をきょろきょろ見回した。

「あ、いました。ほら、あそこ。たしかに二羽います」

男が手を上げて追おうとしたから、あわてて止めた。

「ストップ。それ以上は行かない方がいいですよ」

三谷は男を引き止め、真剣な顔になって木立の上を見上げた。

「ちょっとたしかめて来ますので、そこを動かずに待っててもらえますか」

と言うなり、身をかがめて林の中に入って行った。痩せた松の木やアオキ、サカキなど、常緑樹の混じった小枝の多い林になっていた。

間もなく顔をのぞかせて、男を手招いた。

「見つけました。こちらへ来ていただけますか」

三谷が指さしたのは、花びらを散らしているヤブツバキの梢だった。

「この真上に、二股になった枝が見えるでしょう。その枝に隠れて、ピンポン球くらいの大きさの丸いものがありますけど、見えますか」

「どれどれ、あ、わかりました。あの灰色の玉ですね。葉っぱで半分しか見えませんけど、なんですか」

「スズメバチの巣です。この春分封《ぶんぽう》した女王蜂が、あたらしい働き蜂を連れて構えたばかりの新居ですね。働き蜂の数もまだ少ないし、動きも活発ではありませんが、気温が上がってくると急速に数を増し、巣も大きくなります。ひと月でメロンくらいの大きさに、二、三ヶ月でサッカーボールやバスケットボール大に成長します。いまのうちに業者を呼んで、取り除いたほうがよいでしょう」

「そうですか。早速、係のものに伝えておきます。しかしぼくは、スズメバチの羽音なんか、全然聞こえなかったんですけど」

「田舎《いなか》育ちなものですからね。スズメバチの怖さはよく知っているんです」

木立が切れると、前方に建物が姿を現した。

先刻見たオフィスビルの裏手に出ていた。建物の中央に、裏口の通用門が見える。

「帰りは、こっちから出て行ってかまいませんか」

「ええどうぞ。どこからおいでになったんですか」

「家は阿佐谷ですが、今日はその先の聖光園《せいこうえん》という介護施設に仕事で来たところでした。車はそちらに止めてあります」

「聖光園？　はじめて聞いたな」

「道路を挟んだ百メートルほど先に、屋根瓦がコバルトブルーの、二階建ての建物があるでしょう。介護が必要になったお年寄りを収容している民間の介護施設です。古くからの友人が入所しましてね。先月から慰安がてら、会いに来はじめたところでした。そのとき、ここの森が目についたものですから、今日ははじめから森をひと回りしてみるつもりだったんです。そしたらフェンスに穴が空いてたものですからね。つい中に入ってしまいまして」

と言い訳じみたことを言ったのだが、男は全然気にしなかった。

「すると、その介護施設で働いておられるわけじゃないんですね」

「ちがいます。わたくしと妻の同僚で、なおかつ先輩、これまでいちばん世話になってきた女性が入所されているんです。まだ介護が必要なほど病は進行していないので、お見舞いというより、おしゃべりに来ているようなものですけど」

「その介護施設、いわゆる認知症の方なんかが入っておられるんですか」

「そうです」

「とすると、あなたはそういう方の介護に関係なさっているご職業なんだ」

「はい。介護士をやっております」

「唐突かもしれませんけど、よろしければぼくのところで、お茶でも飲んで行きませんか。介護士というご商売について、いくつかお聞きしたいことがあるんです」

「わたくしなんかが入って行って、かまわないんですか」

「どうぞどうぞ。遠慮するようなところじゃありません」

そのときは男が、ここでかなり上位の職員らしいと見当がついていた。物言いに陰りがなかったし、どちらかといえば一方的でもある。陽《ひ》の当たるところしか歩いたことのない人間特有の、押しつけがましさも持っていた。嫌味がないだけなのだ。

裏の入口から入って行くと、ホールに出た。

エレベーターが二基あり、制服を着たガードマンが執務していた。当然こちらを見たが、なにも言わなかった。

ホールの左手に延びている廊下を、男について歩いて行った。

外観に見合うほど内部は新しくなかった。廊下の左右に部屋が並ぶ構造といい、天井から吊《つ》り下げられている蛍光灯といい、様式そのものが古めかしい。築後三、四十年はたっている。それもかなりの安普請だった。

英語でSECRETARYと表示されている部屋に案内された。

デスクが三つ並んでいた。右のデスクの上に大型ディスプレイが二台設置され、マスクをした中年の女がマウスを使っていた。

ふたりを見ると立ち上がってこちらへ来た。にっこりするほど愛想はよくなかったが、おどろいてもいなかった。さっき無断侵入を咎めてきた女だった。

「お客さんをお連れしましたから、お茶をお願いします」

男は女に言い、三谷には傍らのソファを手で示した。

ここで名刺を交換した。

大河内《おおこうち》牟禮《むれ》、東輝記念財団、東輝クリエイティブ理事長とあった。

ここの親玉だったのだ。

三谷の名刺は、三谷ホームサービスという社名しか入っていない。所在地は高円寺、代表電話番号もひとつである。

社名の横に、訪問・出張介護、デイケア、入浴サービスなど、業務内容が無骨なゴシック文字で書き連ねてある。品格ゼロ、泥臭さ丸出し、底辺中小企業感満載の名刺なのだ。

「少々お恥ずかしい名刺ですが、業務内容を知ってもらうことが第一ですので、こういうかたちになっております。会社の方は、昨年六十五歳になりましたので、ひとまず手を引き、娘夫婦に経営を任せました。現在は個人資格で同じことをやっております」

と、もう一枚の名刺を差し出した。こちらはメンタリストという肩書きしか入っていない。

大河内はどちらの名刺にも動じなかった。

「ということは、個人経営ができるほど、需要があるということですね」

「それもありますけど、介護のような量的に測れない仕事を企業として引き受けますと、ここまでしかできないみたいな、限界がどうしても出てくるんです。数量で表せない仕事を、金銭で測らなければならないやましさみたいなものを、ずっと感じつづけていました。それで、できたらひとりで、納得できる介護をやってみたいと思い、会社を離れたのを機会に、はじめたのです」

「立ち入った質問になるかもしれませんが、三谷さんが経営なさっていたころの会社は、どれくらいの規模だったんですか」

「パートを含めて十二、三名でした。十五名を超えたことはありません」

「介護業務というと、下の世話もしなきゃならんでしょう」

「もちろんです」

「いまどきそんな仕事に、よく人が集まりますね」

「わたくしのような汲《く》み取り便所で育ってきた世代には、排泄物《はいせつぶつ》に対する抵抗感はそれほどありません。必要なものを体内に取り入れ、用済みになったから排出したというだけ、要は食べかすです。生まれたときから水洗だった世代は、はじめのうちはつらいようですが、慣れたら平気になります」

「どうしてこういう仕事をされるようになったんですか」

「はじめてついたのが、この仕事だった、というより、ほかの仕事にはついたことがないんです」

「するともう四十年ですか」

「いえ、五十年になりました」

明らかにびっくりしていた。実務経験五十年と聞いて、頭が混乱したようなのだ。

「子供のころ、近くに養老院がありまして、そこのお年寄りが唯一の話し相手であり、お友だちであったという時代から計算すると、五十年になります。お年寄りの頼まれごとをしてあげたり、用足しをして駄賃をもらったりしていたのが、その後の人生を決めてしまいました」

「まえまえから疑問に思っていたことなんですが、認知症は病気ですか」

「わたくし自身は、必ずしもそうではないと思っております」

「ずばり聞きます。治りますか?」

「治りません」

「やはりね。じつはぼくのおやじが、最後は明らかに認知症だったんです。そのころは、そんな呼び名じゃありませんでしたけどね。お終《しま》いのころは息子の顔もわからないほど呆《ぼ》けて、垂れ流しでした。人間最後は、自分のつけを払いながら死んでいくんだなと、そのとき思ったことです。年を取ると頭の働きも鈍ってくるから、呆けてくるのはある程度仕方がない。ただ社会としては、治療可能な病気ということにして需要を喚起した方が、世の中を停滞させない。むしろ景気をよくさせる。四方が丸く収まるということになるんですね」

「おっしゃる通りだと思います。時代の流れは、そちらに向かっているようです」

「そうでしょう。そうして特効薬が開発され、開発した学者はノーベル賞をもらい、膨大な金が動いて、世の中は活性化する。それから何十年かたってしまうと、あの薬は効果がなかったという事実が明らかになり、薬は指定薬から外され、偉大な先覚者の名も忘れられる。だがそのときは新しい薬が開発されているから、だれも困らない。いつだってその繰り返しなんです」

「その通りだと思います」

「ですよね。それに横槍《よこやり》を入れる方が、まちがってるということになるんです」

と意気投合しかけていたところへ、先ほどの女性がやってきた。

「ブラッドフォードさんからお電話です」

失礼、と言って大河内は席を立ち、奥の部屋に入って行った。ドアの英語はPRESIDENTと表記されていた。

3

女性がコーヒーを出してくれた。

「アメリカからの国際電話なんです。ブラッドフォードさんとおっしゃる方で、ハーバード大学時代の恩師だそうです。ただ、この方と話しはじめると、なかなか終わらないんですよ」

「わたくしはかまいませんので」

と返事すると女性はデスクにもどり、仕事を再開した。ディスプレイに向かい、手慣れたスピードでキーボードを叩《たた》いている。

「恥ずかしい質問をしますが、ここはなにをなさっている会社ですか」

「ＩＴ関連のベンチャー企業です。コンピューター・ソフトの開発や施行、システムの変換などを主な業務にしてます」

「表門には東輝記念財団という名も出てましたが」

「財団がここの家主なんです。クリエイティブは店子《たなこ》。いまでは店子の方が大きくなって、職員の九割以上がクリエイティブの社員になってしまいました」

「林の中にお堂のような建物もありました」

「ここ、もとはお寺さんだったそうなんです。文殊堂《もんじゅどう》はいま残っている、当時の唯一の建物だと聞いております。理事長のお父さまが、ここを買いもどして再建なさったんだそうです。そのとき、もう宗教の時代でもないだろうと、宗派を問わない瞑想《めいそう》道場として再スタートされたと聞いてます。二階に資料室がありますから、そちらをご覧になったらよくわかると思います」

「そんな施設に、外部の人間が勝手に入っていいんですか」

「かまいませんよ。二階のラウンジまででしたら、どなたでも入れます。フリードリンクも置いてありますから、どうぞ」

そのときドアをノックして、女性がひとり入ってきた。ショルダーバッグを肩にした大柄な女だった。

「お先に失礼します」

「はい、どうも。ご苦労さま」

女は三谷に目もくれず、ドアを開けて出て行った。

優雅なビジネススーツを着こなしていたが、さっき見たときはシイの木の下で高々と足を上げていた。

「ご案内しましょうか」

女は席を立ってくると、自分の名刺を差し出した。白木華乃《しらきはなの》、秘書室長とあった。にこりともしない。仕事の邪魔になるから追い出したいようなのだ。

「見学される方はタグが必要です。事務局でお渡ししますから、こちらへどうぞ」

先に立って部屋を出た。後からおとなしくついて行った。

GENERAL　MANAGERと表示された部屋に案内された。

ごま塩頭の五十代の男が、眼鏡《めがね》を額に載せて書類に目を通していた。

「ごめんなさい。理事長のお客さまなんです。お話ししている最中に、ブラッドフォードさんから電話がかかってきたものですから。資料室へご案内しようと思いまして」

「それは、それは、どうも。事務長の白木でございます」

男は愛想よく顔をほころばせ、腰を浮かせた。もらった名刺の名は白木高典《たかのり》。華乃の口の利き方からすると、夫婦ではないかと思った。

タグをもらい、華乃に連れられて二階へ上がった。

エレベーターを降りると正面がラウンジになっていた。

おどろいたことに、一階と二階では雰囲気ががらっと変わった。

建物が新しく、明るく、なにもかも新品だった。どうやら古い建物の上に、二階から上を継ぎ足したようだ。

「このラウンジと、そこから東に延びる廊下まではどなたでも入れます。資料室もそこにありますし、その先はメディテーションルームになってます。しばらくここで時間をつぶしててくださいますか。電話は、長くても三十分あれば終わるでしょうから」

そう言うと、さっさと行ってしまった。

捨てられても仕方がない立場だから、おとなしく資料室へ暇をつぶしに行った。

東輝ホールディングスグループという一部上場企業六社からなる組織図が、壁にでかでかと掲示されていた。

事業内容は貿易、金融、証券、信託、保険となんでもありだ。東輝ファイナンスという会社が中核となっており、各社とも本社は都区内にある。

組織図の末端に東輝記念財団の名があった。所在地が稲城《いなぎ》市になっているのは財団だけだ。

だが東輝クリエイティブは、設立が新しいのか、どこにも名が出ていなかった。

創業はそれほど古くない。最古参の東輝ファイナンスで一九五二年の創業とあるから、戦後に勃興した企業グループである。

沿革史をたどっていると、東輝ファイナンスの前身は東輝商工金融と小さい活字で表示されていた。それでどういう出自だったか、ようやく思い出した。

スタートはサラ金だったのである。

そういえばグループの創設者とされている大河内東生《とうせい》の名に記憶があった。

いまでは完全に忘れ去られているが、毀誉褒貶《きよほうへん》のはなはだしい、というより悪評しか聞いたことのない有名人だったのだ。政財界で疑獄や贈収賄事件が持ち上がるたび、必ず名が出てくるフィクサーだった。

東生は経済活動もさることながら、放埒《ほうらつ》きわまりない私生活で知られていた。実子四人全員母親がちがうとかで、後継者や遺産分配を巡って泥仕合が演じられ、マスコミの餌食になったことも何度かある。

逮捕検挙されたこと数回、晩年にはとうとう懲役四年の実刑判決を受け、服役している。それが命取りになったか、以後表舞台に登場することはなく、そのまま消えてしまった。

亡くなったときは完全に忘れ去られており、手がけてきた会社もほとんど人手に渡ったと聞いている。むしろ六社も残ったのはよい方だろう。

メディテーションルームは和室になっていた。部屋の二面が壁に向かって高床となっており、莫蓙《ござ》敷き、薄い座布団が六つ等間隔で並べられている。ここに坐《すわ》り、座禅を組んで、瞑想にふけるということのようだ。

ほかに教室と、二百名ぐらい収容できる小ホールがあった。

ひと回りしてラウンジにもどった。

最近の企業ではよくあるカフェテラス方式になっていた。木製テーブルに背もたれつきのチェア、明るく、カラフルで、スマート、居心地もよさそうだ。

フリードリンクもコーヒー、紅茶、日本茶、清涼飲料水と数種類から選べる。自分で紙コップに入れるセルフサービス方式で、ラウンジの収容人員は三、四十名ぐらい、建物から見て全社員合わせて二百名ぐらいの規模ではないだろうか。

時刻は三時を過ぎたところだった。ラウンジも食堂部門はお終いらしく、厨房《ちゅうぼう》では片づけや洗いものがはじまっていた。

テーブル席にはまだ七、八名のグループが残っていて、笑い声がはじけていた。談論風発、和《わ》気藹々《きあいあい》とした雰囲気だ。いずれも研究職らしい白衣姿で、二十代から三十代前半とみな若かった。

それぞれ首からタグをぶら下げていた。

人種、国籍はまちまちだ。白人、黒人、東南アジア系、インド系と、グローバルである。話していることばは英語、当然三谷は皆目わからなかった。

グループから離れ、黙々とハンバーガーを食っている男がひとりいた。

三十すぎ、小太りというよりどてっとした体躯《たいく》で、見るからに敏捷《びんしょう》性に欠け、首や手足まで短く見える。談笑グループと比べたら、目鼻立ちというか、顔の引き締まり方が明らかにちがった。この男だけのっぺりして、茫洋《ぼうよう》とした顔つきなのだ。

男が食っているのは、外から買ってきたと思われるハンバーガーだった。それにフライドポテトをつまみ、コーラをがぶ飲みしていた。

三谷は窓際の席に腰を下ろし、紙コップでコーヒーを飲んでいた。

そこへ華乃がやって来た。

「ごめんなさい。電話の話し相手が増え、リモート会談になったみたいなんです。大学時代の恩師というだけじゃなくて、ブッシュ大統領時代に国務次官補までやられた方だそうでしてね。八月に日本へ来られることが決まってるんです。そのせいで、このところますます電話の回数が多くなって」

「わたくしはかまいません。お話を聞いてるだけで、わたくしなどとは次元のちがう方だということが、よくわかりました。ちがうところでお目にかかっていたら、ことばを交わす機会さえなかったでしょうね」

「小学生のときからアメリカへ行かれ、二十数年向こうで過ごされたそうで、独り言を言っても英語が出てくるんだそうです。わたしたちとは頭の構造がちがいます」

と言っていたところへ、彼女に電話がかかってきた。華乃はごめんなさいと席を立ち、しばらく外に出て話していたが、もどってくると言った。

「まだ終わってないみたいなんです。どうしましょう、もう一時間になりますが。こんなこと、いままでなかったんですけど」

「でしたらわたくしは、そろそろ引き揚げさせていただきますよ。これから月に一度、この近くに参りますのでね。おかまいなかったら、またうかがいます。ありがとうございましたと、理事長さんにお礼を申し上げてください」

「そうですか。追い立てるみたいで、すみませんね。理事長の意向次第では、あとでまたお電話を差し上げますので」

タグを返し、一階に下りて玄関に向かった。華乃は玄関先まで送ってきた。

「理事長、ふだんはかなりぶっきらぼうでしてね。人当たりのよい方ではけっしてないんですが、外部の方と、これほど楽しそうに話されているのははじめて見ました」

と言ってから笑みを引っ込め、冷たい声にもどって言った。

「それから、今日ご覧になったことは、ご自分の胸だけにしまっておいてくださいね」

なんだ、面倒見がいいと思ったのは、三谷に釘《くぎ》を刺すためだったのだ。華乃の仕事の何分の一かは、大河内の身辺を監視することだったのだと、いまになってわかった。

正門前に出て川崎街道を横切り、聖光園の駐車場にもどった。

場所としては府中から多摩川にかかっている是政橋《これまさ》を渡ってすぐ、稲城市に入ったとっつきになる。近くに稲城市立病院があり、背後には元米軍の弾薬庫だった広大な緑地が広がっている。

駐車場まで行くと、二階にある寺前遼子《てらまえりょうこ》の部屋が見えた。遼子が窓辺にいたら見えるはずだが、いまは見えない。

妻素子《もとこ》のかつての同僚で、先輩、三谷にとっても同じだった。明朗、闊達《かったつ》、仕事が大好きで、世話好き、欲というものが全然ない女性だった。

気がついたら八十を過ぎており、とうとう結婚する間がなかった。

二年前まで現役として働いていた。

まだまだつづけられるつもりでいたが、だんだんミスが多くなり、これ以上現役に固執したら周囲が迷惑すると悟り、自ら身を引いて施設に入った。認知症を発症しているのが自分でもわかったのだ。

昨年までは八王子郊外の民間施設にいた。

三谷と素子は月に一回施設を訪ね、そのたび数時間、彼女の部屋で過ごしていた。

そこへコロナ騒動が持ち上がった。

遼子が入居していた施設でもクラスターが発生、外部からの訪問は禁止された。

それで新たな落ち着き先を探し、先月こちらへ移ってきたのだった。

遼子の認知症はゆるやかだが確実に進行していた。

今日は一度、三谷をだれかとまちがえた。それを指摘するとおかしがって、三谷の肩をがんがんぶちながら、身をよじって笑い転げた。

明るくて陽気な、認知症だった。自分たちも認知症になるなら、このようになりたいといつも思う。

是政橋から府中へ出て、甲州街道を走りはじめると、電話がかかってきた。

路肩に車を止めて、電話に出た。

聞こえてきたのは白木華乃の声だった。

「すみません。三谷さんがお帰りになったあとすぐ、電話が終わったんです。いま、いいですか」

三谷が帰ったと聞いて大河内はひどくがっかりしたそうだ。ぼくの客なんだから、もうすこしお相手してくれたらよかったのに、と嫌味を言われたとか。

電話してきたのは、大河内がぜひまた会いたいと希望しているからで、あらためて三谷の都合を聞いてきたのだった。

今日は木曜日である。

三谷はいま、週に三日個人介護の仕事が入っていた。曜日でいえば月、水、木が仕事、火曜と金曜が空いていた。

その旨を伝えて協議した。

結果、明日金曜日、大河内が社長をしているもうひとつの会社、大河内テクノラボの本社がある飯田橋オフィスへ、三谷の方から訪ねて行くことにした。

4

翌金曜日の朝、三谷は飯田橋へ向かう前に、地下鉄半蔵門《はんぞうもん》駅からほど近い番町《ばんちょう》センタービルに向かった。英国大使館の裏手にあるオフィスビルである。

名前を聞くと瀟洒《しょうしゃ》な建物を想像するかもしれないが、実物は築五十年を過ぎた薄汚い雑居ビルだ。七階建ての建物に、あまり聞いたことがない団体や企業が二十数社入っている。入口には守衛が常駐し、訪問客は名を告げて、取り次いでもらわなくてはならない。常連訪問者でも、毎回同じ手順を踏まされる。

青柳静夫のオフィスは東亜信用調査室というのが正式な社名で、ほかにも平河町《ひらかわちよう》TSK、中西政策懇談会と小さく書かれた名前も並記されている。二年前にはじめて来たときは、平河町なにがしという名称はなかった。

オフィスは四階フロアのほぼ半分を占めており、ビル内の会社としては大きい方だ。だが室内は細かく仕切られ、見通しはきかず、人の出入りも多くはない。いつ行ってもひっそりしている。中へ入ってすぐにあるガラス張りの大きな部屋が、青柳の執務室だった。社内でいちばん大きな部屋で、デスクと椅子、ソファまで合わせると十数人は入れる。

青柳はいつ行っても積み上げた書類の底で、埋もれそうになりながら仕事をしていた。ディスプレイ、パソコン、アンプ、マイクロフォンなど電子機器が一通りそろっているのだが、青柳のデスクは紙の山なのだ。三谷もそうであるように、生粋《きつすい》のアナログ人間なのだった。

「やあ、ご苦労さま、お呼び立てしてすみませんね。いつも雑用ばかりお願いして、内心忸怩《じくじ》としているんですよ。わたしの仕事そのものが、煩瑣《はんさ》で、些末《さまつ》なものばかりだから」

といかにも言いにくそうに、ぎこちない言い訳をするのだが、それで行動がいくらかでも改まるかというと、まったくそんなことはなかった。

今回も昨夜電話がかかってきて、いきなり呼び出された。

青柳は七十四歳、三谷より八歳年上だ。定年まで内閣情報調査室に勤め、いまは第二のご奉公の身である。このオフィスも、もとはだれかがやっていたものを、部下ごと受け継いだもので、数年後には彼もそっくりまた、だれかに引き渡して去って行くことになる。

これまでずっと上から目線でものを言ってきた人間だから、その癖は外部の人間に対しても変わらない。

「今日はちょっと、見分けてもらいたいものが出てきたんだよ」

前置き抜きでいきなり用件を言いはじめた。青柳は椅子を滑らせて隣のデスクへ移り、マイクロフォンを引き寄せた。

「Mさんがお越しになった。写真を映してくれないか」

ここでの三谷は、Mさんと呼ばれている。外部の協力者を実名で呼ぶことはないのである。

前に置かれていた四十インチクラスのディスプレイふたつに、画像が映し出された。

ふたつとも、どこかのホールの客席が映し出されていた。講演会のようすを収めたものだ。

会場はちがうようだが、客席数は四百前後とほぼ同じ、客の入りは右が九割、左が七割くらいだ。ともに舞台の上から撮影されており、客層はほとんどが成人男性、女性は数えるほどしかいない。

どちらの観客もマスクをしていないところを見ると、二年以上前、つまりコロナ発生以前の画面ということになる。

「見てもらいたいのは、このふたつの会場に、同一人物がいるかどうかということなんだけどね。時間差が一年くらいあるし、こういう目的のために撮った写真ではないから、鮮明度もあまりよいとはいえない」

「いま、ここで見ろということですか」

「事情があって、外部のパソコンに転送したり、プリントにして持って帰ってもらったりするわけにいかないんだ」

ＡＩによる顔認証技術は近年めざましい進歩を遂げているが、状況のちがう二枚の群衆写真から、同一人物を探し出せるような機能はまだ開発されていない。

「いま、担当者を呼ぶよ」

間もなく、眼鏡をかけた四十代の、顔色の青白い男がやって来た。

「こちらへどうぞ」

と奥の部屋へ連れて行かれた。

スチールデスクがひとつ置かれている小部屋だった。三十インチ前後のディスプレイが三台並べて置かれていた。

男は三谷にコントローラーを差し出した。

「いま映しますから、この椅子でご覧ください。このボタンを押したら画像が拡大できます。こっちが縮小、明るさの調節はこちらでできます。見終わったら、このブザーボタンを押して知らせてください。時間の制限はありませんから」

そう言うと引っ込んだ。

二台のディスプレイに先ほどと同じ画像が映し出された。画面はやや小さいが、こちらの画像の方がさっきより鮮明だ。

椅子はＯＡチェアだった。シートが高すぎ、小柄な三谷は足が浮いた。下げると今度は低くなり、画像を見上げる格好になった。微調整がよくわからなかったから、適当なところで我慢した。十五分ほどかけて写真を見ていた。もっと早く終わっていたのだが、手抜きしたと思われたくないからわざと遅らせた。

ブザーを押すと男が迎えに来て、青柳の部屋へ帰してくれた。

「わたくしが見た限りでは、ふたつの会場に同一人物はいないように思いました」

「あ、そうかね。お手間を取らせたね。どうもありがとう」

青柳は格別落胆したようすもない顔で答えた。それから同じ調子でつづけた。

「じつはもうひとつあるんだ。来週の木曜日、夜二時間ほど時間を割いてもらえませんかね。似たような用件なんだけど」

さっきの写真はどうでもよく、ほんとうはこっちが本命だと言わんばかりだ。

「二時間ぐらいでしたら、なんとかできると思います」

三谷は自分のスケジュール表を見て答えた。

「ありがとう。行ってもらいたいのはベイエリアの有明《ありあけ》なんだ。木曜日の午後五時半、国際展示場の向かいにあるセントラルビルというところへ行き、コンベンションセンター総務課の仙頭《せんどう》さんを訪ねてください。青柳のところからきたと言えば、すべて手配してくれるようになってます」

午後六時から三階小ホールで開かれる講演会に、三百人から四百人の聴衆が集まってくる。

三谷の頼まれ事とは、当日舞台の袖か裏に隠れ、やって来た観客の顔をひとり残らず覚えてしまうことだという。

ただしその結果は、すぐ求められるわけではない。後日ちがう会場へやって来た客の中から、木曜日にコンベンションセンターに来ていた人物を見つけ出す、というのが本当の仕事らしいのだ。

青柳がときどき、高額の介護料がもらえるクライアントを見つけてきてくれるのは、いわばこういう頼まれ仕事の返礼なのだった。現在三谷が個人で介護しているクライアントは三人いるが、すべて青柳の紹介によるものなのである。

「木曜日は聴衆の顔を見て、覚えるだけですね」

「そうです。それがいつ生かされるかは、まだ決まってないんだけどね。それきり無駄になってしまうかもしれない。われわれの仕事の大方は、そういう徒労の積み重ねで終わってるんだよ」

口辺に小じわを寄せ、ぼそぼそと言った。長い顔がそのときばかりは短く見えた。

「あいにく当日わたしは、先約があって行けないんだ。しかし七時にはここに帰ってきてるから、なにかあったら電話をください。結果さえ知らせてくれたら、当日はそのまま帰っていいですよ」

青柳の用件はそれで終わりだった。

三谷は半蔵門駅へもどり、地下鉄で飯田橋に向かった。

地上に上がると、神田川のほとりに出た。

隅田川から分かれ、お茶の水を経由して飯田橋まで遡《さかのぼ》ってきた神田川はここで名を変え、外堀となって赤坂見附《あかさかみつけ》方面へ向かう。

もうひとつの流れは飯田橋から北上し、早稲田《わせだ》、高田馬場《たかだのばば》を通って中野方面へと向かう。地下鉄に江戸川橋という駅名が残っているように、かつては江戸川と呼ばれていた川である。

船が物流の主役だった時代はとうに終わり、いまの神田川は首都高速の足場に使われ、往年の面影はほとんど残っていない。

駅前から左岸をすこし行くと、再開発の手が届かなかった立て込んだ家並みのひしめく一郭にさしかかる。マンションや高層ビルが林立する区画整理済み地域に、古い町割りがぽつんと残っているのだ。

道は狭く、路地が残り、建物も敷地も小ぶり、近代感、統一感に欠け、どことなくみすぼらしい街並みになっている。

そのなかに一棟、コンクリート打ち放しの、ガラスを多用したあたらしい五階建てビルができていた。

建坪はそこそこありそうだが、敷地が変形しているので、外観がゆがんで見える。

とりあえず周囲をひと回りしてみた。新しいところへ行ったときは、周囲をざっと回って、地理を頭に入れておくのが習性になっている。

表通りへ出たところに、四階建ての小さなビルがひとつあり、一階が喫茶店になっていた。壁の一部が煉瓦《れんが》積みになっているのは、往年の遺構を再生して残したものと思われる。

珈琲《コーヒー》という古めかしい看板と、ランプが軒先に吊り下げられている。『リバーサイド』という店名にも、往年のハイカラ感がわずかに残っていた。

もとの区画にもどりかけたとき、小路《こうじ》から出てきたタクシーが、信号に引っかかって止まった。後部座席で大あくびをしている男の顔が見えた。大河内牟禮にほかならなかった。

隣席に髪を金色に染めた女が乗っていた。

信号が変わるとタクシーは走り去った。

三谷は先ほどのビルにもどった。

社名がふたつ出ていた。

『飯田橋テクノホール』『大河内テクノラボ』、同じ字体、同じ大きさで掲示してある。

一階正面がエレベーターホールになっていた。エレベーターは二基あり、右には階段があって、『大河内テクノラボは二階です』という立札が掲示されている。

建物は間口が狭く、奥に長く延びていた。左が通路になっていて、カウンターつきのオフィスが右手に広がっている。

カウンターで三十代の女性客ふたりが、係員の説明を求めて食い下がっていた。

ホールと隣り合っている手前のスペースに待合室があった。パンフレットがあったから何通か抜き出し、ベンチに腰掛けて目を通した。

飯田橋テクノホールは、コンピューターのプログラミング教室やＩＴのスキルアップ講座を主催する教育関連企業だった。

市民講座やカルチャー教室の類いではない。

カリキュラムを見ただけで、高度で本格的な専門講座であることがわかる。講座は技能の習熟度ごとに、階層的に組まれている。

週末の土日は、空き教室がないほど多彩な講座が展開されていた。

小中学生のためのプログラミング教室にも力が入れられている。

小中学生の教室は平日の午後、社会人、学生対象の教室は平日の夜と週末、教室へ来られない人のためのリモート授業まで設定されていた。

カウンターで食い下がっていた女性ふたりは、そういうことがわかっていなかった。習い事レベルのつもりでやって来ているようだ。

スキルアップ講座の講師のひとりに、大河内牟禮の名が出ていた。

本日金曜日の夜、彼が受け持っている講座は『ＡＩ実践講座第四回　ＡＩができること、できないこと・社会倫理の進展と侵犯』となっている。

飯田橋テクノホールのパンフレットはほかにもあったが、大河内テクノラボの資料やパンフレットは、ただの一枚もなかった。

二階に上がろうとして、待合室の壁に掲示されている古写真に気がついた。

石垣や木製桟橋のある河岸風景が写っていた。陸には立てかけた木材の山。かつての神田川の光景のようで、写っているのは材木屋の資材置き場だった。

写真はもう一枚あり、こちらには材木屋の店頭が写されていた。そろいの法被《はっぴ》を着た男が十数人居並び、背後に尾上《おのえ》材木店という看板が写っている。

写真の右端に、煉瓦造りの建物の壁が一部写っていた。先ほど見た珈琲店ではないかと思えたが、キャプションにはなんの説明も書かれていない。

エレベーターで二階へ上がった。エレベーター内の表示を見ると、二階と三階が大河内テクノラボ、四、五階がテクノホールの教室だ。

二階のとっつきのドアに、大河内テクノラボの表示があった。

ノックして中に入ると、デスクが四つ並んでいた。職員がふたり、三十代の男と二十代の女である。

男が愛想よく、はい、なんでしょうという顔を向けてきた。

大河内が出かけたのはいま見たから知っていたが、ここは形式上聞いてみた。

「三谷と申しますが、大河内理事長さんをお願いできますか」

「申し訳ございません。大河内はただいま出かけておりますが、お約束だったんでしょうか」

「いいえ、時間は約束しておりませんでした。今日はこちらにいるから、いつでもおいでくださいということでしたので」

「それは申し訳ありませんでした。一時間もすれば帰ってくると思いますが、どういたしましょうか」

「それではもう一軒寄るところがありますから、そちらへ先に行って、一時間後にまた参りますよ」

と断って、外に出た。今度はビルの周りを回ってみた。

小路を隔てた隣の敷地に、新しいビルが建設中だった。

『大河内テクノラボビル新築工事』と出ていた。

面積はそれほど大きくない。建坪にして二十坪くらいだろうか。こうやってすこしずつ、建物を増築しているということのようだ。道路を跨《また》いだ三階に、ふたつのビルを結ぶ渡り廊下が建設中だった。

表通りに出て『リバーサイド』という喫茶店に入った。

古き良き時代の珈琲文化の香りを残した喫茶店だった。ドリップ式で淹《い》れたコーヒーがなかなかうまかった。

かつての江戸川こと神田川に面していたころは、それなりの景観であったと思われるが、いまはだだっぴろい道路となって、なんの風情もない。

それでも小一時間、なにもせず外をながめていた。

待つことには慣れているのだ。

ビジネスマンのような、濃密で煩雑な時間を必要とする職業ではない。介護という仕事には、なにもしない、なにもできない時間というのがつきものなのである。

スマホもいじらず、音楽も聴かず、本や雑誌に目を通すこともせず、じっとして、ただ時間を過ごす。

これくらいの待ち時間なら、なんでもなかった。

これまでの人生を考えてみると、なにもしないで、ひたすら待っている時間がいちばん多かったと、改めて思う。

そんな人生を不満に思ったことはないし、詮索してみたこともない。自分からは仕掛けたことがないのだった。

5

一時間後にテクノラボへもどった。

先ほど応対してくれた男性はいなくなっていた。もうひとりの女性が出迎えてくれた。

「先ほどは失礼いたしました。帰ってきた大河内に、三谷さんがお見えになったと伝えましたところ、それは申し訳なかったと大変恐縮しております。ただいま、すぐご案内いたしますので」

と奥の部屋へ注進に行った。出てくると、どうぞと言った。

大河内牟禮はデスクに坐り、レポートのようなプリントに目を通していた。

「やあ、どうも。昨日は中座してしまい、まことに申し訳ありませんでした。今日も今日で雑用が重なりまして、なんともすみません。わざわざおいでくださいまして、ありがとうございます」

「こちらこそ、いきなり押しかけてきてあいすみません。ほかの用のついでにうかがいましたので、時間まではお約束できなかったのです」

二十畳以上の広さがあるゆったりした部屋だった。

十人は腰を下ろすことができる応接セットがあり、その前に大河内のデスクがある。

デスク横には大型のサイドテーブルが据えられ、大小二台のディスプレイはじめ、パソコン、電子機器といったものが一通り設置されている。

さらに小ぶりのデスクがふたつ、といってもふつうのオフィスデスクなのだが、こちらは使われている形跡がなかった。

三谷がソファに腰を下ろすと、大河内は目を通していた資料を手に、向かいへやって来た。シャワーを浴びたあとのような、つやつやした顔をしていた。

「最初にお詫《わ》びしておかなきゃならないんですが、三谷さんの身上調査をさせていただきました。プライバシーではありません。公表されているものをプリントアウトしてもらい、それを読んでいたということです。驚きました。まさかそれほどの人だとは思わなかったんです。三谷さん、認知症学会では有名な方だったんですね」

三谷は当惑気味に視線を返した。大河内がなぜそんなことを言いはじめたのか、理解できなかったのだ。

「正直に言います。あなたのような人を探していたんです」

「おっしゃっている意味がよくわかりませんが。わたくしはご覧の通り、なんの取り柄もないふつうの男ですよ」

「それはあなたの主観にすぎません。同じことでも、視点を変えたらいろんな見方ができるように、世の中にはいろいろな人がいます。いろんな価値観があるということです。人によって必要なものもちがってきます。ぼくにとっては、あなたのような人が必要だったということなんです」

「わたくしに、理事長のような方から必要とされることがあるとは思えませんが」

「それはこれから申し上げます。ずばり言いますよ。うちへ来てもらえませんか」

三谷はいっそう困惑した。

「来てとは、勤めるということですか」

「そうです。スケジュールがいろいろおありでしょうけど、なんとか割り込ませてもらえませんか。フルタイムとは申しません。都合のよいときだけ、週に一回でも二回でも、来ていただけるとありがたいんですが」

三谷の両手が思わず胸元まで上がった。びっくりしたときに出る癖だ。

「わたくしはこれまで、介護の必要な方と過ごしてきただけで、ほかの仕事にはついたことがありません。そんな人間に、このような会社に来て、できることがあるとは思えませんが」

「なにもぼくと一緒に、コンピューターの開発をやりましょう、と言ってるんじゃありません。ここで、ぼくのお相手をしてくだされればいい、ということです」

三谷はさらに当惑した。言い返そうとしたが、ことばが見つからなかった。

「なにを考えてそんなことをおっしゃっているのか、まったくわかりません」

「ごもっともです。すこし説明させてください。昨日お会いして、わずかですが、あれこれお話しすることができました。もっと気がすむまで話したかったんですけど、あいにく邪魔が入って、打ち切らざるを得ませんでした。お帰りになったと聞いたとき、ものすごく後悔したんです。なぜひとことお断りして、待っていただかなかったか。ぼくとしては、またとない重大なチャンスを逃したような悔いに襲われ、ゆうべは一晩中気になってならなかったんです。それでつぎにお会いしたら、今度はなにも隠さず、なにもかも申し上げようと、手ぐすね引いて待っていたんです」

大河内も適切なことばが見つからないのか、もどかしそうに手を振り回していた。

「これまで訳もわからないまま、やたら焦って、あくせくしてきた自分の課題を、やっと見つけたということです。一言でいいますと、ぼくに欠けているものを、あなたがお持ちだということになります。それをあなたから、吸収することができるかどうかはわかりませんけどね。せっかくの機会だから、今回はそれをやってみようと思ったのです。しばらくでもいいですから、そばにいてもらえるとありがたいのですよ。これまでぼくになかったものを補ってもらえば、もうひとつちがう次元へ行けるんじゃないか、ということです。話が抽象的すぎてすみませんが、要するにぼくとしては、なんとしてでもあなたを、身近に置いておきたいということです」

「わたくしにそんな値打ちがあるとは思えませんが」

「ぼくのこれまでは、輪郭のぼやけた、モノクロームの人生にすぎませんでした。すべてが灰色で、色彩がなかったのです。あなたのような人が、周囲にまったくいなかったということですけど」

「それは、住んでいる階層がちがいますから当然ではないでしょうか。わたくしは社会の下層で生きてきた人間ですよ。上流階級の人が、下の階層の人間に触れ、自分にないものを見つけたからといって、それは単なる思い過ごしや、錯覚でしかないと思います」

「階層の問題じゃありません。価値観のちがいです。自分が中心にいない世界は意味がない、自己主張しなかったら存在価値がない、そういう世界でぼくはずっと生きてきたんです。人を受け入れたら負け、という社会しか知りませんでした」

「勝ち負けが明確に判明する経済界で生きておられる以上、当然そうならざるを得ないのではありませんか」

「ぼくはだいたい人間関係をいちばん不得手にしているんです。これまで育ってきた環境が、情感とは無縁の、論理の世界でしたからね。人情というものがいまでもわからないのです。一方あなたは、ずっと人間関係のなかで生きてこられた、人生の達人です。数値には表せませんが、両者の隔たりはとてつもなく大きいんです。譬《たと》えていうならケア（CARE）とキュア（CURE）のちがい。ケアは気配り、介護、寄り添う、キュアは治療、救済、矯正、両者には歴然とした違いがあります。キュアで足りないものはケアで補うしかないんです」

さっきの女性がコーヒーを運んできた。『リバーサイド』から取った出前だった。

「宮園《みやぞの》さんからお電話がありました」

「後回しにしてくれましたよね。しばらく外からの連絡は絶ってください」

「四時には竹田《たけだ》さんがお見えになります」

「わかってます」

切り口上なことばを返され、彼女は黙って引き下がった。

話の腰を折られ、三谷と大河内はひとまずコーヒーに手をつけた。

「一方的なことばかり言いましたけど、質問があればしてください」

コーヒーをがぶ飲みしながら大河内は言った。

「一階の待合室に、かつての神田川と思われる写真が飾ってありました。ここの前身ですか」

「そうです。尾上材木店という看板が写っていたでしょう。江戸時代から二百年つづいた材木屋で、母の実家です。戦後すぐ、父親が相場に失敗して店は潰れてしまいましたけどね。敷地の一部はなんとか残ったんです」

「するとこのビルは、材木店の後身なんですか。この界隈だけ、土地割りが細かく分割されてますけど」

「店が潰れかけたとき、七百坪の土地だけはなんとしても残したいということで、なりふり構わず、あらゆることをやってるんですね。土地を細かく分筆して、出入り商人や使用人名義に変え、不動産屋が手を出すのをあきらめるくらい、権利関係を複雑に、ぐちゃぐちゃにしてしまったんだそうです。おかげで土地だけはなんとか生き残りまして、ぼくのような末端に名を連ねていたものにまで、おこぼれが回ってきたわけですが」

「隣の区画で、大河内テクノラボのビルが建てられているのを見ました」

「このビルは、飯田橋テクノホールの所有物なんです。大河内テクノラボはただの間借人。十数年かけて、周辺の土地をすこしずつ買いもどし、やっと二十坪ばかりまとめることができたんです。それがあのビルですよ。土地から建物まで、なにからなにまでぼく名義の不動産を、はじめて持つことが実現しかけているところです。ぼく名義の土地自体は、全部で百坪以上あるんですけどね。権利関係が複雑怪奇になっているから、いざ買いもどすとなると、容易なことじゃないんです。全部もとへもどそうとしたら、何百年もかかるでしょうね」

「すると、ビルが完成しても全員が入れるわけではないんですね」

「あそこに入れるのは管理部門だけです。いま、大河内テクノラボの全社員は百八十人いるんですが、研究・開発部門は、その先の岩本町《いわもとちょう》にビルをひとつ借りてます」

「すると大河内テクノラボは、東輝クリエイティブと完全な別組織なんですね」

「はい。設立順でいえば東輝クリエイティブが先でして、ぼくがアメリカから帰ってきて、最初に立ち上げた企業になります」

「どうしてはじめから、大河内クリエイティブという名にされなかったのですか」

「事情があって、大河内の名をつけることはできなかったと思ってください。いかなる資本も介入させない、スタッフの派遣も仰がない、なにからなにまでぼく名義の会社は、大河内テクノラボがはじめてなんです」

「そういう会社へわたくしのようなものが来て、なにをすればいいんですか」

「なにもしなくていいですよ。ぼくが仕事をしているときは、そこのデスクに坐って、ただいてくだされればいい。ぼくが話しかけたり質問したりしたら、答えてください。ぼくが苛々《いらいら》したり、そばにだれかいるのを鬱陶《うっとう》しく思ったりしているとわかったときは、黙って席を外し、部屋から出て行ってください。そういうわがままを受け入れてもらえる人だと見込んだから、お願いしているんです」

三谷は苦笑した。

「そういうことでしたら、わたくしにできる唯一のことかもしれません」

「でしょう。気分屋のぼくのお相手をしていただくのは、そんなにやさしいことじゃありませんよ。大きな声で言いたくはありませんが、ぼくは自分を一種の発達障害ではないかと思っているんです。これまでそういう自分をなんとかしようと、悪戦苦闘してきたんですけどね。そんなことは無理だと、最近ようやくわかってきました。だったら直すんじゃなく、受け入れてくれる人を見つける方が早いと、考え方を変えることにしたんです」

ブザーが鳴り、頭の上から秘書の声が聞こえてきた。

「竹田さんがお見えになりました」

大河内は渋い顔をしたが、うなずかざるを得なかった。

「残念ながら、今日はここまでにさせてください。このつづき、今度は邪魔が入らないところで、じっくりさせていただけませんか」

「わたくしはかまいませんが」

「山梨に山荘があると言いましたよね。毎月、最終週末には必ず出かけているんです。金曜日に行って、日曜日に帰って来る二泊三日の日程ですが、そこでしたら人も来ないし、邪魔も入りません。電話も圏外だから通じないんです。素の自分にもどれる唯一の場ですから、どんな忙しいときでも、この三日間は絶対に確保しています。ですからご招待ということで、客人になっていただけるとありがたいんですけどね」

「わかりました。そういうことでしたら、喜んでうかがいます」

三谷は即答した。

自分をこれほど評価してくれる人物に出会ったのははじめてだった。だからではないのだが、自分も大河内にこれまで以上の興味が湧いてきた。自分とはまったく異なった人格だが、それほど相反したものだという気はしなかったのだ。それをたしかめるためにも、ここは招待を受けいれた方がよいと考えたのだった。

三谷がいま、個人で行っている介護は三件あるが、すべて青柳静夫が紹介してくれたものだった。

6

そのうちのひとつである芝崎園枝《しばざきそのえ》の場合は、青柳から日本認知症学会を通して話が持ち込まれたもので、三谷が依頼主の芝崎正道《まさみち》に会い、話を聞いた上で自分から引き受けると決めた。

二年前のことである。

はじめのころは、世田谷区岡本《おかもと》にある芝崎邸へ週に四日通っていた。園枝の症状が落ち着いてからは水曜日のみとなり、時間も朝から午後三時くらいまでと短くなっている。

芝崎園枝は、三谷がこれまで接してきたクライアントのなかで、もっとも手強《てごわ》かった女性だった。

当初の四ヶ月は、なにをしてもまったく効果がなかった。あと半月我慢して、それでも好転しないようなら、自分から申し出て手を引かせてもらおうとまで考えた。

認知症が進行していたころの園枝は毎日のように徘徊《はいかい》し、家族やつき添いのものをきりきり舞いさせていた。

経済的に余裕があったから、芝崎正道は母親の介護に専門の介護士をつけ、なんとか事態を好転させようとした。

しかしそういった努力にもかかわらず、園枝の症状はすこしもよくならなかった。認知症の合併症である鬱《うつ》を併発していたのだ。

そのときの園枝は八十四歳、三年前まで現役の農婦だったこともあり、身体《からだ》の方は頑健、身ごなし、歩行とも六十くらいのお年寄りと変わらないくらい達者だった。

派遣会社から来ていた女性介護士が無神経な人物だったようで、園枝とまったくそりが合わなかった。

介護士は園枝の頑迷さに腹を立て、ときには腕ずくで従わせようとしたらしい。

園枝も腕力には腕力で対抗したらしく、果ては路上で介護士を突き飛ばしてしまい、通りかかった車に接触して大怪我《おおけが》をさせてしまった。訴訟沙汰にならなかったのは、正道が多額の和解金を支払ったからである。

困り果てた正道は知人を介して認知症学会に助けを求め、それが回り回って三谷のところに持ち込まれた。

三谷は正道と会ってじっくり話を聞き、一度本人に会わせてくださいと申し出た。

岡本の自宅へ訪ねて行ったのは、間もなく木枯らしが吹こうかという寒い朝のことだった。

園枝はサンルームで安楽椅子にうずくまり、身動きもしないで外を見つめていた。

語りかけても、手を貸そうとしても、なんの反応も示さなかった。

眼球がまったく動かなかったのだ。取りつく島がないほど、内なる自分に閉じ籠《こ》もっていた。

十時を過ぎると雲が割れて青空が現れ、日が差し込みはじめた。気温が上がり、サンルームは春のような陽気になった。

突然、園枝が立ち上がった。

なんの前触れもない突発的な行動だった。

園枝はガラス戸を開け、テラスに出ると、そこにあったサンダルをつっかけ、畑、庭を横切って、外へ出て行った。

三谷は家族の許しを得てあとを追った。

園枝が表門から外の道路へ出たところで追いついた。

すたすたという形容がぴったりの足取りで、園枝は歩いていた。

なんの迷いもなかった。歩運び、姿勢とも、常人と変わらない軽やかさだ。

向かっているのは西の方角だった。

前方に丹沢《たんざわ》や箱根の山並が見えていた。

園枝が八十年余を過ごしてきた故郷の山々に他ならなかった。

これまであの空の下で暮らし、毎日家の前の畑に出て、標高差が百メートルもある坂を行ったり来たりしていたのだ。だから足腰はいまでも頑強、畑でも見回っているかのように手を腰に回し、心持ち前屈《まえかが》みになって歩いて行く。

いくらか間を置いて、三谷はついて行った。

ちゃんと道路縁《べり》を歩いているし、道路を横切るときは左右を見て安全をたしかめているから、いきなり車道に飛び出す恐れはないと見た。

はじめはものすごい勢いだった足取りが、そのうちだんだん鈍りはじめた。

ときどき立ち止まって周囲を見回すが、そのときの顔は、明らかに当惑を浮かべていた。自分がどこへ行こうとしていたか、わからなくなってしまったのだ。認知症の人がする徘徊の、典型的な行動だった。

ふたたび歩き出したが、足取りはとぼとぼした力ないものに変わっていた。自分の行方がわからなくなっていることに、気づきはじめている。浮かべているのは、明らかに不安の表情だった。

三谷はうしろから園枝に近づき、そっと身を寄せた。園枝の腕をやさしく取り、身体の向きを変えさせ、前方、つまり自宅の方角を指さしてみせた。

うなずきかけると、それを待っていたかのように園枝は歩きはじめた。身体にこもっていた力が抜け、三谷に支えられ、のろのろと歩いていた。家へもどってきたときは、出かけて一時間半たっていた。

冷蔵庫の冷水をコップに入れて出してやると、咽を鳴らして飲み干した。園枝はサンルームにもどり、自分から安楽椅子に行って腰を下ろした。膝に毛布を掛けてやった。

園枝は動かなくなった。

しばらくすると寝息をたてはじめた。

三谷はその日夕方の、芝崎家の家族会議に出席した。そして半年ぐらい、なにも言わず、わたくしのすることを黙って見ていてくれますかと申し出た。

家族全員が同意してくれ、できる限り協力すると声をそろえてくれた。

それで翌週から芝崎家へ通うようになった。

はじめは週に四日、つまり月曜から木曜まで日参し、終日園枝に付き添っていた。長椅子を隣の部屋へ持ち込んでもらい、ごろ寝して夜を明かしたこともある。

そして何をしていたかというと、何もしなかった。そばにいただけである。

用がある素振りや、なにか意思表示らしい動きをしたときは、ことばをかけて聞き出そうとした。

試みが成功したことは一度もなかった。園枝の反応と思ったこと自体が、三谷の思い過ごしだった。

三谷がつき添わない金曜日からの週末三日間は、芝崎家の家族が全員で介護していた。

芝崎家は正道、冴子《さえこ》の夫婦に長女裕美《ひろみ》、従道《つぐみち》、忠通《ただみち》ふたりの男子大学生という五人家族だった。

正道はマネジメント会社を経営、冴子は青山で自分のクリニックを経営する耳鼻科医だった。

ふたりともべらぼうに忙しく、園枝の介護ができる時間は全然なかった。

とくにこの時期の正道はコロナ禍のせいもあり、平日はオフィスがある茅場町《かやばちょう》のホテルで寝泊まりし、週末しか家に帰って来られない状態だった。

従って園枝のお相手は、家族のなかでいちばんのおばあちゃん子だという裕美が、ほとんど受け持っていた。

裕美は二子玉川《ふたこたまがわ》で画廊を経営していたから、時間の自由が利き、昼休みには必ず帰って来て、園枝と数時間をともに過ごしていた。

「いやがるのを無理やり言いくるめ、東京へ連れてきたのがいちばんいけなかったんです」

ひとりでも大丈夫だから、どうぞこのままここで暮らさせてくれ、と言い張る園枝を力ずくで故郷から引き剝がし、友人ひとりとていない東京へ連れてきたことが、事態の大元になっていると、家族全員が贖罪《しょくざい》意識にかられていたのだ。

根っからの農婦で、野菜づくりしかしたことがない園枝は、寡婦になってからも三十年を、丹沢の山村で暮らしていた。

夫亡きあとは姪《めい》と暮らしていたから、日常の起居に不自由することはなかったのだ。

幼いとき患った病気のせいで顔にあばたが残り、嫁に行かなかった姪と親娘《おやこ》のように暮らしていた。

その姪が交通事故を起こし、五十二歳で亡くなったのが四年前のことだった。

ひとりになってしまった園枝を、芝崎家は今度こそ東京へ連れてこようとした。八十を過ぎて車にも乗れない園枝を、このまま田舎に残しておくわけにいかなかったのだ。

園枝に東京へ行く決意をさせる決め手となったのは、これからは東京で、わたしたち家族のために野菜づくりをしてくれ、という裕美のことばだった。それまでも田舎でせっせと野菜をつくり、東京へ送ってみんなに喜んでもらうのが、園枝のいちばんの生き甲斐《がい》だったのである。

芝崎家はそのために庭の花壇を惜しげもなくつぶし、三十坪の畑をつくって園枝を迎え入れた。

「田舎でしか暮らしたことがない母親に、八十を過ぎて東京暮らしをさせるのは、酷かもしれないと、頭ではわかっているつもりでした。だが五人で力を合わせ、これまで味わえなかった安楽で、穏やかな暮らしをさせてやったら、そのうち身体も慣れ、こっちの方がよくなるだろうと思ったんです」

正道はそう言って自分たちのしたことを悔やんだ。孤独や老いのストレスより、豊かで快適な暮らしの方が、慣れてしまえばきっと気に入るはずだと、自分たちの尺度で思い込んでいたのだ。

園枝の言動がおかしくなったことに気づいたときは遅かった。

「家から飛び出すたび、いつも丹沢方向に向かって歩いて行く、と聞いたときはつらかったですね。かといって有料の養護施設のようなところは、本人が頑として望みませんでした。情けないことにぼくらは、自分たちのしていることが、親孝行だとしか思ってなかったんです」

三谷が芝崎邸を訪れたとき、サンルームの前にある畑は放棄され、枯れたナスやトマトが実をつけたまま干涸《ひか》らびていた。

周囲には枯れ花がいくつか散らばっていた。拾ってみるとナスの花だった。

「こんな花をついばむ鳥がいるんですかねえ。見るたびについばまれてて、気をつけてはいたんですけど、とうとう鳥の正体はわかりませんでした」

三谷の拾った花びらを見て裕美が言った。

「この花びらには、いつごろ気づかれましたか」

「夏の初めごろだったと思います。おかげで今年はナスがそれほど穫《と》れませんでした」

ナスの裏作として植えてあったブロッコリーも立ち枯れていた。

「従道が狭い畑で同じものを作りすぎたから、連作障害を起こしたんじゃないかと言うので、中和剤の石灰を撒《ま》いたり、新しい畑を拓《ひら》いたりしたんですけどね。まったく効果がありませんでした」

「最初の年は順調だったんですね」

「ええ、つぎからつぎへと実るので消費しきれなくて、父や母が勤め先に持って行ってスタッフに配ったり、わたしの店のお客さんに差し上げたりして、始末するのに苦労していたくらいです。キュウリなんか、一日に二回収穫しなければ、取り切れないほどできましたから」

三谷はうなずき、それ以上の質問はしなかった。

付き添いはじめたものの、はじめのうちはなんの反応もなかった。

三谷のすることはもちろん、存在まで無視され、目さえ向けてくれなかった。

それでも三谷は影のようにつき従っていた。

園枝がなにもしないときは自分もしない。徘徊しはじめたらついて行く。歩き疲れるまでついて行き、のろのろした足取りになったら出て行って、家の方向を示してやる。

疲れ方がひどいときは、前もって依頼してあったタクシー会社に電話して迎えに来てもらった。

冬になると園枝は出歩かなくなり、サンルームに引き籠もって、日がな一日アームチェアでうずくまるようになった。

それは正常な兆候でもあった。

五感は裏切らないのだ。暑さや寒さには、身体が正直に反応しているということだった。

三谷は寒暖計を外に吊《つる》して気温を見守り、窓を開けて空気を入れ換えたり、日光を浴びさせたりして環境を整えてやった。

テラスには小鳥用の餌場と水飲み場が設けてあった。

近在で見られる鳥はほとんどやって来た。どんな鳥も園枝を怖《おそ》れなかった。

春になるとモンシロチョウやベニシジミが飛びはじめた。きわめてありふれた蝶《ちょう》である。

ひなたぼっこをしている園枝の肩や背中に、よく蝶が止まった。園枝がじっとして動かないからだった。

三谷は園芸店に出かけて行き、ツツジ、アザミ、アブラナなどを買ってきて植えはじめた。蝶は自分の子孫を残すため、これらの植物に産卵するのだ。孵化した卵はその新芽を食料にして成長する。

ある日気がつくと、園枝が三谷の眼前になにか差し出していた。

ヘビの抜け殻だった。シマヘビが脱皮したあとに残していった殻である。

脱皮しているところを見たことはないが、抜け殻なら子供のころ何度も見ているし、拾ったこともある。

しかしまさかいまごろ、こんな都心でお目にかかろうとは思いもしなかった。

どこで拾ったんですかと目で問いかけると、園枝は庭の隅の生け垣を指さした。

敷地のいちばん外側はコンクリートの塀になっているが、外周の一部は目隠し用のウバメガシの垣根になっていた。人やけものなら出入りできないが、ヘビのような生きものなら出入り可能だろう。世田谷でもとくに緑や生け垣の多い、岡本界隈ならではの出来事だった。

「へえー、お庭にヘビがいたんですか。これをわたくしにくださると。ありがとうございます。財布に入れて、お金が貯《た》まるのを楽しみにしますよ」

三谷は声を上げて受け取った。

ヘビの抜け殻を財布に入れておくと、金が貯まるという伝承は、各地に残されているのだ。

気のせいか、園枝が目を細めて三谷を見ていた。

きわめてわずかな変化ではあったが、園枝はそのとき、たしかに微笑んでいた。

自分を受け入れてくれたと、はじめて感じたときだった。

園枝はヘビの抜け殻をいくつかに切り、せがれの正道にも与えたそうだ。

自家の庭にヘビがいたと知ったときは、家族みんなが驚いた。彼らはそれまで、実物のヘビを見たことがなかったからだ。

「おばあちゃんの顔が去年と同じ表情にもどってきたと、みんな大よろこびしてます」

ある日芝崎邸に行くと、正道が出社を遅らせて、三谷が来るのを待っていた。娘の裕美がつき添っている。

「野菜の植えつけも再開してくれました。このところ目に見えて、快方に向かっているのがわかります」

「水を差すかもしれませんが、いま植えられている苗は、人間用ではありませんよ。虫に食わせるためのものだと思います」

「虫?」

「蝶が卵を産みつけに来る野菜です。キャベツにはモンシロチョウ、ニンジンにはアゲハチョウが卵を産みに来ます。そのうちまるまると太ったアオムシを見かけると思いますから、驚かないようにしてください」

「すると母は、アオムシを育てるために野菜づくりをはじめたんですか」

「そればかりではないでしょうけどね。蝶がひらひら飛び回っているのを見て、いつも目を細めてらっしゃいますから」

「できたら以前みたいに、ナスもトマトもつくってもらいたいなあ。多すぎても困るけど、なければないで寂しいですから」

それ以上は言わない方がよいと思い、三谷は以後自分から野菜づくりの話題は口にしなかった。

わたしたちのために野菜をつくってくれと口説かれ、園枝は東京で暮らすことに同意した。

しかしそれは、翻意させるための口実にすぎなかった。園枝が馴染《なじ》んできた野菜、東京へ移ってからも作りつづけていた野菜は、食生活が変わり、味覚まで園枝とはかけ離れてしまったいまの芝崎家にとって、それほどありがたがられるものではなくなっていた。

つぎからつぎへとできる野菜は内心辟易《へきえき》され、多くは園枝に気づかれないよう家族の手で、そっと処分されていたのだ。

それがわかったときの園枝の絶望はどんなものだったろうか。

この家に自分のいる価値はなかった。

毎朝起きては畑を見回り、家族に見られないよう、育ててきた野菜の花をちぎっては捨てていたのだ。

園枝は鬱になった。

病んでしまう以外、自分を納得させることができなかったからだ。

あれから一年あまり、いまでは園枝もすっかり落ち着いてきた。

静かに、穏やかに、老いつつある。

病状が回復してきていると見たのは家族の贔屓目《ひいきめ》、老いは確実に進行しつつあった。

このごろは目の輝きもなくなり、動きも鈍くなって、すすんでなにかをしようとはしなくなった。

三谷の顔を見分けているかどうかさえ、わからなく思えるときもある。自分に悪意を持っている人間でないことだけはわかっている。だからそばにいても安心していた。

いずれそういうことすら、わからなくなってしまうだろう。芝崎園枝とのお付き合いも、この先そう長くないということだった。

7

有明に着いたのは、木曜日の午後五時だった。

仙頭という男に来意を告げると、心得顔で会場へ案内してくれた。

ホールがいくつかあった。

連れて行かれたのは定員四百人余りの、二番目に大きなホールだった。

本日の講演の主催者は全国オフィス・オートメーション協会、話者は帝京エンタープライズCEOの某氏、最近テレビでよく見かける新進企業家だった。

「客席がよく見えるところというと、舞台の袖しかありません。ただしそこだと完全に身を隠すことはできません。死角もできます。舞台裏でよければ、スクリーン越しになりますが、会場全体が見渡せます」

「ではそちらでお願いできますか」

舞台裏は物置場になっていて、小物がいくつか転がっていた。

視野そのものは文句ない。

位置を選んで立ちはじめると、仙頭が腰掛けを持って来てくれた。

五時半を過ぎたころから客席が埋まりはじめた。

講演のテーマからいっても、勤め帰りのビジネスマンが多いようだ。あとは学生。聴衆の九割以上が男で、平均年齢は三十を超していると思われる。

観客の入りは八割以上だった。こういう催しではよくあるビデオの撮影班も控えていて、客席のいちばんうしろにカメラを据えていた。

主催者の挨拶があった後、講演がはじまった。

講演内容はオフィスオートメーション化によってもたらされる変化と影響について。視点を企業側に置いてまとめたもので、話そのものはむずかしくなかったが、三谷の日常生活とはかけ離れすぎて、いまひとつぴんとこなかった。三谷は企業社会で生きてきた経験がないのである。

舞台のうしろから客席を見渡す経験ははじめてだったが、真正面からしか顔が見えないというのもどこか不自由だった。全員がマスクをしているから、ごく表面的な観察しかできないのだ。

二十分ほどそのまま見守っていた。

それから立ち上がり、足音を忍ばせて廊下に出て行った。

トイレに入り、だれもいないことをたしかめてから青柳に電話した。

青柳が出た。いま車のなかで、事務所へ帰っている途中だという。

「ひとつ気のついたことがあったから電話しました。いま、いいですか」

「いいよ。運転は社員がしてくれてるんだ」

「こないだ二枚写真を見せてもらいましたよね。そのうちの一枚、大きな会場の方にいた男が、今日ここに来ています。これは無視してかまわないことですか」

青柳の反応がひと呼吸遅れた。

「講演のテーマが、まったくちがうんだけどね。時間も一年以上ずれている。それなのに同じ人物が来ているというんだね」

「少なくともわたくしの目には、同じ人物に見えます。事務所に帰られて、同じ画面を出して見ることができるようでしたら、どの席にいる人物か指摘できますが」

おかしいなと青柳はつぶやき、車の運転をしている人物と二言三言しゃべった。

「わかった。同じ写真がまだ残っているそうだ。ただし帰って支度をするまで、すこし時間がかかる。いま大手町《おおてまち》なんだ。あと十分ほどしたら、また電話をくれるかね」

それでひとまず通話を終えた。ロビーと廊下で暇をつぶし、また電話した。

「いま写真を出しているところだ。ちょっと待ってくれよ」

と傍らの人物に指示している。

相手の声が聞こえた。先日写真を見せてもらったときの係員ではないかと思った。

「はい。画面が出た」

「客席が左、中央、右と、三つのゾーンに分かれてますよね」

記憶をたぐり寄せながら言った。

「向かって左側の座席を見てください。前から七番目、通路側の端に、学生風の若い男が坐っています。隣はその友だちと思われる男。そして三番目のシートに、中年の、眼鏡をかけた男が坐ってませんか。その男です」

すぐには反応がなかった。それでも当惑している感覚は伝わってきた。

「この男が今日、そこに来ているというんだね。どういう状況でそこへやって来たか、思い出せるかね」

「ここの会場も、その写真と似た大きさで、造りもほぼ同じです。客席が三つのゾーンに分かれ、向かって左側、前から七番目の通路側の席に、頭の薄くなった七十がらみの男が坐っています。開場後ひとりでやって来て、はじめからそこに腰を下ろしました。連れはおらず、だれかと口をきいたこともありません。前後のつながりを見ても、本件とはかかわりのない人物と思ってまちがいないでしょう。眼鏡の男はつぎにやって来て、ひとつ席を空け、三番目のシートに坐りました。つまりふたつの会場とも、同じ席に坐ったということになります」

「それでいまは、二番目の席も塞がっているんだね。前後左右、すべての席が塞がっているのかね」

「塞がってます。それぞれやってきた時間も、服装も、ばらばらです。彼らの間に、なんらかの共通点や、つながりがあるようには見えません」

「わかった。いくつか確認したいことがあるから、それを調べて、あとから電話します。それまで元のところにもどって、観察をつづけてもらえるかね」

と言われたので舞台裏にもどった。

ほどなくスマホがポケットのなかで振動しはじめた。マナーモードにしてあった。

廊下に出て通話した。

「とりあえずその眼鏡の男を尾行してみることにした。それでだれかを派遣しなきゃならんのだが、あいにく今夜は専従班が出払って、だれも残ってないんだ。それで代わりのものをやるよ。本人が着いたら、どの男か指示してやってもらえるかね」

男がやって来たのは三十分以上たってからだった。講演が終わる五分くらい前だ。着いたという合図があったので、玄関へ出迎えに行った。

予感が的中した。

やって来たのは、先日写真を見せてもらったとき世話になった男だった。

「あなたひとりですか」

「ひとりですよ」

三谷の口ぶりから、不安を持たれているとわかったか、男はむっとした顔で答えた。

「尾行はふたり以上でするんじゃないんですか」

「それが今日はいないから、ひとりで来たんです。ぼくだってトウシロじゃありませんよ。ひとりでできること、できないことぐらいわきまえてます」

口許《くちもと》を曲げて答えた。

名が落合《おちあい》、色白で、度の強そうな眼鏡をかけていた。背丈は普通以上にあるが、肉体は引き締まっているとはお世辞にもいえない。見るからに書斎の虫というタイプだ。

舞台裏まで連れて行き、男の姿を確認させた。

「どこまで尾行するつもりですか」

「ぼくがいいと思うところまでです」

「青柳さんがそう言ったんですか」

「第三者にそういうことを漏らす権限は与えられていません」

「どうか無理はなさらないように」

「わかってます」

客席のいちばんうしろのドアまで行き、講演が終わるまで、数分待った。

客席でぱらぱらと拍手が起こった瞬間を狙い、ドアを開けた。

落合が中にすべり込んだ。

そのときの客席と、落合の持ち込んだ気配とに、なんらかの違和感が生じたような気がした。しかしたしかめている間はなかった。

三谷はドアを閉め、すぐさま遠ざかった。観客がぞろぞろと出てきはじめた。

青柳に電話して、講演が終わったと告げた。

「申し訳ないが、事務所まで来てもらえませんか」

青柳がすまなそうに言った。

夜九時すぎに青柳のオフィスを訪れたのははじめてだった。四階だけ煌々《こうこう》と明かりがともっていた。

教えられていた裏口の鉄扉を開けて中に入った。

夜間の守衛室は、廊下を入ったところにある。明かりはついていたが、見回り中の札が出ていた。

いまではビル内に青柳ひとりしかいないかのように、建物全体が静まりかえっていた。

四階では青柳が、今夜も紙の山を引っ掻《か》き回していた。

「デジタル化がいくら進行しようが、やってることはアナログ時代の後始末ばかりなんだ」

ぼやきながら言い、三谷に椅子をすすめた。

「その男は、これまでなんらかの事項で、リストアップされたことがあると思うんだけど、未《いま》だになんの手掛かりも出てこない。こういうときの勘は案外当たってるもので、クロということが多いんだけどね。突き止められないんじゃ話にならない」

苛々している口調で言った。

びっくりしたことに、拡《ひろ》げられているのは英文の資料ばかりではなかった。少なからぬ中国語の資料が混じっていた。青柳は中国語も読めたのである。

「落合さんから連絡はありましたか」

「十五分ほどまえ、銀座で地下鉄丸ノ内線の荻窪《おぎくぼ》行きに乗り換えたという連絡があった」

「時間が合わないように思いますが、それまでどこかにいたんですか」

「銀座で下車している。どこに立ち寄ったかは、まだ報告してもらってない。帰ってきたら聞けるだろうから、それは気にしてないんだ。問題はこの男だよ。今日の講演はテーマからいっても、ＩＴ業界の人間が、他社や時代の動きを探るために来るようなものじゃない。かといって、まるっきりの一般人だとも思えないんだ。あなた、この男がどういう階層に属している人間か、なにか感じたことはありませんでしたか」

「申し訳ないですが、なにも感じませんでした」

「ということは、あなたの目から見ても正体不明ということでしょう。それが気にかかってるんですよね。なにかあるはずなんだけど、それがわからない」

と言いながら、めくっている資料に精神を集中している。必ずしも三谷の意見を求めていることばではないとわかり、以後は黙って見つめていた。

青柳の仕事内容そのものについては、具体的なことはなにも知らないのだ。

内閣情報調査室という日本の代表的情報調査機構の一員であるとはいえ、していることは下請けや孫請けのようなもので、仕事の九十パーセントまでは資料漁《あさ》りや突き合わせ、確認、照会などに費やされているようなのである。

オフィスの面積の割に人が少なく見えるのも、施設の大部分が資料庫となっているからだろう。しかもここに集められている資料は、デジタル化されていない印刷物など公表された二次資料がほとんどだった。

つまり重要度からいっても、一級のものではなかった。アナログ時代の後始末ばかりさせられているという青柳のぼやきも、無理はないのだった。

時間が遅々と過ぎていった。

この間守衛が一度回って来たが、なにも言わずに通り過ぎた。

十時半を過ぎた。講演が終わって二時間になろうとしていた。

この間青柳には何本か電話がかかってきた。メールも数通入ってきたようだが、どちらも落合からではなかった。

青柳は三谷の方へ顔を向けず、押し殺した表情で書類をめくりつづけていた。

とうとうその手を止め、書類を脇へ押しやった。

室内の空気がよどんでいた。空調が止まっていたのだ。まだ冷房の欲しい季節ではなかったが、濃密な気配がどんより溜《た》まり、蒸し暑かった。

十一時はとうに過ぎていた。

「あきらめよう」

青柳が重苦しい口調で言った。

「今日はもういいですから、これで引き揚げてください。本日の結果については、後日また、お知らせする機会があると思います。今日は遅くまでありがとうございました」

三谷はうなずき、それではお先にと立ち上がった。

守衛に挨拶すると裏口から出た。

落合の話は、以後青柳の口から出てきていない。三谷も聞こうとはしなかった。

8

稲城の東輝記念財団オフィスから、山梨県にある大河内の山荘に向かったのは、五月の四週目に当たる金曜日のことだった。

稲城を午前十時に出発した。

ふたりが乗ったのはベンツの大型高級車で、大河内がふだん、堀《ほり》ノ内《うち》の自宅から稲城や飯田橋へ出勤するときに使っている城南《じょうなん》ハイヤーの車だった。

大河内は車を所有していなかった。免許証も持っていません、と当然のような顔で言われた。必要のない暮らしだったのか、欲しいと思わなかったのか、いずれにせよ三谷とは生活感覚が根底からちがっていた。

是政橋で多摩川を渡り、府中から中央道に乗り入れた。

向かったのは甲府方面で、車の流れに乗って走行が安定してくると、大河内は目を閉じて動かなくなった。

両手を両脇に下ろしていた。

瞑想をはじめていたのだった。

目を開けたのは一時間以上たってから。車はそのとき、双葉ジャンクションから中部《ちゅうぶ》横断道に乗り入れていた。

下部《しもべ》温泉インターで一般道へ下りた。

ほどなく道の駅があり、ベンツはここに乗り入れて停車した。

前方に二台、山梨ナンバーの軽乗用車が止まっていた。

降りてきた老人が三人こちらへ駆け寄り、かぶっていた帽子を取って大河内に挨拶しはじめた。

運転手がその間にベンツのトランクを開け、持ってきた荷を移し替えはじめた。老人たちが手伝った。

作業が終わると、老人三人、運転手、大河内、三谷の六人で道の駅内にあるレストランに入り、ちょっと早めの昼食をとった。

みな顔なじみらしかった。棚倉《たなくら》という運転手も大河内専属だそうで、車も毎回同じものが使われているという。

老人三人は、いずれも三谷よりだいぶ年上だった。みんな赤銅《しゃくどう》色の、たくましい農夫の顔をしていた。

昼食をすませると出発した。

ベンツは東京へ帰り、大河内と三谷は、老人の運転する車に乗り換えて山荘へ向かった。この先は急坂となるし、道が狭いのでベンツのような大型車は入れないのである。

大河内と三谷は、中島《なかじま》という老人が運転する車に乗っていた。中島は八十近い年で、三人のなかでもいちばんの年長、横山《よこやま》という集落の長老だった。

大河内は助手席に乗り、三谷は後席、残りふたりと荷を載せた車が、うしろにつづいた。

道は川沿いの渓谷を上がりはじめた。もともと人家の少なかったところだというが、行けども行けども人家がなかった。

道は狭かったが、その割に勾配は緩かった。むかしの森林鉄道の跡なんですと中島が言った。かつては材木の集積地だったという跡を通り過ぎた。そこだけ平坦《へいたん》地となっており、くずれた人家が何戸か残っていた。いまはまったくの無住地だ。

「いまじゃ横山が、この界隈でいちばん人間が多いところなんです」

と中島が言った。その横山に向かっているのだ。

人家の痕跡がなくなり、道は狭く、勾配が急になってきた。しかも曲がりくねっている。いつの間にか渓流も消えてしまい、視界はまったくなくなった。

二十分ぐらい走りつづけただろうか。鬱蒼《うっそう》とした杉林を通り抜けると、丘陵のような緩斜面の広がりに出た。

人家がぽつんぽつんと現れはじめた。

横山だと中島が言った。

「これでも開村は江戸時代と、歴史はけっこう古いんです。この周りにある金鉱山へ、生活物資を供給するためにつくられた村だと聞いてます」

現在の住民は七世帯九人。先月まで十一人いたが、最年長だった老人が入院して山を下り、妻がつき添って行ったからとうとう一桁になった。

ただし来月から、横山出身者の紹介で、六十代の夫婦が東京から越してくる。身元のはっきりした人物で、旦那の方は定年まで一部上場企業に勤めていた。

奥さんが草木染めのセミプロだそうで、厳冬期をのぞいて年間七、八ヶ月をこちらで暮らしてくれるそうだ。

現れた畑という畑が金網からネット、ビニールで何重にも囲ってあった。猿、鹿、イノシシ、アナグマ、ハクビシン、人間よりたくましく、人間より食欲旺盛な生きものがごまんと棲んでいるところなのだ。

車は一軒の家の前で止まった。中島老人宅だった。

ここであらたに野菜が積み込まれた。横山の住人がつくった大根、ニンジン、ジャガイモ、トマト、里芋、キュウリ、長ネギなど、ふたりが二泊するには多すぎる量だった。

横山で後の車の老人ひとりが降り、そこから先はひとりになって後からつづいてきた。

車はさらに三十分近く山を上がった。

道はいっそう悪くなり、這《は》うようなスピードでしか走れなくなった。崩れたところ、落石がいたるところにあった。

どう見ても廃道だが、最低限の補修はしてある。察するところ月に一回やって来る大河内のため、横山の老人たちが手を入れて通行を可能にしてくれているようだ。

山を登り切ったところに、高原状のなだらかな丘陵があった。見た目は牧場風で穏やかな風景だが、人家はなかった。崩れた石垣とコンクリートの遺構が、わずかに残っていた。廃村の跡と思われたが、人が住んでいたとしても何十年も前のことだ。

戦後海外からの引き揚げ者が入植し、新天地を拓こうとした跡だと察した。しかし土地は痩せ、高度が高すぎて農業には向かず、刀折れ矢尽きて、結局だれもいなくなった。似たような廃村なら全国至るところにある。

緩斜面をひとつ南へ回ったところに、比較的新しい家が一軒建っていた。白木の色を残したログハウスだった。

車が止まった。老人ふたりが後の車から荷を下ろし、家の中へ運びはじめた。

周辺の雑草が刈り取られていた。昨日今日手入れしたものではないところを見ると、横山の住人が定期的に労力奉仕をしてくれているようだ。

巨大ログハウスだった。

直径三十センチはあろうかという丸太が組み合わされ、建坪はどう見ても四十坪以上ある。裏にもう一軒あった。こちらは面取りした加工材で建てたログハウスだ。大きさは母屋の半分以下だが、築後五、六年と比較的新しかった。隣接して納屋風の作業小屋まで設けられている。

納屋の前に、長さのそろった丸太が山ほど積み上げてあった。

薪《まき》割り場に他ならなかった。軒下に割られた薪が、石垣みたいに積み並べてあった。

小ログハウスの屋根にパラボラアンテナ、裏の野面《のづら》に発電用ソーラーパネルが並んでいた。屋根から突き出しているアンテナの形状を見ると、インテルサットを利用した衛星通信が可能なように思われた。

自前の機器で世界中とつながっているばかりか、引かれているケーブルの太さを見ても完璧な電化生活が可能らしい。

白木華乃から電気製品は使えるが、携帯は使えませんと言われてきた。それでスマホはスイッチを切り、デイパックに放り込んである。

水の流れ落ちている音がした。

行ってみると、塩ビパイプで引かれた清水がコンクリートのタンクからあふれていた。

パイプの分管は母屋のなかへ消えている。電気、水道完備、プロパンガスのボンベまである。都内のマンションと変わらない暮らしができるのだ。

老人ふたりは荷を運び終えると、丁重に挨拶して帰って行った。

ここまでの道は一本、この先はない。つまり横山の住民がこの山荘の管理をし、整備までしてくれているということなのだ。

「歩く道でしたら、少々荒れてますけどこの先に、富士の外輪山へつながる道があります。金脈を探していたむかしの山師の通り道だそうです。ただし、いまじゃほとんど廃道になってます」

谷へ降りる手前の山腹に、大河内が磐座《いわくら》と名づけている平らな岩があるという。

畳二枚ほどの大きさの安山岩だが、真ん中でふたつに割れ、割れ目から木が生えている。周囲を急峻《きゅうしゅん》な山に取り囲まれているから孤絶感が半端ではなく、人間のちっぽけさをいやというほど思い知らされる。修験者が修行した跡ではないかと思われ、大河内は数珠玉の破片を見つけたことがあるという。

「するとその磐座で瞑想するために、この山荘を建てられたのですか」

「いや、それほどこだわった訳じゃないんです。だいたいぼくの瞑想は、場所や時を選ぶようなものじゃありませんから」

これまで何人か人を連れてきたことはあるが、そのときは付属の小ログハウスの方に泊まってもらった。だが三谷さんは母屋で泊まってください。二階が空いてますから、そちらをどうぞと言われた。

はじめに、小ログハウスの中を点検させてもらった。

ワンルームになっていた。窓辺に造りつけのデスクがあり、二十四インチのデスクトップパソコン、さらに電話機まで装備されていた。

配電盤などの機器は、玄関脇の部屋にすべて集めてある。それを見ると、ソーラー発電が生み出している電力は二十キロワット、夜間用バッテリーも備えられ、快適な電化生活が損なわれる要素はどこにもない。

　ベッドがふたつ、トイレ、シャワールームも簡素だが、清潔なものが備えつけられている。居住性より機器の容《い》れ物として建てられたログハウスのようだ。

「白木さんから、ネットもスマホも使えませんと言われてきたんです」

「こんなところまで来て、パソコンやスマホをいじりたいですか。ぼくは一度も使ったことがありません。必要なときがあるかもしれないから、機器をそろえてあるだけです」

　稲城から持って来たクーラーボックスふたつに飲物、肉、肉製品、パン、乳製品、調味料、レトルト食品などが山ほど入っていた。

　食料は持っていかなくていいです、と言われていたから、山をトレッキングするときの携帯食のみ持って来た。これだけの量と横山でもらった野菜を加えると、ふたりなら楽に一ヶ月は食い延ばせるだろう。

「食いものはいつも余分に持って来るんです。帰るとき、余ったと称して横山へ置いて行きます。お年寄りたちを、食いもので手なずけているところもあるんです。冬になると返礼のイノシシ肉やシカ肉を大量にもらい、多すぎて持てあますんですけどね」

「そういえばイノシシ除《よ》けの垣が、いたるところにありました」

「横山の住民はみな狩猟免許を持ってます。ひと頃は住人の数より、猟銃の方が多かったといいますから」

「だったら生魚を買ってくると、もっとよろこばれたかもしれませんね」

「そうか。そいつは気がつかなかったな。来月から冷凍ブリの一本も下げて来ましょう。それから今日の晩めし、なにかつくってもらえませんか。注文はありません。今日だけお願いします」

母屋の間取りは、一階が広さ二十数畳はあるリビング、奥に寝室、隣接したところに扉なしの書斎コーナーがある。リビングにはアメリカ製薪ストーブ、台所、浴室とトイレはそれぞれ別だ。

書斎になぜか、和太鼓ほどの大きさがある組紐《くみひも》用丸台が設置されていた。飾りものではない。いまでも使われているようだ。

二階はロフトになっていた。ベッドが二つと、同等の広さを持つ居住空間があった。天井高がやや低いものの、頭がつかえるほどではない。天窓があるから、夜は居ながらにして星空が見渡せるだろう。

台所を点検し、とりあえず夕飯用の米を研《と》いだ。

外から物音が聞こえてきた。

通用口を開けてのぞいてみると、もろ肌脱ぎになった大河内が、長柄の斧《おの》を振るって丸太を割っていた。

直径が三十センチはある丸太が、斧を振り下ろすたび、小気味よい音をたてて割れた。つぎからつぎへと割って行く。脇目も振らず、一心不乱だ。

丸太といっても千差万別だから、つねに割りやすいわけではない。ときには節混じりや、木目のひねたものもあり、そのときは一撃や二撃では割れない。

そういう丸太と格闘しているときの大河内の形相は、常人のものとは思えなかった。目が据わり、まるで親の敵に巡り会ったとばかり必死の気迫を剝《む》き出しにしていた。

三谷はその間に食品をチェックし、夕食の献立を決めると、下ごしらえをはじめた。

気がつくと薪割りの音が止《や》んでいた。

大河内がもどってきた。

頭から水をかぶったほど汗をかいていた。着ているものを脱ぎ捨てるとバスルームに入り、シャワーを浴びはじめた。

出てきたときは作務衣《さむえ》に着替えていた。

何度か見たことがあるさっぱりした顔で、書斎コーナーに入った。

一段高くなった板の間に上がり、壁に向かって瞑想をはじめた。

三谷がいることは全然気にしていなかった。無視というのではない。だれがいようが意識していないということだ。

三谷は脱ぎ捨てられた衣類を拾い、洗濯機に放り込むと居間にもどった。

ソファに行って腰を下ろした。

大河内にならい、身体の力を抜き、呼吸を整え、自分の気配を消した。瞑想の邪魔をしないための配慮だ。

大河内の瞑想が終わるまで、自分も身動きせず、じっとしていた。

瞑想は三十分あまりで終わった。

三谷は立ち上がり、台所に入ると調理をはじめた。

たいていのものはつくれるが、しょせん男の手料理だ。単純、明快、時間をかけないのが特徴である。

つくったものはステーキ、ソテーしたポテトとニンジン添え。焼きナス、オクラとカボチャのスープ、ハムとキュウリとトマトのサラダ、箸休めとしてダイコンの甘酢漬け、食後にコーヒー、手の込んだものはなにもない。

大河内は食卓を見るなり「これは」と絶句した。

「あなたはこんなこともやるんですか」

「白木さんになにを持って行ったらいいか、聞いたんですけどね。いらないと思いますよと言われました。それでなにも用意せずに来たものですから」

「ことばが足りなくて、誤解させてしまいました。下男をしてもらいたくてお呼びしたわけじゃありません。だいたいぼくは、食いものはなんだってかまわん人間なんです。空腹さえ満たせたらそれでいい。十一のときからアメリカで暮らしてましたからね。ファストフードばかり食って育ったんです。ハンバーガー、ホットドッグ、フライドチキン、ドーナッツ、なんでもけっこう。それほど気取った味覚は持ってません」

それで先日の、コーヒーの飲み方を思い出した。優雅とか、洗練とかいった手つきではなかった。カップをつかみ、ただ無造作、無作為、がぶがぶと飲み下していた。

食後、小休止すると、大河内はふたたび外に出て、薪を割りはじめた。

昼のひと働きで身体がほぐれたとばかり、今度も矢継ぎ早に、息を整えることすらせず、ひたすら斧を振るいつづけた。

後姿《うしろすがた》を見た限り、不動明王《ふどうみようおう》か、夜叉《やしや》が、猛《たけ》り狂っているとしか思えなかった。

全精力を振りしぼっていた。そこまで大河内を突き動かしている原動力はなんだろう、と思った。

まちがいなく怒りのはずなのだ。狂おしいまでに込み上げてくる力、やり場のない衝動、このような方法でしか発散させられないものが、彼の中にあるということだ。みなぎる力を削《そ》がんがための薪割りにほかならないのだった。

三谷はその間に片づけものをし、風呂を使い、汗まみれになった大河内の衣服を洗濯した。

大河内はまた汗みずくになってもどってきた。そしてシャワールームに飛び込んだ。

あらたな作務衣に着替えてもどって来たときは、憑き物が落ちたような顔になっていた。

「なにか飲まれますか」

「そうですね。今夜は気分がいいから、ブランデーをいただきましょうか」

日本酒はなかった。ウイスキーはスコッチとバーボン、ブランデーは一種類。それにいくつか焼酎があった。

ブランデーグラスに半分注ぎ、差し出した。

「ぼくは、自分のことは自分でできます。明日の朝からは、なにもしなくていいですからね。晩めしだけ一緒に食いましょう。二日目はいつも、バーベキューにしてるんです。朝と昼は、あなたも適当に食ってください。ぼくに合わせなくていいんです。勝手に出て行って、いつ帰ってきてもかまいません。ロフトで気詰まりのようでしたら、離れに移ってくださってもかまいませんよ」

「ありがとうございます。それじゃ明日は、周りの山をすこし歩いてみます。それでさっきから、ひとつ気になったことがあるんですが、書斎に組紐用の丸台がありました。ご自分でおやりになるんですか」

「あれは実母の形見なんです。正確に言えば母の母、つまりおばあさんの形見らしいんですけどね。母は使えなかったけど、処分することもできなかったんでしょう。祖母が亡くなったとき、これひとつが残されてました。それを我流でいじってみたら、予想外に面白い。人から教わったり、本を読んだりしたことはありません。すべて自己流で動かしているだけ。ここへ来たときは、いつも何時間かこれで時間をつぶしてます。本来は新しい文様や、組紐を考案するとき使うものだそうですが、意外にもアルゴリズムそのものなんです。なにかを考案したり、手順を読み解いたりするときのヒントになります」

勧められるまま、三谷もバーボンをダブルで飲んだ。

ようやく日が落ち、暗くなってきた。

「三谷さんは妻子はいらっしゃるんですか」

明かりがともってから聞かれた。

「おります。妻と娘がふたりです。上の娘夫婦に会社を継がせました。下の娘は結婚して、いま名古屋に住んでいます」

「会社の規模は十数人とおっしゃったと思うんですが、会社をもっと発展させようという気はなかったのですか」

「ありませんでした。職業的に、目の届く範囲というのがあるんです。わたくしたちを必要としてくださる人がいて、それで自分たちの生計が立つなら十分だと思いました」

「そもそもどうして、介護をやろうとなさったんですか」

「高校一年のとき母が亡くなり、天涯孤独になったんです。その前から孤独で、遊び相手もいなかったんですけどね。住んでいたアパートの近くに公立の養老院がありまして、そこに入所されているお年寄りが、唯一の話し相手であり、友だちだったという時期が長くつづきました。なぜか、お年寄りにはかわいがってもらえたんです。その人たちのちょっとした頼まれごとを引き受けたり、使い走りをして駄賃をもらったりしているうち、いつの間にかそれが自分の生活になっていました」

「たしか六十五になったのを機に、引退したとおっしゃいましたよね。この仕事について五十年になるというと、大学はどうされたのですか」

「行きませんでした」

予想していなかったか、大河内はびっくりした顔になった。どうことばを返したらよいか、迷ったように見えた。

「わたくしは父親の顔も知らないんです。母は高校二年のときわたくしを生みましたが、どうして身籠もったか、父親はだれであったか、打ち明けることもないまま亡くなりました。乳飲み子のときは祖母が育ててくれたんです。人口数千人という小さな田舎町でしたから、人の陰口もひどかったようで、母はわたくしを産んだあと間もなく、高校を退学しています。祖母が亡くなるとわたくしを連れ、県庁のある街へ行って、働きはじめました。四畳半一間のアパート暮らしで、働いていたのは居酒屋です。毎日夕方から仕事に行き、帰ってくるのが午前一時。寝るのはたいてい二時すぎでしたから、起きてくるのはいつもお昼でした。母親が寝ている間、外で遊んでいたんです。それで養老院に入っているお年寄りと仲よくなりました」

「こういう言い方をするのは失礼かもしれませんけど、とてもそんな育ち方をされたようには見えませんね。温厚で、謙虚、バランスの取れた家庭で、お育ちになったんだとばかり思ってました」

「ちびで引っ込み思案、学校でもいるかいないかわからない子供でしたから、友だちもいなかったんです。小、中学はそれで通りましたが、高校生になった直後、その暮らしまで断ち切られてしまいましてね。夜中に仕事を終えて自転車で帰っていた母が、車に撥《は》ねられ、轢《ひ》き逃げされたんです。犯人はわからないままでした。それで今度こそ、孤児になってしまったんです。この先どうやって生きていったらよいか、このときばかりは途方に暮れました。そのとき、顔なじみになっていた養老院の院長先生が引き取ってくれ、そこで働きながら生きて行く道をつけてくださったのです」

「聞くからに壮絶な生い立ちですね。全然そうは見えませんでした」

「自分ではそれほど苦労したと思っておりません。困ったときは、いつもだれかに助けてもらいました。ですから自分がなにか、世のなかのお役に立てることがあるか考えたら、お年寄りのお世話をすることだろうなと自然に思いはじめていたんですね。院長先生にそう申しましたら、それなら大学に行って必要な資格を身につけろ、と言ってくださったんです。そして東京の知り合いの養護施設を紹介してくださり、そこで働きながら、大学へ行く道をつけてくださいました。東京へ出てきたのは、翌年の高三のときです。働きながら大検に合格して、受験資格までは取ったんですが、結局大学へは行きませんでした」

「学費ですか」

「いいえ。なにも知らない田舎者が、いきなり東京へ出て来たものですから、はじめのころは仕事もできなきゃ、話を聞いてもまるっきりわからなかったんです。東京人のことばが早口すぎて、聞き取れないんですよ。電話がかかってきたときは、はっきり言って恐怖でしかありませんでした。ですから周りには、迷惑をかけ通しだったんです。そのときいつも庇《かば》ってくれ、相談に乗ったり励ましてくれたりした看護師さんに甘えてしまいましてね。気がついたら妊娠させていたんです」

大河内はことばに窮し、困った顔をした。たしかにこういうときはどう反応したらよいか、明確に答えられる人はいないだろう。

「しばらくは隠してましたけど、そのうちばれます。彼女も施設にいられなくなり、職場を変えました。わたくしは行くところがなかったので残りましたけど、宿直を引き受けたり、休日に配送のバイトをしたりして、出産と子育てのためのお金を貯めました。ですからとても、大学どころじゃなかったんです。長女が生まれたあと入籍しましたけど、それが二十になったときでした。妻は九歳年上です」

大河内はうなずいたが、口数はめっきり少なくなっていた。

「ありがとう。よい話を聞かせていただきました。あなたが人生の達人だというぼくの見立て、まちがってなかったとわかってよろこんでます」

しゃべりすぎたという気はしたが、それほど恥ずかしくはなかった。自分を隠さないということは、相手を信用しているからだ。相手がどう思ってくれるかは、この際関係ないのだった。

八時すぎにおやすみなさいを言い交わし、それぞれの部屋に引き上げた。

せっかくの天窓だったが、その夜は曇ってなにも見えなかった。

9

四時過ぎに目を覚ました。

天窓がわずかにほの白かった。夜が明けかけていた。

下で物音がした。大河内も起きたようだ。ロフトからのぞいて見ると、書斎へ入って行くところが見えた。

出かける支度は昨夜のうちにすませていた。双眼鏡、カメラ、録音機、飲料水と若干の食いもの、すべてデイパックに収めてあった。

下に降り、台所の通用口から抜け出した。

ヘッドライトが必要ない明るさになっていた。

朝の気配がしっとり匂った。

かすかに霧が立ちこめていた。

標高が千五百メートルくらいありそうだ。

とりあえず東に向かった。

廃村の跡を通り抜けた。南斜面に数十枚、ソーラーパネルが敷き詰めてあった。ここが電源だったのだ。

夜が明けるにつれ霧が晴れてきた。

視界はない。外輪山の外側だから富士も見えないのだ。

地形が険しくなってきた。

急坂を下りて行く踏み分け道があった。

期待したほど鳥は多くなかった。人里から離れすぎているのかもしれない。ヤマドリが縄張り宣言をしていた。

高度にして二百メートルくらい下ったろうか。足下から水音が聞こえてきた。

藪《やぶ》を拓いた跡があった。猫の額ほどの平地になっている。

黒光りする平たい岩が鎮座していた。

畳二、三枚分の大きさ、元は一枚岩だったようだが、真ん中でふたつに割れ、裂け目から木が生えていた。

周囲の木々が鉈《なた》で取り払われているところを見ると、ここが大河内の言った磐座のようだ。

擂《す》り鉢《ばち》の底のようなところである。

視界が狭く、眺望はまったくない。むしろ圧迫感を覚える。はるかむかしの爆裂火口の跡ではないかと思った。

瞑想するにはいいところかもしれない。

天と、地と、自分しかいないのだ。

日が昇り、山肌を照らしはじめた。

磐座に腰を下ろして朝めしを食った。チーズとクラッカー、魚肉ソーセージ、リンゴとチョコレート、一口羊羹《ようかん》まである。

しばらく休んだのち、地形を見定めてから谷に向かって下りはじめた。

道はないから藪漕《やぶこ》ぎである。

二十分ほど下ると谷底に着いた。狭くて急峻な渓流になっていた。

そこから今度は、岩伝いに谷を上りはじめた。視界が利かないから、どこをうろついているのか見当もつかないのだが、不安は全然覚えなかった。未知の冒険とスリル、こういう無鉄砲が大好きなのだ。

人跡未踏の地を進んでいるのかと思ったら、そうでもなかった。明らかに人の手で切り出された丸い石を見つけた。

把手《とって》をつけた穴があり、平らな面に刻んだ溝跡が残っていた。石臼《いしうす》の片方だったのだ。

源流を突き止めてやろうなどという趣味はないから、沢登りは適当なところで切り上げ、上りのけもの道を見つけるとそこに潜り込んだ。

それが消えてしまうと、あとはひたすら藪漕ぎになった。

一時間ほどかけて斜面を登り切った。

踏み分け道のついている尾根筋に出ていた。それでもまだ、眺めのない深山のただなかだった。

富士は見えず、南にもっと高い稜線《りょうせん》が連なっていた。

東にコースを変えた。

眼下に甲府盆地が見えてきた。

距離にして三十キロくらいあるだろう。あいにく靄《もや》っていたからぼんやりとしか見えなかった。

カモシカに出会った。

向こうも三谷に気づいたが、あわてもしない。のそと動いて、消えた。

山荘に帰り着いたときは、午後二時を過ぎていた。

薪割りを終えた大河内が、裸になって水タンクの流水をかぶっていた。

三谷を見て唖然《あぜん》とした顔をした。

「出かけてたんですか。そこのセカンドハウスで、パソコンでもやってるのかと思ってました」

「その辺りを、ちょっと歩いてきました」

「歩いてきた、という格好じゃありませんよ。引っ掻き傷だらけです」

「昨夜お聞きした磐座へも行ってみました。そのあと谷まで下り、谷底から上流へ遡って、どこかの尾根へ出ました」

「ふつうなら遭難コースじゃありませんか。あなたならそんな心配はしなくてもよかったんでしょうけど。ここの泣きどころは、あまり眺めがないことなんですよね」

「そうですね。谷底で石臼のかけらを見つけました」

「それ、恐らく江戸時代のものでしょう。この辺り、もとは武田《たけだ》領で、金を採掘したタヌキ掘りの跡が至るところに残ってます。掘り出した鉱石を、石臼で磨《す》りつぶして、金の有無をたしかめたらしいんです」

そう言いながら左の稜線を指さした。

「ここからは見えませんが、あっちへ行ったら毛無山《けなしやま》の稜線へ出ます。そこまで行くと、ハイキング道が整備され、眺めも開けてきます。もともとぼくは、そっちからここへはじめてやって来たんです」

「静岡県側から入って来られたということですか」

「そうなりますね。その話は、今夜しようと思ってました」

そのあと三谷もシャワーを浴び、着替えてさっぱりした。

西日がまだ稜線上に見えている午後五時、庭でバーベキューの支度をはじめた。

庭先に専用の炉が切ってあり、用具も一式そろっていた。食材は肉から野菜までセットになったものが、持って来たクーラーボックスに用意されている。

「何年前になりますかねえ。まだ未来が探り当てられなくて、鬱々としていた時期があったんです。いまはなくなってる本栖《もとす》湖畔のホテルに滞在して、毎日そこらをうろつき回ってました。青木ヶ原も隅々まで歩き回りましたよ。その日は滅法天気がよくて、午後になっても遠く晴れ渡っていたのをよく覚えてます。ぶらぶら歩いていると、毛無山の方へ登って行く登山道がありました。それでなんの考えもなく、ふらふら登りはじめたんです」

火をおこし、金網に肉や野菜を並べながら大河内はしゃべりはじめた。

「水の入ったペットボトルを、ひとつ持っているだけでした。足下はスニーカー、食いものはなし、山に登りはじめる時間でもありませんでした。あとになって考えてみると、肉体を思い切りいじめてやろうという気持ちが、そのころからあったんですね。尾根筋に出て、足の向くまま気の向くまま、道もないところを上がったり下りたり、気がついたら妙なところにたどり着いてました」

三谷は話を聞きながら食器をテーブルに並べた。

「それがあの、ぼくが磐座と名づけている岩場だったんです。岩の前に出たとき、身震いするほどの戦慄を覚えました。自分はここへたどり着くために、あれこれ道草していたんじゃないかって、本能的に悟ったんです。それで岩の上に座り、山の精気を吸いながら、ひと晩そこで過ごしました。翌日坂を上がり、廃村跡から横山にたどり着いたんです。びっくりされたから、山で道に迷ったことにして通しました。横山の住民が親切にもてなしてくれ、最後は車で本栖湖のホテルまで送ってくれました」

缶ビールで乾杯した。

大河内が焼けた肉を紙皿に盛り、つぎからつぎへと差し出してくる。

「東京へ帰ってから、ここの山の持ち主を調べ、三万坪あまりの山林を買いました。都内なら一坪足らずの値段でしたよ。それからこの小屋を建て、通ってくるようになったんです。磐座が気に入ったことはたしかですが、かといって聖地だとか、本願の地だとか、もったいぶる気はありません。ひとりになれる格好の場所だったというだけです」

「昨日から拝見してて、それは痛切に感じてました。身体を動かし、瞑想して、それがなによりの息抜きになってるんだなとお察ししたんです」

「ここへは、背負えるものはなにもかも背負ってやって来ます。二日かけて、すべての力を出し尽くし、抜け殻になって帰ります」

「そういう大事なところへ招いていただき、ありがとうございます。わたくしのようなものが入り込んでいいのかどうか、ずっと気になってたんです」

「だれでも呼んでいるわけじゃありません。ぼくなりの基準があります」

「理事長のなさっている瞑想に、宗教色はないようですね」

「宗教は好きじゃありません。ぼくのメディテーションが、座禅からきていることはたしかですけどね。稲城のいまのオフィス、もとは立釈寺《りっしゃくじ》という寺で、ぼくの祖父が住職をやってたんです。座禅道場としてかなり有名だったそうですけどね。この祖父という人が大変な生臭坊主で、放蕩三昧《ほうとうざんまい》の挙げ句、寺を潰し、家族まで離散に追い込んでるんです。おやじがのちに土地を買いもどして寺を再興したんですけど。おやじは仏教を学んでませんし、興味もなかったから、とりあえず自己啓発のための修養道場としてスタートさせたんですね」

しんみり物語るといったしゃべり方ではなかった。声はどちらかといえば平板、原稿を棒読みしているみたいに冷めていた。

それから自嘲的な笑みを浮かべて言った。

「おやじにとっては、瞑想なんて世のなかを誑《たぶら》かすための道具にすぎませんでした。大風呂敷は広げても、手仕舞いはできない人でしたから、尻ぬぐいはすべて人任せだったんです。とはいえ、あんまり悪く言う気はないんだな。ぼくだって似たようなものですから」

「理事長はこれまで、自分の家庭をお持ちになったことはないんですか」

「ありません。十一歳でアメリカへ行かされましたからね。家庭なんて知らないも同然でした。帰ってきたのが三十二のときですから、丸二十年です。そのときは父親がまだ生きてました。半身不随になり、せがれの顔もわからないほど呆けてましたけどね」

「お母さまはまだご健在なんでしょう」

「ええ。戸籍上の母ですけど、九十二歳でぴんぴんしてます。足は衰えたけど、頭は全然衰えてません」

「ご兄弟は」

「上に三人いました。いちばん上が認知した私生児、それから母の実子、三番目が姉、ぼくは四番目で、みんな母親がちがいます。母の産んだ二番目の兄がいちばん優秀で、東大法学部を出て東輝ホールディングスに入り、将来の将帥を約束されていたんですけどね。三十九歳で急逝しました。心不全だったんです。ぼくはそのときまだハーバードにいましたけど、その事実は知らせてもらえませんでした。兄の死を知ったのは、家族以外の者からだったんです」

「ほかにもふたり、お兄さんやお姉さんがいらしたから、後回しにされたんでしょう」

「いいえ、姉も知らなかったといいます。姉はスペインへ行ったきり、一度も帰って来てないんです。フラメンコダンサーになってます。二十五歳のときでしたか、ヨーロッパを周遊したとき、寄り道して、はじめて会いました。二度目はないでしょうね」

「いちばん上のお兄さんという方は、なにをなさってたんですか」

「父と母に仕えてましたよ。おやじに認知してもらい、引き取ってもらえたけど、大河内姓も、母の尾上姓も名乗らせてもらえなかったんです。おやじが金の出し入れをさせるため、教育を受けさせて、金庫番として使ってたんです。その功績を認められ、東輝ファイナンスの経営を任されたのは、たしか六十を過ぎてからでした」

「東輝ファイナンスといえば、東輝グループの主幹企業だったんでしょう。みなさん優秀だったんですね」

「そうでもありません。仕事はできたそうで、金の出し入れのプロだったようですが、調子に乗って百億からの欠損を出してしまい、会社の金に手をつけたのがばれて、東輝グループから追放されました」

「それでもお聞きすればするほど、みなさん独立不羈《ふき》の家系だということがわかります」

そう言うと、牟禮は明らかに自嘲した。

「とにかくぼくは、十一のときアメリカに追放されたきり、三十過ぎてもまだ放置されてたんです。こうなったら、アメリカで起業するしかないかと考えはじめていたら、呼びもどされました」

空が昨日に増して色づいてきた。西に飛行機雲が延びていた。

「ごめんなさいねって、母が謝ってくれましたよ。あなたには紐つきなしで、好きな道を選ばせてあげようと思ってたんだって。だから帰国しても、ぼくに残っているポストは財団しかなかったんです。メディテーションの効用と普及を標榜《ひょうぼう》している姥捨《うばす》て山の理事長ですよ。それでとりあえず財団からスタートし、三年かけて立ち上げたのが東輝クリエイティブだったんです」

「自分名義の土地が、飯田橋にあったとおっしゃいましたよね。はじめから飯田橋で、大河内テクノラボを設立する気はなかったのですか」

「ぼく名義といっても、純粋にぼくだけの名義の土地は、たった十五坪しかなかったんです。ほかはすべて複数の名義だったり、何重もの抵当権が設定されていたりする土地ばかりでした。それをすこしずつ買いもどし、七十坪になったところで、いまのビルを建てたんですけどね。そのときだって資金や名義の問題があって、財団の名を使うしかなかったんです。ですから飯田橋テクノホールは半分財団の名義なんです。ひたすら忍従の日々でした。ぼくはぼくで本性を現すまで、十数年の時間をかけているんです」

「そういう才覚そのものが、並のものではないと思います。じつはこのまえから、東輝グループの沿革をネットで調べているんです。小僧から身を起こし、経済界のドンと呼ばれるところまで上り詰められたおとうさまの人生そのものが、並のドラマでなかったことがよくわかりました」

「帰国したときは呆けてて、意思の疎通もできなくなってましたから、ぼくには父の思い出というのが、子供時代のわずかな期間しかないのです。惨めだった自分の半生はけっして語らない人でしたが、末っ子のぼくには気を許したのか、比較的あれこれ話してくれました。尾上材木店へ奉公に上がったのは、六つのときだったそうです。わずかな酒手《さかて》欲しさに売られた、と言ってましたけど、多分本当だったろうと思います」

「小僧、手代、番頭と勤め上げ、最後は入り婿になられたくらいですから、傑出したところがなかったわけはないと思うんですよね」

「それを言われたら、たしかにおやじは稀代《きだい》の人たらしでしたね。人に取り入り、言いくるめてしまうことにかけては、天賦の才に恵まれてました。なにごとも人任せの大旦那や、気位が高いばかりで世間知らずのお嬢さまを籠絡するぐらい、朝飯前だったろうと思います」

「それだって才能です」

「なに、あれは、ただ我慢してただけです。大旦那が亡くなり、目の上のたん瘤《こぶ》が取れた途端、それまで溜まりに溜まっていたものが爆発した。恨み、辛《つら》み、これまで満たせなかった欲望が一気に吹き出し、とくに情欲を晴らす方へほとばしり出たんです。おやじは百八十近い大男でしたけど、欲望の九十九パーセントまでは性欲という人間でした。女ならだれでもよかった。大旦那の目を盗み、女中にはじめて手をつけたのは手代時代だったんです。女中は腹が大きくなったのでばれ、里に帰らされて子供を産みました。それがいま言ったぼくらの長男です。母がそれを知ったのは、父を婿にしてからだそうで、世間体があるから店から放り出すこともできなかった。それでも母は、その事実を知ってからは、以後絶対に父を許そうとしませんでした。それからは同衾《どうきん》もしていないはずです」

「理事長が尾上姓でなく、大河内姓なのはお父さまの意向だったんですか」

「母がぼくを家族として受け入れなかったということです。それが母にできる、精一杯の復讐《ふくしゅう》だったんですよ。ところが父は、そんな報復で怯《ひる》むような人間じゃありませんでしたからね。それならというので、母づきの女中につぎつぎと手をつけることで、母に応えたんです。そうしてできた子を認知して引き取り、自分の子として育てるよう母に強要しました。母にできることは、家には入れるが、尾上姓は名乗らせないことぐらいだったんです。スペインでフラメンコダンサーになった姉も、そうやって産ませた子でした。ぼくの場合は、父が手をつける気を起こさないよう、わざわざ容貌の醜い女を選んで手許《てもと》に置いていた女中だったそうです」

だんだん話が壮絶になってきた。三谷はバーベキューの煙を避ける振りをしながら、顔を背けて大河内の顔を盗み見た。

大河内は平然としていた。他人事《ひとごと》みたいに話しているのだ。

食うほうがお留守となり、肉も野菜も真っ黒に焦げはじめた。三谷は大河内の顔を見ないようにしながら、トングばかり動かしていた。

大河内が一息継いだのを見計らってビールを取りに行った。

わざと時間をかけてもどってきた。

大河内が缶ビール片手に、チェアで化石になっていた。

「立ち入ったことをお聞きしてすみませんでした。そのようなことまでお話しいただけるとは、思わなかったのです。わたくしも心ない連中から、母親が学校の不良グループに手込めにされたと聞かされたことがあります。母にとってはそれが、唯一の性体験だったのではないだろうかと思っているのです」

「どうしてこんなことまで、しゃべってしまったんだろうな。だいたいぼくは、人には心を開かない人間で、これまで本音をさらけ出したことはないんですけどね。今日は気がついたらしゃべってました。多分あなたが昨夜、自分のことを正直に話してくれたからでしょう。これまで、こんな気持ちになったことはないんです」

黄昏《たそが》れてきた。

ふたりとも、食うことより飲む方に専念していた。近来にないほど量を過ごしたと思うが、その割に飲んでいる気はすこしもしなかった。

その日はお互いの顔が見えなくなるまで外に留《とど》まっていた。

10

日曜日に、行きと同じコースを帰ってきた。

午前十時に横山の三人が迎えに来て、二台の車に分乗して山を下りた。横山で余った食品を引き取ってもらい、その数倍の野菜をもらった。

下部の道の駅では城南ハイヤーのベンツが待っていた。

荷物を積み替え、レストランでやや早めの昼食を取って、十二時に別れた。

稲城へは午後二時に帰り着いた。

ここでもらった野菜のお裾分けに与《あずか》り、トマト、キュウリ、ピーマン、ナスをもらって阿佐谷の自宅へ帰った。

自分の車に乗ってから、はじめてスマホのスイッチを入れた。

最初に、娘の咲子《さきこ》のところへ電話した。

「お母さん、元気ですよ。変わりないわ。お父さん、いまどこなの」

「家に向かって、帰りはじめたところだ」

「今日はわたしたち、杉並区の地域懇談会へ出なきゃならないから、帰りがすこし遅くなります。お弁当は麻紀子《まきこ》がつくってくれてると思うから、お母さんはお願いするわね」

麻紀子というのは貴文、咲子の間に生まれた上の娘で、看護師をやっている。今日家にいるのは、夜勤明けだからだ。来年三十二になるが、まだ結婚しそうにない。

ひとまず阿佐谷のマンションに帰った。

固定電話に留守電がふたつ入っていた。どちらも青柳からだった。そういえばスマホにも記録が残っていた。

トマトとキュウリを自宅用にすこし残し、あとは娘のところへ持って行くことにした。

麻紀子に電話してこれから行くと伝え、野菜をビニール袋に移し替えて若林《わかばやし》に向かった。娘夫婦のマンションは松陰《しょういん》神社の近くなのである。

下の娘綾子《あやこ》は薬剤師になったが、職場結婚をした夫が転勤で名古屋に移動したため、本人もついて行って、いまはそちらに根を下ろしている。

若林では孫の麻紀子が夕食の弁当をつくって待っていた。

これから二人して妻素子の入院している病院へ行き、他愛《たあい》ないおしゃべりなどしながら、三人で夕食をするのだ。

夫、娘夫婦、孫娘、ほとんど毎日、だれかが病院に行って、素子のお相手をしていた。入院先が知り合いの個人病院なので、そういうわがままをさせてもらえるのだ。

だいぶよくなってきたとはいえ、素子はまだひとりでトイレに行けなかった。

もともと足が不自由だったこともあり、マンションの階段を踏み外したとき、健全だった利き足を複雑骨折してしまった。リハビリには人の倍も時間がかかる。その点は本人もよくわかっているから、この際あと一、二ヶ月、病院でのんびりしてもらおうというのが家族全員の考えだった。

三人でいつものように笑い合い、賑《にぎ》やかな時間を過ごした。

八時過ぎに咲子から電話が入り、これから帰ると言ってきた。

それで三谷も帰ることにして、素子におやすみを言った。

麻紀子を若林まで送り、阿佐谷に帰りはじめたとき、スマホが鳴りはじめた。

それまで何回かかかってきていたが、青柳だとわかっていたから出なかったのだ。

「一昨日から何回も電話してるんだが」

スマホを耳に当てると、開口一番、不満そうな声が聞こえてきた。

「どうもすみません。出かけていたんです。三日ほど、通話圏外にいました」

「たしかにぼくは、あなたの上司じゃないからね。命令したり、束縛したりする権限はないわけだが、あえてお願いするとしたら、何日か留守にするときは、前もって知らせておいてくれるとありがたいんだが」

「それは気がつかなくてすみませんでした。つぎからそのようにします」

「明日来てもらえませんか」

「夜だったらなんとかできますが」

「そんなに手間は取らせないんだけどね。昼間に、ちょっと挟んでもらうというのは無理かね」

「月曜日は明石町《あかしちょう》へ行く日ですよ。午後は細田《ほそだ》先生のところへうかがいます。先生にお話しして、できるだけ早く切り上げるようにしますが」

「あ、そうだったか、月曜日だったね。わかった。自分勝手なことばかり言ってすまん。だったら夜でいいよ。何時でもいいから、事務所まで来てもらえますか」

細田博士の名を出した途端、青柳の声がトーンダウンした。ふたりとも元公務員だし、互いに見知った間柄でもあったが、年齢は博士の方が四、五歳上、公務員としての格も細田の方がだいぶ上だったのだ。

翌日の朝九時、車で阿佐谷を出ると銀座に向かった。いつもだと電車にするのだが、今日は何カ所か回るので車にした。

ミラーに気を配っていた。

昨日わが家から若林に向かいはじめたとき、後をつけられているような気がしたのだ。しつこくはなかったから気のせいかなと思ったが、麻紀子と病院へ向かっていたときも、同じような車がミラーに入ってきた。

白いバンだった。

病院から自宅へ帰るときは、暗くなっていたせいもあって、確認できなかった。

それで今日も身構えて出てきたのだが、いまのところその気配はない。

以前の三谷なら、後続車を気にかけることなど考えもしなかった。それが青柳の仕事を手伝うようになってから、だんだんそういう神経を使うようになった。暮らしの領域に、負の部分ができてしまったということだった。

銀座に着くと、はじめに某デパートの契約駐車場へ向かい、順番を待って乗り入れた。

裏通りの駐車場からデパートまでは、数分歩く。歩いている間も五感を働かせていたが、なにも感じなかった。

尾行はされていない。

デパートをひと回りして、裏口から外に出た。昭和通りまで数分歩き、そこからタクシーを拾った。

念を入れ、晴海《はるみ》でタクシーを降りた。

それからまたタクシーをつかまえた。

今度は明石町の萬寿館《まんじゆかん》というマンションへ乗りつけた。

五階建ての中層マンションである。それほど大きくはなく、人の出入りも少なく、ひっそりしている。

コンシェルジェは常駐だ。三谷は週一回来ているから顔はわかっているはずなのに、毎回慇懃《いんぎん》に行き先を聞かれる。

もらっているカードを差し出し、照合されるまで待つ。

「真っ直《ま》ぐ《す》行って、奥のドアからお入りください」

毎回言われることも同じだ。

ドアを入ったところにもうひとつカウンターがあり、ガラス壁の向こうから出てきた女性に、傍らのクロークを指さされる。

ここですべての私物をロッカーに入れ、出された白衣に着替える。男なら医師、女なら看護師という格好をさせられるのだ。

それから本物の看護師が出てきて案内してくれる。単独では行動できないということだった。

エレベーターで五階へ上がった。

旅館の廊下のような絨毯《じゆうたん》を進むと、白木の引き戸のドアが開き、そこから先が個室となっている。造作すべてが和室のしつらえだ。

次の間つきの和室に案内された。

開け放した障子の向こうに二重ガラス窓があり、ぎらついた初夏の太陽が照りつけていた。

空が真っ青だ。

空調が効いていた。

そのかすかな電動音をさえぎり、痰《たん》の引っかかったような咳払《せきばら》いが聞こえた。

車椅子に抱えられているような老人が、日光を浴びながら唸《うな》り声を上げていた。

痰がからんでいる。

首と手が休みなく震えていた。

痩軀《そうく》である。

頭髪はたっぷり残っているが真っ白だ。頰骨の突き出した顔に油粕《あぶらかす》のようなしみ、眉が植えつけたみたいに濃く、長い。

老人は目覚めていた。身体が振れているから、眠っているように見えただけだったのだ。

首を重そうに起こすと、白濁した目を三谷に浴びせた。

瞳孔がわずかに大きくなった。

「はあん」

叫びとも、気合いともつかぬ大声が咽から出た。目は厳しく三谷を見据えている。

「お早うございます。いい陽気になって参りましたが、ご気分はいかがですか」

「ふうむ」

威嚇するような声を上げて鼻を突き出した。眼光が光を増して三谷を値踏みした。

「おはん、だれな」

「三谷でございます」

「三谷……はあ、うん、三谷な」

声が尻すぼみになった。口が半開きになって、垂れ下がった。目が混乱している。どう対処したらよいか、突然わからなくなってしまったのだ。

老人の名は下村勇之助《しもむらゆうのすけ》、二年前に引退した与党の大物政治家だった。公の場には姿を見せなくなったが、その名はいまでもときどきマスコミで取り沙汰される。引退してもなお、隠然たる影響力を及ぼしているとささやかれている人物なのだ。

ここに入所していることは極秘である。

病状も絶対漏れてはならない。三谷も、ここへやって来るときは神経を使う。

下村は咳払いをして咳《せ》き込むと、苦しそうに顔をゆがめた。咳が治まってからも、まだ肩が上下していた。爽やかな顔はしていない。咽に絡んだものを呑《の》み下したのだ。

かすかに排泄臭がした。

動かなくなった。

目を閉じていた。

呼吸が規則的になった。

そのまま寝入ってしまった。

一時間ほどようすを見て、そのあと付き添いの看護師と話した。

タクシーで銀座にもどると、デパートで昼食をとった。駐車場に引き返し、車で市谷《いちがや》に向かった。

私学会館の並びにある日本脳神経外科学会へ細田忠司《ただし》博士を訪ねて行ったのだ。

博士の研究室には、月に一回足を運んでいる。メールやSNSでの報告は、ふだんから欠かしていない。

博士も必ず返事をくれる。知り合ってもう二十年以上になるのだ。

細田が三谷の住まいを調べ、訪ねて来てくれたのが、そもそものはじまりだった。

日本認知症学会は一九八二年に設立されたが、そのときは老年期脳障害研究会という名称だった。その後日本痴呆学会と名が変わり、二〇〇五年から現在の名称になった。

知り合ったのは日本痴呆学会時代である。

当時の細田は、日本認知症学会の創設者のひとりである諸井《もろい》謹三《きんぞう》東大教授の研究室で助手をしていた。

身内に認知症患者を抱えていたこともあって、細田は早くからこの病気に多大の関心を抱いていた。

ある日のこと、学会の会報に認知症患者の奇跡的な治癒例として、一民間医の投書が掲載されていた。

家族が音を上げるほど病状のひどかった八十七歳の老人が、一介護福祉士の活動によって、家族の顔が見分けられるまで回復したというレポートだった。

細田はその内容に強い共鳴と感動を覚えた。自分の抱えていた問題意識に強く響いてくるものがあり、実際にたしかめてみずにいられなくなった。

細田は諸井博士の承諾を得た上で、その介護士に会ってみようとした。

そして彼の名を突き止め、自分から訪ねて行ったのだった。

東大の先生が自分のところに教えを乞うてきたと知り、三谷は度を失うくらい恐縮した。人違いか、勘違いされたのではないかと、何度も聞き返した。

三谷を見たときの細田の顔に、それとわかる当惑の色が表れたのを見て取ったからでもある。

聞き返されて細田は、びっくりすると同時に、赤面した。三谷のことばは、彼とはじめて対面したときの細田の当惑や齟齬感《そごかん》をまちがいなく言い当てていたからだ。

三谷という男があまりにも特徴のない、平凡そうな人物だったから、人違いしたのではないか、と思ったことはたしかなのである。

もっと精悍《せいかん》で、観察力の鋭そうな、気鋭の介護士といった人物を思い描いていた。

顔を赤らめて率直に詫びる細田を見て、三谷はこの人物なら安心してよい、信頼できる人物だと直感した。

それを人間の信用度というなら、この人には心を開いてよいと本能的に察したのだ。以後ふたりは心を許せる友人として、対等な親交を結ぶ間柄となった。

つきあいはじめてからの細田は、三谷が外観からはうかがい知れない、特異な能力を持っているのではないかと思うようになった。

あるとき思い切って、それをたしかめさせてもらえないかと申し出た。

先生のお役に立てることであれば喜んで、と三谷は答えた。

それからおよそ一年をかけ、細田は三谷の詳細で緻密な調査をした。聞き取り、問診、脳波検査からMRIスキャン、PETスキャン、血液、脳脊髄液など、あらゆる身体的スペックを計測し、データを収集した。

細田は計測した値や結果、わかったこと、わからなかったこと、自分がしたこと、できなかったことを、包み隠さずすべて三谷に伝えた。

データを収集せんがためのいかなる人為的な操作も、いかなる化学的試薬、試料の手を借りたこともなかった。

調査過程で三谷は髪一本切りとられたことはなかったし、薬一錠飲まされたこともなかったのだ。

細田は三谷の全貌を知る方法のひとつとして、IQテストも受けさせた。

その結果、三谷の知的能力、いわゆる頭のよさは、平均レベルのやや上程度にとどまり、それほど並外れたものではないことがわかった。

だが知力や才能の分野とはちがう本能的能力、察知感覚、それを形成していると思われる記憶力、判断力といったものになると、常軌を逸したレベルにあることがわかった。

数値として測定できる能力ではないが、人口比にすればカンマ以下しか存在しない力をいくつも保持していた。

そういった能力が、認知症の老人によい結果をもたらしたことは十分考えられた。

かといって、ではどういった能力が認知症患者に作用したかということになると、なにもわからなかった。

要するに現代の医学レベルでは知ることのできない課題として、将来へ持ち越すしかなかったのだった。

「今日は満寿館に行ってきました」

挨拶が終わると、三谷は今日の報告をした。

「ご依頼されておりますクライアントの病は、ステージ4の後半に差しかかったと見てまちがいないように思います」

周知の人物を話題にするとき、具体的な人名は口にしないのが決まりとなっている。

「そうでしたか。それはお世話様でした。来月の例会でその旨報告し、いつまで継続するか、委員会で討議してもらうようにします。長い間ありがとうございました」

三谷がいま個人的な介護を引き受けている三人のクライアントは、細田のチェックを受けてから回ってきたものだ。

クライアント自体は青柳が見つけてくる。

特異な事情がからんだクライアントや、秘密の漏洩《ろうえい》防止が絶対条件であるクライアントなど、種々の条件を篩《ふるい》にかけ、そこから選び出したものを細田のところに持ち込む。

それを細田がチェックし、これならかまわないだろうというものを、三谷に発注する仕組みになっているのだ。

青柳と細田の関係は、もともと青柳が細田の学識やアドバイスを仰ごうと、出入りするようになったのがはじまりだった。

そのおりなにかのきっかけで、細田が三谷のことを口にした。それが青柳の抱える特別な事情に訴えたのだ。

彼の仕事につきものの、身元調査や人物鑑定をしなければならない場合、いちばんむずかしいのは、その人物をどう判別するかということである。裁定の基準となる数値はないのだから、最後は勘に頼るしかない。それを公正に、より正確に嗅ぎ分けてくれる人物がもしいたら、これくらいありがたいものはないわけだ。

青柳は長い間、そういう判定ができる人物はいないものかと切望していた。三谷孝という一見冴《さ》えない平凡な男が、それに適《かな》う嗅覚の持ち主だとわかったときは、飛びつきたくなる思いだったのだろう。

人物の鑑定と成果報酬のバーター取引のようなシステムが、こうしてできあがった。

三谷は、あたらしいクライアントの介護を引き受けると決めたとき、まず着手金がもらえた。終わったときは報奨金が、月々の定期報酬以外にもらえた。

青柳からもらえる手当だけで、会社を経営して細々稼いでいたときより収入はよくなったのである。

青柳が自分の仕事に三谷を使いはじめたと知ったとき、細田はなんともすまなそうな顔をした。

「ぼくはいらざることをして、あなたの信頼を裏切ってしまいました」

「いえ、とんでもない。わたくしにとってはありがたい仕事ですから、これくらいはなんでもありません」

三谷も誠意の証《あかし》として、身辺に起こった変化や事件は隠すことなく細田に告げていた。

それで今日も下村の報告を終えたあと、大河内という男と知り合い、つき合うようになった経緯を報告した。

細田は話を聞きながら、大河内という人物に興味を持ったようだ。三谷を必要としているという大河内のことばを、うんうんとうなずきながら聞いてくれた。

そしてあなたにとっても、これは得ることが多い経験になるかもしれませんねと、賛同してくれたのだった。

三谷には芝崎園枝、下村勇之助のほか、もうひとり介護していたクライアントがいた。

今後の介護業界にすこしでもお役に立てるならと、自分の認知症の進行ぶりを、克明な記録として残してくれていた元介護士だった。

その彼の介護も、先月で終わった。

病状が進行して寝たきりになったからだが、実際は数ヶ月前から実質的な意味をなくしていた。彼がつけていた病状日誌も筆跡や記述が乱れに乱れ、とっくに判読不能となっていたのだ。

細田博士のところには一時間ほどいた。

四時過ぎ、博士のもとを辞去すると、三谷は市谷とは目と鼻の半蔵門へ向かった。

11

「そうですか。細田先生はお元気でしたか。このところ忙しくて、だいぶご無沙汰しているんです」

青柳のところに顔を出すと、まずこう言われた。彼の口から、お追従《ついしよう》めいたことばを聞くことはめったにない。

細田の側から青柳に無心することはないのだから、ふたりの関係でいえば、細田の一方的持ち出しなのである。だからこのことばは、細田に敬意を表してというより、青柳のうしろめたさが言わせたのかもしれない。

下村勇之助の報告をすると、こちらは予期していたようだ。

「その分だと、来週はもうないかもしれませんね。クライアントのことでしたら、心配いりませんから。つぎの候補者はすでにいるんです」

と表情も変えず言った。

「八十五歳になるご婦人なんですけどね。施設へ入りたいと望んでいるんだけど、本人に見合う施設がないんです。これまで二回、自分で見つけてきた施設に入居していますが、どちらも一ヶ月で退去してます。自分の要求するレベルに達していなかったというんです。設備や条件のことじゃありませんよ、知的レベルという意味なんだ。ある意味、もっとも気むずかしいタイプかもしれない」

「そういう方の要求に、わたくしだったら応えられると思われるんですか」

三谷はびっくりして聞き返した。

「案外うまくいくんじゃないか、という気はしてるんです。彼女のレベルに合わせようとするより、むしろ相反する人格をぶつけた方がうまくいくんじゃないかと、最近思いはじめましてね。この前話していたとき、苦し紛れにあなたのことをしゃべってしまったんです。そしたら予想に反して、反応がよかったものだから」

「わたくしのことを、どういう風におっしゃったんですか」

「あなたの尊厳を踏みにじるかもしれないが、空気のような人物ですと言っちゃったんだ。どんな局面にも合わせられる、という意味で言ったんだけどね。そしたらなにも言わず、にかっと笑ってくれたけど、最近見せた表情のなかではいちばんよかった。それでだんだん、その気になりはじめているところなんです。あとは向こうが、あなたに会ってみようと言ってくれるかどうかだが、いずれそこまで話を持って行こうと思っています。いまはそういう人がいる、ということだけ覚えておいてください。ただ今日は、そういうことでお呼びしたんじゃないんだ。ちょっと気になる話が耳に入ってきたから、たしかめたくてね。あなたの身辺調査というか、聞き込みをやっているものがいたんです。知り合いの調査機関から、問い合わせがあったからわかったことだけど」

「それって、まさか、東輝クリエイティブとかいうところじゃないでしょうね。大河内牟禮という人物が主宰している企業です」

「なんだ、心当たりがあったんですか。どう考えても、あなたと接点があると思えなかったから、わけがわからなくて」

「妻の元同僚で、寺前という女性の話はしたことがありますよね。彼女の入居していた施設がクラスター騒ぎで閉鎖され、先月あたらしい施設に移ったんです。多摩の稲城にあるその施設が、東輝クリエイティブと向かい合わせのところにあったんです」

バードウオッチングが縁で、大河内牟禮と知り合った経緯を話した。先週は山梨の山荘へ招かれて行ったが、そこが通話圏外だったので電話が通じなかったのだと。

「すると向こうは、あなたがどういう仕事をしているか、知って接近してきたんですか」

「そうなります。自分がなぜそこまで信用されたか、いまひとつわからないんですけど」

「だったらせっかくですから、この際もっと必要とされるよう、向こうの懐《ふところ》に飛び込んでください」

予想外の雲行きになってきた。

「ということは、東輝クリエイティブという企業をご存じだったんですか」

「名前は聞いてました」

ただし青柳は、飯田橋テクノホールと大河内テクノラボは知らなかった。

「順番としては、東輝クリエイティブをいちばん先に発足させています。ただし財団の店子ですし、ほかの制約も多くてなかなか自分の思うようにならなかった。それでようすを見ながら準備を整え、名実ともに自分の会社である大河内テクノラボを立ち上げた、ということだったようです」

「そうだったんですか。ぼくとしては、東輝グループの名がいきなり出てきたからおどろいたんです」

「ということは、東輝グループは内調が目を光らせているような企業だったんですね」

「少なくとも、真っ白ではなかったようです。とはいえそれは、遠いむかしの話。われわれの記憶の上では、創業者の大河内東生という名は、とうに死に絶えていました。それがいまごろいきなり出てきたから、ゾンビが生き返ってきたかとびっくりしたんです」

「大河内牟禮本人は、東輝グループと、それほど関係はないようです」

「でしょうね。大河内は子供のころアメリカへ渡り、三十すぎまで向こうで暮らしています。これまで、まったくの無名、われわれのいかなるアンテナにも、引っかかったことはありません。ハーバード大学でＭＢＡ（経営学修士）を取得してますね。そのときの恩師で、パパ・ブッシュが大統領をしていたときの国務次官補ニコラ・ブラッドフォードなる人物が、近く日本へ来るかで、最近政府や関係機関に売り込みをかけまくっています。これを機会に、自分を売り出そうという腹じゃないかと見てるんですが」

「大河内にはどんな疑惑があるんですか」

「なにも大河内が、怪しいと言ってるんじゃありません。ぼくの仕事は、国益に反する動きや、その懸念がある団体の動静やデータを収集して、関係機関に通知することですから。新しい情報や出入りがあれば、調べざるを得ない立場なんです」

「まえにうかがったかもしれませんが、青柳さんははじめから内閣情報調査室にいらしたんですか」

「いや、ぼくは警視庁からの出向です。内閣情報調査室の職員は、半分以上が各省庁からの出向者で占められています。ぼくは外事課の二課にいましたけどね。一課がロシア、二課が中国、三課は北朝鮮、四課はアラブ諸国を担当しています」

「ということは、生え抜きの赤狩り職員だったんだ」

思わずそう口走ってしまい、青柳の顔を見てしまったと思った。

「ごめんなさい。いまのことば、取り消します。国の仕事などには縁のない人間ですから、ほかのことばを知らなかったんです。お詫びして取り消しますから、忘れてください」

「謝らなくてもいいですよ。やってることにちがいはないんだから。ただぼくは、単なる職業としてこの仕事を選んだんじゃありません。日本人としての義務や使命感を持って、職務を遂行しているつもりです」

「そういう気持ちを踏みにじるような言い方をしてしまい、なんともお恥ずかしい限りです」

「もういいですから、その話はよしましょう。大河内とつき合うのであれば、知っておかれた方がよいことは、ほかにもあるんです」

と青柳は、周囲に拡げてある資料に顎を向けて言った。

見るからに古そうな書類が並んでいた。色が黄変《おうへん》しているものもあれば、紙こよりで綴《と》じた書類まである。

「これが全部、大河内に関する書類ですか」

「本人のものではありません。三谷さんは大河内牟禮の父親である大河内東生という人物について、お聞きになったことはあるでしょう。希代のペテン師として、悪評しかなかった人物ですが」

「多少のことは知っています」

「いまは完全に忘れ去られ、影響力も皆無になっていますが、それでも家族は存在しているんです。大河内牟禮の戸籍上の母親尾上鈴子《すずこ》と、その家系ですね。鈴子の父親尾上稀一郎《きいちろう》、世襲名尾上善右衛門《ぜんえもん》には弟がいました。鈴子にとって叔父に当たる人物です。名が泰河《たいが》、結婚してからは深浦《ふかうら》姓になりましたが、これが途方もない人物でした。虚説、風評も含め、戦前戦後の裏面史に、かずかずの伝説を残している男です」

「尾上鈴子の叔父ですか。はじめて聞きました。なにをしたんですか」

「なにもしてません。一般大衆に知られるようなことはね。ほとんどの人が知らないでしょう。しかし公安関係者には、知らないものがないくらい有名でした」

「青柳さんたちには、周知の人物だったということですね」

「いやいや、ぼくだってまだ、生まれたばかりですよ。安保闘争ということばを聞いたことがあるでしょう。いまではもう歴史用語になりかけていますが、安保闘争が熾烈を極めた一九六〇年から七〇年にかけては、公安関係者にとって悪夢のような時代でした。この日本に、いまにも革命が起こりそうだと、だれもが実感していた時代だったんです。終わってみれば、ただの徒花《あだばな》、日本はそれからエネルギーのすべてを経済活動に転じ、高度経済成長期をへて、バブルの時代という未曽有《みぞう》の繁栄を迎えるんですけどね。ひところの深浦泰河が、内調から徹底的にマークされていたことは事実なんです」

「なにもかも初耳です」

「泰河は、早く言えば右翼です。戦前の満州で暗躍した大陸浪人が出自ですよ。泰河が満州でやったことは、もちろん合法活動ではありません。闇工作、裏工作専門です。泰河が資金集めの手段として、アヘンの密売をやっていたことはまちがいありません。終戦時にはそれが、一国の経済を左右するほどの額に達していた。泰河はそれを日本に持ち帰らず、国共内戦がはじまると中共軍に荷担、廃棄された関東軍の武器を買い集めて、自ら身を投じてます。共産軍が戦争に勝利し、いまの中国政府が実現する上で多大な貢献をしているんです。毛沢東に会ったことはなかったようですが、周恩来とはツーカーの仲だったそうで、ふたりが収まっている写真なら何枚も残ってます。日本へは中共政府が実現した翌々年、一九五一年に帰って来ました。このとき、まだ四十一歳です」

「わたくしは一九五七年、昭和三十二年の生まれですから、国共内戦のころはまだ生まれていません」

「ぼくだって一九四九年、昭和二十四年の生まれですよ。ぼくが生まれた年に、中共政権が樹立されてるんです。泰河が帰ってきたのはさらに二年後。帰国してからの泰河は、社会の前面に出ることはなく、ほぼ無名のまま残りの人生を過ごしました。実際は満州時代以上に、闇社会で活動していたんですけどね。内調の先輩から聞いた話では、彼を摘発しようとした動きは何回かあったそうなんです。ところがそのたびに上の方からストップがかかり、結局表舞台へ引きずり出すことはできなかった。日本へ帰ってきた翌年、旧華族だった深浦志摩子《しまこ》という女性と結婚してるんです。以後は名も深浦姓と変え、尾上泰河の名は消えてしまいます。結婚そのものが、知られすぎた尾上姓を隠すためだったことは、まちがいないでしょう。本人は二十一世紀まで生き延び、ほんのこの間、九十四歳で大往生を遂げてます。ここにある資料は、摘発はできないかもしれないが、知っておくことならかまわんだろうというので、内調の先輩たちが密《ひそ》かに集めていたものばかりなんです」

「二十一世紀というと、大河内はアメリカから帰国してますね。大河内と泰河の間に、交渉はあったのでしょうか」

「それはわかりません。泰河本人は、妻志摩子との間に希海《のぞみ》という男子を儲《もう》けています。年はいま、七十くらいのはずです。大河内牟禮とは、戸籍上で従兄弟《いとこ》違いになります。年がかなり離れてますから、ふたりの間に面識、交流があるかどうかは、確認できていません。希海は北京《ぺきん》大学を卒業、金石文《きんせきぶん》という石碑に彫られた銘文の研究で、北京大学の博士号を取得しています。留学したのが一九七〇年代でしたから、だれもが簡単に、北京大学へ留学できる時代ではありませんでした」

「深浦希海はいまなにをしているんですか」

「日本では九段《くだん》にあった旧華族会館の、清華《せいか》文書館というところに定年まで勤めていました。この男も、ほとんど知られていません。一方で中国には足繁《あししげ》く赴いてます。国内でもいろんな組織や機関に顔を出しているようですが、本人はいかなる組織、団体にも加盟してないんです。日本学術会議の会員にすらなっていません」

「内調としては、深浦希海がかつて深浦泰河のやっていたことを、引き継いでいると見ているんですか」

「ぼくはそこまで知りませんけどね。考えられないことではないと思ってます。深浦泰河と希海の活動では、決定的なちがいがひとつあるんです。それは泰河が自分の金をばら撒いていたのに対し、希海がばら撒いている金は、あの国から出ているということです」

青柳はそう言うと姿勢を改めた。

「お願いがあるんですけどね。前々から言ってきたことですが、GPSをもう一回検討してみてくれませんか。あなたのことだから心配はないと思うけれど、ぼくがあなたにしてあげられることといえば、それくらいしかないいんです」

三谷がどこにいようが居場所を突き止めることができるGPS用の極細チップを、体内に埋め込ませてくれという話は、これまで何度も持ち出されていた。

ミリコンマサイズのマイクロチップを注射器で、親指と人差し指の間の薄い皮膜に注入するだけ。すぐ終わるし、身体への影響も、副作用もない。摘出するときも簡単にできる。

万一のときの安全を確保するためというのだが、三谷はまだ応じていなかった。

身体髪膚《しんたいはつぷ》これを父母に受く、あえて毀傷《きしよう》せざるは孝のはじめなり、とまで言うつもりはないのだが、体内に異物を挿入することにはやはり抵抗があるのだ。

それで今回も、そこまでおっしゃるなら考えておきますと言い、返答そのものははぐらかした。

青柳はそのあとようやく、今日の用件を切り出した。

「申し訳ないんですが、今度の日曜日、都内のホテルへご足労願えませんかね。見分けていただきたいことがあるんです」

「週末や休日には仕事を頼まない、というのが当初からのお約束だったはずです」

「それを承知で申し出ているんです。ほかにできる人がいないので」

「申し訳ありませんがお断りします。五日は女房の誕生日なんです。娘夫婦から孫娘まで全員が集まって、病室でかたちばかりのパーティーを開くことになっています。名古屋にいる娘夫婦まで、帰ってきてくれることになっているんです」

「それはすみませんでした。撤回しますから、なかったことにしてください」

それほど重要な用件ではなかったのか、青柳はあっさりと引っ込めた。以後、その話が出てくることはなかった。

12

飯田橋の大河内テクノラボに帰り着いたのは午後六時だった。

月曜日は週末出勤をした者の代休日に充てられることが多いため、ほかの日に比べたら出勤者も少なく、ビル全体がひっそりしている。

秘書室に入って行くと、第一秘書の来宮義郎《きのみやよしろう》ひとりしかいなかった。今日は第二秘書の白木はるかが休み、来宮の出勤日だった。

来宮は苛立った、機嫌の悪そうな顔をしていた。三谷を見るとはじめて、うれしそうな、ほっとした顔をした。

た。


三谷は奥の社長室を指さし、いる？ と目で尋ねた。

来宮はうなずき、受話器を耳に当てるジェスチュアをした。唇でアメリカと言ったのがわかった。

それからメモ用紙に、１ｈと書いてみせた。電話が一時間に及んでいるということだ。

本人は帰り支度をすませている。大河内の電話が長すぎるので、帰りたくても帰れなかったようなのだ。

三谷は手真似で、ぼくが残るからきみはもういいよと言ってやった。来宮はうれしそうな顔になり、そばへ来ると小声で言った。

「理事長にこのメモをお渡し願えますか。取り次げなかった電話のリストです。木下《きのした》テクスチュアさんがとくに急ぐらしくて、三回もかけてきました」

メモ用紙には、ほかにもふたつの社名が書いてあった。

わかったから帰りなさいと言ってやると、来宮はありがとうございますと、勇んで帰って行った。四月に結婚したばかりだったのだ。

十分ほどようすを見ていたが、社長室は静まり返っている。それで軽くノックして、のぞいてみた。

靴をデスクに載せた大河内が、腕組みをして天井をにらみつけていた。どちらかというと深刻な顔だ。

「や、あなたでしたか。どうぞ」

入ってきたのが三谷だとわかると、すぐさま顔を和らげ、足を下ろした。

「週末はありがとうございました。いま、よろしいんですか」

「かまいませんよ。思いがけない雲行きになってきたので、考え込んでいたところです」

「ブラッドフォードさんですか」

「そう。向こうの狙いが露《あら》わになって、してやられたと、自分の迂闊《うかつ》さに腹を立てていたところです」

「よくない知らせだったんですね」

「そうなります。話がだんだん回りくどくなるから、おかしいなとは思っていたんです」

独り合点した声を上げると、顔をしかめてかぶりを振った。三谷はつづきを催促せず、自分のデスクに行って腰を下ろした。大河内が話してくれるのを待ったのだ。

「考えてみたら、やっこさんが金にもならないことをするわけがなかった。それを親睦や、リスペクトだと思っていたんだから、ぼくもおめでたい。しょせんぼくまで、典型的なお人好《ひとよ》し日本人だったんです」

「利用されたということですか」

「そう。日本へは、商売をしに来ることがわかっていたけど、その商売相手が、まさかぼくだったとはね。東輝クリエイティブを最高評価で買収してくれるクライアントを見つけた、と言い出したから仰天したんです。おどろいたことに、東輝クリエイティブがいまどんな研究開発をしているか、業務内容から経営状況まで、なにもかも知ってました。あらゆるデータが筒抜けになっていたんです」

「そういうことは、東輝クリエイティブの協力者なしにできることですか」

「できません。ぼくの会社に、内通者がいたことになります。要はそういうところにまで、抜かりなく手配りしていたということです。ちっぽけな日本の一IT企業にまで、情報網を張り巡らしていたということですね」

表の道路から救急車のサイレンが聞こえてきて、大河内は不思議そうな顔をして外をうかがった。そしてすっかり暗くなっていることにびっくりした。

「あ、もうこんな時間だったんだ。外でずっと、ぼくを待っていたんですか」

「いえ、わたくしはいま来たばかりで、待っていたのは来宮さんです。これは、電話してきた人のリストだと預かりました」

とメモを渡した。

「そういえばお腹《なか》が空《す》いたなあ。昼にサンドイッチをつまんだだけなんです」

「出前を取りましょうか」

ということになり、近くの洋食屋にハンバーグ定食の出前を注文した。

大河内は来宮のメモに目を通した。だが必要ないとばかり、屑入《くずい》れに放り込んだ。

「どこまで話しましたっけ？」

「東輝クリエイティブの事業内容が筒抜けになっていたところまでです」

「そうでした。まず大前提の話からはじめますと、アメリカという国はもともと猟官制の国なんです。大統領選挙のたびに自分たちの推奨する人物を当選させようと、国中が二派に分かれて熱中します。選挙に勝つと大統領の側近になることができ、政府高官をはじめいろんなポストにありつける。名もない国民から、上級国民に成り上がれるわけです。大統領の任期が終われば野に下りますが、就任中に築いた人脈やコネを使って、いくらでも国政を私《わたくし》することができます。国益に適うことであれば、我田引水のロビー活動だって許される社会なんです。ニコラ・ブラッドフォードも例外ではありませんでした。大学教授時代より在野のいまの方が、はるかに存在感を増しています」

「すると今回の来日も、その延長線上の戦略だったわけですか」

「その通り。東輝クリエイティブがいま、全力を挙げて取り組んでいるシステムがあるんですけどね。そのフォームがようやくできてきたので、この冬からオープンソースにして、業界の反応をうかがってみようと思っていたところでした。そしたらいち早くその動きを察し、まだ釣り糸を垂らしてもいないのに、食いついてきた。こちらが発表する前に、先手を打ってきたということです」

「極秘にすすめてきた研究が、そうでなかったとわかるのはショックでしょうね」

「そうですよ。われわれにしてみたら極秘のつもりで、こっそり、息を潜めてやっていたことが、なにからなにまで知られていた。恐らくブラッドフォードもGAFA（GOOGLE、APPLE、FACEBOOK、AMAZONに代表されるアメリカの巨大IT企業）か、その周辺企業の先兵となって動いているんでしょうけどね。われわれの動きを見て、ひょっとすると、これはものになるかもしれないと、真っ先に手を打ってきたことになります」

「企業提携とか、事業協力とかいった回りくどいやり方ではなく、一足飛びに買収しようという提案ですか」

「その通り。ブラッドフォードが言うには、うちみたいなちっぽけな企業でこつこつやるより、アメリカの大手に任せた方が成功する確率も高いし、東輝クリエイティブが得られる利益も大きい。おれがその橋渡しをしてやるよ、ということだったんです」

「しかしそれって、見方を変えたらすごいことじゃありませんか。世界のマンモス企業が目をつけるほどのシステム開発を、東輝クリエイティブがやっていたということですよ」

「成功すればね」

大河内は冷ややかに言った。

「目をつけられたのは、検索システムなんですけどね。グーグルのような一種の検索エンジンですが、それの遡上版《そじょうばん》というか、受信波をなんらかのバイアスをかけることで識別し、分類できる可能性を秘めたシステムなんです。できたらの話ですよ。成功したら、コンピューターのセキュリティ対策に革命を起こす、一大発明になるでしょう。いまの段階では、まだ実証実験にも到《いた》っていない、五里霧中の、手探り段階にすぎないんですけどね」

「そんな、海のものとも山のものともわからないシステムに、いきなり大金を投じるというのも、無謀きわまりない話ですね」

「そういうものに目をつけ、いち早く買収に乗り出そうとするからには、成功する可能性があると見たか、成功させるなんらかの根拠を、彼らが所有しているということでもあります」

「どっちにせよ、ものすごい賭けですね。成功すればＩＴ業界を牛耳《ぎゅうじ》る覇者となり、天文学的な報酬が得られる。失敗したら大金を、どぶへ捨てることになります」

「いま量子コンピューターの開発に、世界中が血眼になっているのと同じことです。最近国内のある事業体が、量子コンピューターの開発に成功したと大々的なＰＲをしてみせましたけどね。

あんなもの、億千もある糸口の一本を、探り当てたというだけの話に過ぎませんよ」

「まるで、先に言った方が勝ちみたいな世界ですね」

「汎用《はんよう》量子コンピューターそのものは、まだどこにもできていません。できるかどうかさえ、わかってないのです。それなのに、もしできたら、これまでできなかった新しいことができるにちがいないという期待だけで、世界中の国や大企業が、惜しげもなく大金を投じてます。投じた費用は回収できないかもしれないが、よそが成功したら自分とこの負けが確定することだけはまちがいない。投じたら成功するかもしれないが、投じなかったら絶対勝てない。それだけの理由で、世界中が必死になって大金と努力を注いでるんです」

「資本主義経済の極地ですね。後れを取ったら、即死ぬ。そこまでして勝たなければいけないものなのか、そういう時代の到来がより進化した社会と言えるのか、わたくしにはわかりませんが」

「ウイナー・テイク・オール、勝者がなにもかも取る、これが資本主義社会の論理です。そのシステムで動いている社会しかない以上、現実はそこで勝負するしかありません。モラルが出る幕はないいんです」

と言っているところへ出前が届いた。

それで即座に議論は中断、ふたりともしばらくがつがつと、めしを食うことに専念した。

「わたくしにはなにもかも雲の上のような話で、まるで実感が湧きません。自分の暮らしと、あまりにもかけ離れています。だから具体的なイメージとして、考えることができないんです」

「抽象的なことばかり言ってると思うかもしれませんが、抽象だって目に見えるかたちにしたら、どこにでもある身近なものばかりなんですよ。だいたいぼくは、もとからのプログラマーでも、エンジニアでもありませんからね。ただのプランナーなんです。リアリスト、ビジネスマン。もっと具体的に言うなら0と1からなるコンピューターの2進法で、どうやったら金儲けできるか、それを考えるのが仕事なんです」

「そういう抽象を、具体化する過程というのが、わたくしにはわからないんです」

「昔語りになりますけど、東輝クリエイティブが世に出るきっかけとなったのは『困ったときの晩ご飯』というレシピアプリだったんです。企画会議のとき、ITのなんたるかもわかっていない新人女子社員が、思いつきで言ったことからはじまったんですけどね。要するにわが家の冷蔵庫に、いま残っている食品と調味料で、今晩どんなおかずができるか、というヒントを与えてくれるアプリです。これが大ヒットして、スポンサーがどっとついた。丸の内のビジネス街や京浜《けいひん》工業地帯と、わが家の台所を同一レベルで論じていいんだ、とこれまでの思考を改めるよいきっかけになった事案でした」

「主婦にとってはいちばんありがたいアドバイスだと思いますよ」

「そのときはまだ、こちらも石頭でしたからね。正当な評価をしてやれなくて、彼女には報奨金として金一封を出しただけでした」

「その女性、いまでも会社にいらっしゃるんですか」

「庶務課でエクセルをいじってますよ。そのころは社員も少なかったから、企画会議にだれでも出席できたんです」

「創業期にはありがちの話ですね。それで、前からおうかがいしようと思っていたことですが、これだけの大所帯になったにもかかわらず、理事長の代理や補佐をなさる方が、少なすぎる気がするんですけど」

「それで困ってきてるんです。人間ひとりでなにもかも統括できる組織というと、六、七十人が限度と言われてます。手を抜いて百人。だからとりあえず、第一陣としてあなたに来ていただいたわけでして」

「それはとんでもない見当外れです。わたくしは世間の端っこを歩いてきた人間で、人をまとめられるような器ではありません」

「器ですよ。自覚されてないだけです。三谷さんて、ギフテッドと言われたことはありませんか。ぼくははじめてお会いしたときから、気づいてましたよ。森のなかで、スズメバチが飛んでいる音に気づかれましたよね。たった一匹の羽音に気づき、それを追って、ヤブツバキにつくられていた巣まで見つけられた。業者を呼んで撤去してもらったところ、ミカン大の巣でした。ぼくらだったら、抱き枕くらいの大きさになるまで、気がつかなかったと思います」

「田舎者だったから、気がついただけです」

「ぼくは小学三年のとき、ＩＱテストで百三十五を出したそうでしてね。それで天才だとかなんだとか持ち上げられ、だったら英才教育システムが整備されているアメリカで学ばせた方が、いいんじゃないかということになって、アメリカへ行かされたんです。一年間英語の勉強をして、十一歳のとき向こうへ渡りました。ギフテッドということばはご存じでしょう」

「ことばでしたら聞いたことがあります」

面と向かって指摘された以上、認めざるを得なかった。これまで自分からギフテッドと名乗ったことはないのである。

三谷がギフテッドだと指摘してくれたのは、他ならぬ細田博士だった。

三谷が持っている特異な能力の正体を突き止めようと、種々のテスト、検査、測定をしたあと、博士が出してくれた結論だ。

「ギフテッドとは、本来特異な能力を持っている児童に、早期から英才教育を施そうという主旨で使われていることばなのです。四十を超したあなたに使うのはおかしいんですが、世のなかがあなたの能力に気づかないまま、埋もれさせようとしているという意味で、あえてギフテッドと呼ばせていただきます」

博士の説明によると、人間の知能や能力は、大別すると八つの分野に分かれるという。

よく知られているのが言語、論理、音楽、身体能力の四つ。学識、科学、芸術、スポーツと言い換えるとわかりやすい。

この分野に傑出している人は、社会的にも成功したり、リーダーになったりしている人が多い。

つぎの能力は抽象的な表現になるが、空間認識能力、対人折衝能力、自省能力、博物能力の四つ。

前者を汎用型能力とすれば、後者は特化型能力、前者が学習や経験の積み重ねによって獲得する要素が強いのに対し、後者は先天的、本能的に身に備わっている能力だという。

「あなたの言語・論理能力などいわゆる学力は、水準以上だとしても、傑出しているほどではありませんでした。しかし空間認識力や社交性などの能力となると、零コンマ何パーセントしかいない飛び抜けた能力を保持されてます」

「空間認識力というのはどういう力ですか」

「方向感覚ですね」

と言われたからたちどころにわかった。

そういえばこれまで、道に迷った経験がなかった。知らない土地、地図なしで山に入って行っても、自分がいまどこにいるか、だいたい見当がついた。方角がわからないまま、こっちだろうと考える方向へ進んで行くと、まず合っていた。

一度通った道は忘れなかった。

何年かたってまた通りかかると、突然ぱっと、あ、この道は前に通ったことがあると思い出した。

未知の土地を走行しているときも、ドローンで上空から見下ろしているみたいに、全体の地理がなんとなく把握できた。

従ってカーナビやGPSを必要としなかったし、いまでも自分の車には装備していない。

社交性ということも、子供のころからお年寄りに気に入られたことを考えたら納得が行く。要するに警戒する気が起きない人間なのである。

一度見た顔は忘れなかった。一度聞いた声は忘れなかった。一度嗅いだ匂いも忘れなかった。

指先で触れた感触も、つぎに触ったらたちどころに思い出した。

天候が崩れるときの兆候は皮膚感覚で、雨の予兆は空気の湿り気でわかった。

そのつもりで聞いたら、電車や飛行機の音はどんなところにいても聞き分けられた。

視力はとくによかったわけではないが、闇のなかで動くものは見えなくても感知できた。

必要とあれば自分の気配を消せた。

呼吸と動きを殺し、仮死のような静止状態を何時間もつづけることができた。

犬に吠《ほ》えられたことがなかった。自分に悪意を持つ獣や人間は、目を合わせただけでわかった。

とはいえことさら言い立てるほど、特別な力だと思ったことはなかった。臆病で用心深い人間なら、無意識に身につけている感覚にすぎない。

「いまのことばで言えば、防御本能ということになるでしょうね。そのむかし、人間がまだ非力なホモサピエンスだった時代、肉食獣や捕食者の狩りや襲撃から逃れ、最終的に動物界の覇者となれたのは、攻撃力より、身を守る能力がどの生物よりも優れていたからです。しかし現代社会は、そのような能力を必要としなくなりました。いまではほとんどの人が能力を退化させ、失っています」

「現代では役に立たない能力なんですね」

「そんなことはないでしょう。青柳さんがあなたの力をいつも必要としているのは、そういう力を持っている人がめったにいないからです。自己主張をするような、アクティブな能力ではありませんよ。あくまでも受け身、ひけらかす能力ではありません。ですからご本人が気づいていないことは、少なくないんです」

改めて指摘されてみると、細田博士の言う通りだった。青柳と知り合わなかったら、自分の力に気づくこともなく、世の中の隅っこで終わっていたように思うのだ。

一通り話し終えたあとで大河内が言った。

「単なる秀才でしたら、メンサの会という組織があります。ＩＱが百三十以上、最高二百二十八という、オールマイティ型の秀才を集めたエリート組織です。ロンドンに本部があって、日本にも四千人くらい会員がいるそうですけどね。ぼくも入会を勧められたことがありますが、入りませんでした。けなすわけじゃないけど、メンサの会なんて計算機レベルの秀才にすぎません。あなたと決定的にちがうところは、あなたは徹頭徹尾、人に寄り添った能力の持ち主だということなんです。ぼくの足りないところを補ってもらえるというのは、そういう意味ですよ」

「ありがたいお話だとは思いますが、現実になにを望まれているのかとなると、見当がつかなくて困るばかりです」

「そうだ。今夜はこれから、ぼくの家までいらっしゃいませんか。この際気のすむまで、話してみようじゃありませんか。ぼくの手の内も全部お見せしますよ」

成り行きだったとはいえ、思いがけない方向へ話が飛んでしまった。

三谷の住まいが阿佐谷、大河内が同じ杉並区の堀ノ内、方角はほぼ同じである。距離もそれほど離れてはいない。

だったら帰るついでに、今夜はもうひとつ寄り道しよう、ということになったのだった。

13

大河内を乗せて堀ノ内まで、三谷の車で行った。

身長が百九十近い大河内が軽自動車に乗るのは、なんとも窮屈そうだった。しかも三谷の車は、横山の老人たちの車より小さかった。態度にこそ出さなかったが、着いたときはフーッと吐息をついたのがわかった。

江戸時代の越後屋《えちごや》、つまり三越の本家である三井家の菩提寺《ぼだいじ》が堀ノ内にある。真盛寺《しんせいじ》というその寺と隣り合った堀ノ内の緑地に、大河内の住んでいるマンションはあった。

築年数はだいぶたっているが、五階建ての重厚な建物で、天井が高かった。部屋数も多くはなく、全部合わせても二十くらいしかなさそうだ。

その最上階、コの字型に配された棟の南東角が大河内の住まいだった。電子キーでドアを開けると、間接照明の明かりがひとりでにともった。壁がオレンジ色に光った。

袖壁を回った先がリビングルームになっていた。オープンキッチンが左にあり、正面が書斎コーナー、家具のない無垢フローリングの部屋が奥へ延びている。

「着替えてきますから、適当にくつろいでてください」

大河内はそう言うと奥の部屋へ消えた。壁に触れたかと思うと、スライド式になっている扉が開いた。そのときなかのベッドがちらと見えた。

どの部屋にも装飾らしいものはなかった。素っ気ないくらい片づいている。

書斎の一角に積み上げてある本が乱雑だった。そこだけ均整感が欠けている。

パソコン、ルーター、ディスプレイ、キーボード、書籍や雑誌類を放り込んだボックスなど、現代人が必要とするものは一通りそろっている。屑入れがドラム缶三分の一ほども大きかった。

細かく仕切らず、動線が最小限となるよう配慮した造作は山荘と同じだ。贅肉《ぜいにく》がこれでもかというぐらい削ぎ落とされていた。

過去を引きずっているものがない。ここにあるのは、現在と、未来のみ。迷いの入る余地がなかった。

大河内が作務衣に着替えて出てきた。

「お茶でも淹れましょう。コーヒーでいいですか」

キッチン前のダイニングテーブルに食器がセットされていた。

大皿が並べられている。皿のひとつに料理を冷まさないためのクローシュという金属製の蓋が被《かぶ》せてあった。

「ほかには、どなたもいらっしゃらないんですよね」

ぶしつけにならない程度に部屋を見回しながら聞いた。

結婚はしていないはずだが、食卓のたたずまいには、明らかに人手が入っていた。

「いませんよ。掃除や洗濯は、毎日来てくれる家政婦さんがしてくれます。ほかには週二回、温野菜を持ってきてくれる爺《じい》さんがいるくらいです。近所に住んでいる人ですけどね。とにかく野菜を食えと、勝手に届けてくるんです。もっとも、部屋まで運んでくれるのはコンシェルジェですが」

とクローシュに顎をしゃくって言った。

「調理済み野菜ですか」

「蒸したり、茹《ゆ》でたり、ときには焼き野菜になったり、肉入りになったりすることもあります。軽い塩味はついていますが、それ以上の味付けは、食いながらやれということで」

「山荘で拝見したとき、食べるものに好き嫌いがなく、なんでもお食べになりました。なるほど、これが健康の元になっているんだなと思ったものです」

「持ってきてくれるから、それを食っているだけです。アメリカにいるときは毎朝サプリメントを四、五十粒、牛乳でがぶ飲みしてました。それが朝食だったんです」

「食生活が劇的に変化したんですね。ご親族の方ですか」

「いやあ、二年くらい前に知り合った爺さんです。女子大で栄養学を教えていたとかで、奥さんを亡くしていまは独り身、食事も自分でつくってます。そのついでということで、勝手にぼくの栄養計算をして、つくったものを届けてくるんです。手間いらずだからなんとなく食っていたら、一年で体重が二十キロ落ちました」

食卓の上に並んでいるガラス瓶を指さした。いろいろな乾物が入っていた。麦、玄米、豆、木の実、粉類と、かれこれ二十種類くらいある。

「それ、全部シリアルです。サプリメントに代えて、いまはこれを朝めしにしています。適当にぶっ込んでミルクを入れ、掻き回したりスムージーにしたりして食うんです。ほかはなにもしてないのに、体調がよくなって、便通も快適、おかげでこのごろは爺さんの言いなりになってます」

「それはよい方と知り合われました。シリアルはわたくしも、一日に一食は取り入れるようにしています」

「出会ったのがあなたと同じ、会社の裏の、あの山だったんです。草っ原を這い回っている爺さんがいたから、なにをしているんですかと聞いたら、摘んだ葉っぱを見せて、見事なヨメナだと言うんです。ただの野草ですよ。食ってみたいかと言うから、社交辞令でええと答えたら、おひたしにしたものをタッパーに入れて送ってきました」

「そういえばわたくしも、祖母がつくってくれたヨメナのおひたしが大好きでした。おいしかったでしょう」

「全然。ぼくはそんな繊細な舌は持っていません」

コーヒーが入ったのでソファに移動して飲んだ。

テーブルに置いてあった大河内のスマホが鳴りはじめた。大河内は手に取るなりスイッチを切った。

「正直に言いますと、この部屋に来てちょっとおどろいています」

三谷は部屋を見回して言った。

「ふつうですと、マイホームは一日の疲れを癒やすところ、心身をリフレッシュさせて翌日に備えるところ、ということになると思うんです。しかしこの部屋はちがいます。休息するという要素がほとんどありません。譬えて言うと酸素吸入器が備えつけられていて、これから打って出るためのダッグアウトみたいな感じがするんですよね」

「そうかもしれません。だいたいぼくは、休息を取るためにここへ帰って来てるとは思っていませんから。夜は活動を停止するのが世間の慣習だから、それに従っているだけです」

「ということは、もうひとつちがう次元へ行くための部屋、ということですか」

「いつも帰ってきたら真っ先にあそこへ行って、瞑想をはじめます。時間にして十分か二十分、頭の切り替えをするためにやるだけですから、長い時間は必要ありません。そこから先は素の自分にもどります。外界との接触を絶ったところで、思考、黙示、推論、執筆と、気の向くまま、没頭します。思いつくまま、自動書記みたいな殴り書きをすることもあります。ときにはそれが、何十枚にもなることだってあるんですけどね。ただし読み返してみて、役に立つことはまず書いてありません」

と笑いながら言った。その表情がいかにもくつろいでいた。

「要は思考を行動に移すということですね。没頭することで生じる可能性に、意味があると思っているんです。一応四時間は寝るようにしていますけど、ときには一睡もしないまま出社することだってあります。数年前までは、五時間の睡眠が必要でした。それが四時間で足りるようになった。それを進化ととらえているんです。いずれ三時間まで削ってみようと思っています」

「会社へは、どの社員よりも早くいらっしゃるそうですね」

「朝八時には出勤します。だれもいない八時から九時までの時間帯が、精神のいちばん集中できる時間です。九時から十時までは社員と接触する時間。経過報告を受け、協議や討議をして、必要な指示を出します。それからあとは付け足し、その日すべきことの九割は終わってます」

この際だと思ったから、気にかかっていたことを聞いてみた。

「すると女性を必要とされるのは、平日の、執務時間のときだけですか」

「結果として、そうなっています。あれがぼくの一面であることはまちがいありませんが、個に立ち返る夜とか休日とかになると、制御できるんです。時間のあるときはなんともない。ということは九十九パーセント心理的なものだろうと思っています。日中の、どちらかといえば忙しいときに限って、狂おしい衝動に襲われるんです。一旦火がついてしまうと、我慢できなくなる。

身体機能まで失調をきたし、肉体が硬直したり震えが止まらなくなったりします。排泄行為の一種だと思っているんです。ですから相方の女性には、そういうことを打ち明けた上で、つき合ってもらっています」

「悪意のある第三者に、つけ込まれないための配慮はされているんですか」

「スキャンダルの心配だったら平気です。ぼくは失うものを持っていると思ってませんから。ただ女性に罪はありませんから、巻き添えにしない配慮はしています。パイプカットもしてます。これまでトラブルを起こしたことはないんです」

悪びれもせず言った。稲城の森に現れた白木華乃を思い出した。彼女の仕事のひとつが、周辺からの監視や擁護であることはまちがいないだろう。

飯田橋ではその役を、娘のはるかがやっている。親娘《おやこ》でそれをやっているというのが、ちょっと信じられないのだが。

「もうひとつ気になっていることですが、飯田橋テクノホールがやっているプログラミング入門教室や、ＡＩのスキルアップ講座は、採算が取れているんですか」

「取れていませんよ。年間数億円の赤字を垂れ流しています。将来の布石と思ってるから、覚悟してやってるだけで」

「コンピューター産業の、将来を見据えているということですか」

「そんな高邁《こうまい》な動機じゃありませんよ。うちのプログラミング教室で育った優秀な若者を、できたらみんなわが社へ入社させたいのが本音なんです。もっと露骨にやりたいんですけど、そこは世間体もありますから」

「それほど赤字を出しながら、なお維持できる体力があるというのは、大変なことではありませんか」

「二十七のとき、仲間五人とシリコンバレーに行ってTHANKSというIT企業を立ち上げたんです。業界に詳しい人なら、ああ、あの会社か、とわかってもらえる中堅企業に育ってます。その後ぼくは、同じことを日本でもやってみたくなって、帰って来たんですけどね。そのときの創業者利得が、いまでも年間数億円入ってくるので、これくらい赤字を出しても維持できるんです」

「先日は財団に呼びもどされたから、帰って来たとおっしゃいましたが」

「それは動機づけです。呼びもどされたこともあるけど、わが国のIT産業をなんとかしたいとは、ずっと思いつづけていたんです。いまのままだと、日本は世界からますます置いて行かれます。スキルでしたら、日本人はものすごい能力を持っているんです。しかしいまの時代は、もうスキルだけじゃどうにもならない。なんであれ徹底的に戦略を練り、そこからスタートしなきゃならないのに、悲しいくらい日本人はそれができないんです。戦術はあっても、戦略がない。日本人の最大の欠点は、戦略に欠けることだとむかしから言われつづけていながら、ぜんぜん改まっていないんですよ」

冷めたコーヒーをカップに注ぐと、苦そうに飲み干した。

「その典型的な例が、この前正式に撤退を発表した国産のスペースジェット機でしょう。日本の航空業界が総力を挙げてつくりだした旅客機です。それもほとんど自前でつくりあげた。それをどうだとばかり、ドヤ顔をしてアメリカへ持って行った。そのニュースをテレビで見たときは、日本の国家英知を結集したプロジェクトなのに、そんなこともわかっていなかったのかと、それこそ慄然としました。そんな独りよがりのやり方、潰されるに決まっているでしょうが。航空機産業というのは、あらゆる産業の中でもっともグローバル化の進んだものなんです。自分たちだけで成就させるのではなく、諸国のさまざまな力に与かってもらい、その結果として全体が成立する業界です。そういう常識を無視して割り込もうとしたら、よってたかってはじき出されるに決まってます」

と熱っぽくまくし立てた。本気で悔しがっているらしく、拳に力が入っていた。

「一方でホンダジェットは、アメリカで大成功を収めました。車で散々煮え湯を飲まされてきた自動車メーカーが、そういう経験を生かし、アメリカで製作した小型旅客機です。自動車の生産で培ってきたスキルを遺漏なく注ぎ込んだわけですから、成功するに決まっています。事実あっという間に、小型旅客機製造でトップ企業にのし上がってしまった。その上で、今度はアメリカ大陸を横断できるライトジェット機クラスに参入すると発表した。そうなったらつぎは、いよいよ大陸間を無給油で飛行できる大型旅客機の製作でしょう。ぼくはいずれ、ホンダのロゴをつけよ大型旅客機が、世界を股にかけて飛び回る時代が来ることを、ひそかに期待しているんです」

「ぜひ、そうなってもらいたいですね。ただそこまで到達するには、日本の指導者、つまり上層部がだめということは言えませんか」

「その通りです。政界、経済界、なにもかもが小粒になりすぎ、言うべきことばもないほどです。老人と二世、三世、四世、すべての組織が既得権益を受け継いだ小者の吹き溜まりと化してしまいました。ぼくはいまでもときどき後悔するんですが、それはアメリカで起業した方がよかったんじゃないかということなんです。物づくりの土俵としての日本はけっして悪くないんだが、老害がのさばって足を引っ張っている。とくに最終段階の意志決定が、どうしようもないくらい遅い。それを言い出したらみながみな、その通りだと言うんです。それが自分のことだとは、まったく思っていない。ほんとに、絶望的です。とはいえいまのぼくは、もう逃げる気はないんです。自分の足りないところは人の力を借りてでも、とくに若い人たちの力を借りて、未来を切り開こうという気になっています」

「若い人の力を借りるというのは大賛成です。この前稲城のラウンジで、若い研究者たちがお茶を飲みながら談笑しているのを見て、新しい時代が来ているんだなと、心から思いました。白人、黒人、東洋人、さまざまな国の人間が和気藹々と意見を交わしている。つくづく時代が変わったんだなと思いました」

「稲城にはいま六カ国、十五人の外国人がいます。すでにひとり、永住権を取得して国籍変更をしたものもいます。これからもっと増えてくるでしょう。行く行くは日本も、アメリカみたいな多民族国家になるんじゃないかなと思ってるんです。そりゃ単一民族、単一言語で暮らせるいまのほうが、いいに決まってます。しかしもう、そういう時代ではなくなっているんですね。低いところへ水が流れるように、これほどインフラが整備され、民度が高く、治安がよくて、人心が穏やかな国を知ってしまったら、なんとしても日本で暮らしたいと思う人間が増えてくるのは必然です。いずれそういう人たちを取り込んで、国を形成しなければならなくなる時代がやって来ます」

「そうなると、いまの日本が変質してしまうわけですから、これには反対したり抵抗したりする人が増えそうです」

「好むと好まざるとにかかわらず、もうそういう感情論は通用しない時代が到来しているんです。この先日本は、どんどん変質して行きますよ。その流れはけっして止めることができません。日本をこれ以上劣化させたくなかったら、そういう人たちを取り込み、風土や慣習や民心に順応させ、われわれ日本人と同じ思考をする人間につくり替えてしまう以外ありません。いままでの常識や習慣は変質するかもしれませんが、グローバルな日本となって生き残るためには、そういう考えを受け入れるしかありません。なによりもぼくたち日本人が変わるほかないんです」

「するとこれからは、外国人の採用枠も拡げられるつもりですか」

「当然そうなります。大河内テクノラボも、来年から外国人の採用枠を拡げようと思っているところです」

「いまはどういう基準で採用されているんですか」

「公募はしていません。当社で働きたいという人には、所属組織や団体から推薦状を出してもらい、それを参考に、面接して決めています。公募すると優秀な人材も集まってきますが、好ましくない連中も押しかけて来ますので」

「公募の弊害というものがあるんですか」

「ペーパーテストでは、人間を見抜けないということです。いま学力テストだけで人を集めようとしたら、中国人で占有されてしまいますよ。それくらい優秀なものが多い。人口が多い上、そういうものが海外へ派遣されて来るわけですから、当然そうなります。さらにそれ以上、ひとりひとりの向上心、探究心が半端ではない。みながみな、熱烈な愛国主義者なんです。自分が国力伸張の一員として海外へ派遣されているという意識が、見事なまでに徹底している。だから無断で、なんでもかんでも自分の国へ持って帰ってしまう。使う立場にしてみたら、これくらい危ないものもありません」

「わたくしはあの国が、そこまで思想統一されていることが信じられないんです。もともと多民族国家のはずですよ。統一感などなかったに等しい国です。それがいまでは信じられないくらい一色に染め上げられている。そういう教育のすごさには、恐怖を覚えます」

「あの画一的な愛国心ときたら、大変なものですよ。多民族国家なんだから、それだけ価値観も多様になるはずなんだけど、それが形となって表現されるときは、見事に統一されてしまう。まるで単一民族、単一言語国家みたいな幻想が染み通っています。それだけ教育の成果が上がっているわけでしょうが、信用はされません。中国史に共存というものはないんです。覇権と、服従があるのみ。つき合えばつき合うほど胡散臭《うさんくさ》くなる、それが中国という国です」

「思い当たることがおありみたいですね」

「三ヶ月ほど前になりますが、お義理で出席した経済懇談会の席で、ある中国人から話しかけられましてね。ぼくはまったく記憶がなかったんですが、向こうはぼくをよく覚えていました。それでさも懐かしそうに話しかけてきたんです。ハーバードの同窓生だったんですよ。年が離れている上、在学時期もずれていましたから、顔を合わせたとしてもほんの数回、挨拶くらいしかしていなかったはずなのに、さも親しかったという口ぶりなんです。ぼくがその後、シリコンバレーに行って起業したことまで知っていました」

醒《さ》め切った顔で言った。

「本人はいま、上海で貿易会社を経営しているとかで、二、三ヶ月に一回、日本へ来ているそうです。向こうではまったくしゃべれなかった日本語を、流暢《りゅうちょう》にしゃべるようになっていました。来月あたりまた日本へ来るでしょうから、そのときはまた電話してくると思います。やっこさんがいつ正体を現すか、半分楽しみにしているんです」

「そのようすだと、理事長のいまの状況も知り尽くしていそうですね」

「そうだと思います。利用価値がないものには、洟《はな》も引っかけない国ですから。今度来たときは紹介しますから、一度会ってみてください。三谷さんがどう見てくれるか、その評価を聞くのが楽しみだな。それから稲城へも、ときどきは顔を出してください。スパイしてくれ、ということじゃありません。社内を見回って、感じたことを助言していただきたいんです」

あれ、という気がしないでもなかった。青柳が三谷に期待していることと、同じではないかと思ったのだ。

少々興醒めだったとはいえ、自分にはそれくらいの利用価値しかないと考えれば、気にするほどでもなかった。青柳や大河内とつき合いはじめてから、自分の視野も広がってきたのはたしかだったからだ。

14

六月に入ると、気温がたちまち急上昇し、最高気温が三十五度を超える日が珍しくなくなった。熱中症ということばが連日テレビから流れはじめた。体温調節が思うようにできない老人にとって、冬以上につらい季節である。

二酸化炭素の排出という罪悪感を覚えながらも、外出には車を使いたくなる。冷房なしでは身が持たないからだ。

八月十日にやって来るアメリカの元国務次官補ニコラ・ブラッドフォードの日本でのスケジュールが本決まりになった。総理大臣との会談は実現しなかったが、経済界の重鎮とはほとんど顔合わせする。

三泊四日だからけっこう過密なスケジュールだ。それに合わせ大河内牟禮の日程も、このところますますぎゅうぎゅう詰めになってきた。

サラリーマンとしての三谷は、大河内テクノラボの秘書室長を命ずる、という辞令をもらった。来宮義郎と白木はるかの上司になったわけである。ただし実権はない。世間体としての肩書きなのだ。

来宮とはるかは、三谷が上司となってくれたことを素直に喜んでいた。権限がないということは拘束もされないわけだから、話し相手としてなら格好ということなのだろう。

「はるかさんは白木華乃さんのお嬢さんだったんですね」

改めて挨拶したときそう言うと、はるかはびっくりした。

「母をご存じだったんですか」

「社長と知り合ったのが稲城だったんです。そのときお父さんの事務長にもお会いしました」

「いやだわ。せっかくふたりから離れられて、ほっとしていたのに」

「そんなことを言うものじゃありません。お母さん、美人じゃないですか」

「何年かたったら、わたしもあの体型になってしまうんですよ」

と手で胴回りを強調してみせた。そういえばはるかも、スマートと言える体型ではなかった。

「今週は稲城へも挨拶に行くつもりです」

「わたしのことを聞かれたら、娘は元気にやってますと答えてください」

木で鼻をくくるような返事をされた。

来宮の方はもっと率直に喜んでいた。三谷を業界の先輩と錯覚している節があった。それであまり期待しないようにと、三谷の方から釘を刺した。

来宮の職務が中途半端だったことはたしかなのだ。秘書とはいいながら、任されているのは大河内の対外スケジュールの調整と管理のみ、ほかはすべて指示待ちだった。つまり事後処理をさせられるだけで、自主判断で動ける要素はないに等しかった。

聞き質してみたところ、テクノラボに転職してきたのが一年前、社歴でいうとはるかより後輩だった。

秘書室にはもうひとり、刀根《とね》という髪を肩まで垂らした女性がいた。

十時過ぎに出勤してきて、午後四時すぎにはいなくなる。日中はどこか別室で過ごしているらしく、社内では見かけたことがない。来宮とはるかは暗黙裡《り》に了解しているようで、刀根には部署のちがう同僚といった口ぶりで接していた。

六月二週目の月曜日、三谷は朝から稲城オフィスへ出かけて行った。大河内から頼まれていた社内視察をするためだった。

大河内から指示が出ていたらしく、なにも言わなくてよかった。事務長の白木高典が愛想よく迎えてくれ、所内フリーパスのタグをくれたばかりか、専属のガイドまでつけてくれた。

林《はやし》という三十代半ばのひょろ長い男で、第一開発局主任という肩書きを持っていた。

聞きたいことがあったらなんでも聞いてください、よほどのことがない限りお答えするように言われてますから、と最初に言われた。

だが三谷の方には、聞きたいことなどあるわけがなかった。質問できる能力を持っていないのだ。

研究棟は三階と四階に分かれていた。部署の配置は似たようなもので、外部の者はガラス張りになっている中央廊下から見学する。室内には立ち入ることができないのだった。

内部は完全防塵《ぼうじん》になっている上、物品の持ち出しも、私物の持ち込みも厳禁だという。所員も出入りするたび、センサーのチェックを受けなければならないらしい。

廊下から見える部屋はすべて大部屋だった。廊下に第一、第二、第三と掲示してあるが、それがどうちがうのか、具体的なことはなにも表示されていなかった。ひと部屋ひと部屋は小学校の教室の倍くらい大きく、中はほとんど機器やコンピューターで占められていた。人間は部屋の端っこでひと塊になっているだけだ。一般的なオフィスの景観とはまったくちがうのだった。

冷房ががちんがちんに効いていた。快適を通り越して寒いのだが、中で働いている者は半袖で平然としている。数名見かけた女性は、ほとんど長袖かカーディガンを羽織っていた。

「冷房が効きすぎではありませんか」

「はい。コンピューターに気持ちよく働いてもらうことが最優先されますから、人間が合わせるしかないんです。彼らは体温調節ができませんから」

四階はコンピュータールームが大半で、人間が執務していたのはふた部屋しかなかった。大部屋がひとつと、いちばん奥にあった独り部屋だ。

独り部屋にいたのが、このまえラウンジで見かけたぼってりした男だった。

男はディスプレイにくっつきそうなほど顔を近づけ、真剣きわまりない顔でキーボードを叩いていた。

顔がてかてかと光っていた。鼻に汗をかいている。

「あの方はなにをされてるんですか」

「バグの消去をしていると聞いていますけど、詳しいことは知りません。話したことがないんです。三階と四階では、所属している会社がちがいます。三階は東輝クリエイティブ、四階は大河内テクノラボからの出向者で占められているんですよ。理事長が一年くらい前、ちがう会社のスタッフを、部門ごと引き取って来たという社員たちです。ぼくらとは、ほとんど交流がないんですよね。飯田橋にいま新オフィスを建設中だそうですから、それが完成したら帰って行くんじゃないかと思います」

「彼ひとり、ガムを噛んでますよ」

と指摘したら、気づかなかったようだ。びっくりした目を男に向け「そうですね」と言った。浮かぬ顔だったが、それに対することばはなかった。

三時を告げるチャイムが鳴り、社内の気配がそれを機に変わった。張りつめていた気配が、一気にざわついてきた。

「コンピューターを稼働させてますから、時間労働ではないんですけど、三時は一応、ティーブレークの時間ということになってます」

と言うからそれで見学は切り上げることにした。

林に礼を言って別れ、ラウンジに向かっていると、いつ出てきたのか、個室にいたさっきの男が前を歩いていた。周囲には目もくれず、つんのめったような速歩《はやあし》で歩いている。

三谷はひとまず二階のラウンジへ下りて行き、ラウンジに入って行く所員を廊下から見ていた。ティーブレークには十数人やって来たが、十分もすると、ぼつぼつ帰るものが出はじめた。

それで三谷もラウンジに行き、コーヒーをもらった。

窓際の席に行って腰を下ろした。

さっきの男がいた。

ここでもひとりだった。

いま買ってきたのではないか、と思われるマクドナルドのハンバーガーにかぶりついていた。

それにフライドポテトとコーラ、前回と同じ光景だ。

ただし前回は、周囲から離れた席にひとり坐っていた。今日はラウンジの真ん中にいた。正面に厨房が見える。

厨房では片づけがはじまっていた。そろそろ営業も終わりのようだが、とはいえチャイムが鳴るわけでもなく、ラウンジにはだらだらと、まだ何人か残っていた。

マック男は食い終わると、使っていたお盆を厨房へ返しに行った。それからすぐ出て行った。タグを返しに行ったとき、事務長の白木にその男のことを聞いてみた。

「ああ、檜垣敦《ひがきあつし》くんでしょう。理事長がよそから引っこ抜いてきたテクノラボの社員です。経営不振に陥っていた関連企業の特殊部門を、全員引き取ったそうでして、全部で十四人います」

「ガムを嚙んでました。仕事中も、嚙みながら仕事をしていましたが」

「あれは歯列矯正ガムだそうです。歯にワイヤーが巻かれていたでしょう。歯並びを矯正する治療だそうでして、診断書を添えて申請してきたから、許可されてます」

そのあと娘のはるかをよろしく、と親ばか丸出しの挨拶をされた。家は八王子だそうだが、はるかは大学入学後は都区内へ寄宿し、それっきりになっているとか。いまでは呼びつけでもしない限り、もどって来ないという。

雑談をしていたとき知ったことだが、白木高典はここで九人しかいない東輝記念財団の職員だった。それも生え抜きだというから、職歴で言えば大河内より古参だ。

一方華乃は東輝クリエイティブの採用、はるかは大河内テクノラボの社員のはずだから、親娘三人とも所属がちがうのだ。

「理事長は飯田橋オフィスを三年がかりで二倍に拡張すると言っています。行く行くは東輝クリエイティブも、そちらに吸収するかもしれません」

「それはとくに理由があってのことですか」

「有能な人材を集めようとしたら、稲城より都区内の方がいいということでしょう。多摩の稲城と新宿区では、ネームバリューが全然ちがいますから」

事務長室から秘書室に引き上げてくると、今度は華乃が待っていた。

三谷は今日、大河内がこちらにいると思ってやって来たのだが、いなかった。朝から出かけたきり、今日は帰って来ないという。

華乃のうしろにあるスケジュールボードには、理事長欄に経済産業省、経団連と書き込みがあって、その下が不帰となっていた。

華乃がコーヒーを淹れてくれた。ラウンジのコーヒーとは別物だ。

「ほんとは理事長からご指名のあったお客さまにだけ、お出ししているコーヒーなんです。三谷さんは特別の方だとわかりましたから」

前回の応対とは表情がちがった。媚《こ》びんばかりのもてなしようだ。だがそれから、娘をよろしくお願いしますと言いはじめたから、狙いはそっちだったとわかった。

「このごろは不用意に電話すると怒られるんです。かといって、会社に電話したらなおさら機嫌が悪くなります。年々扱いにくくなるばかりで」

「親の扱いなんてそんなものでしょう。どこのお嬢さんだって、似たようなものだと思いますよ」

「お嬢さんがいらっしゃるんですか」

「女の子は三人育てました。子供が二人、孫がひとりいます」

「あらあら、それはそれは、どうご返答したらよいか、困ってしまいました。みなさん、近くにお住まいなんですか」

「ひとりは名古屋にいますが、あとは近くにいます。どちらもかまってやれなかったので、自分ひとりで育ってきたみたいな顔をしてますよ。現に若いとき、面と向かってそう言われたこともあります」

「そうなんですよね。だいたいいまどきの若い娘は、親や世のなかをなめてます。わたしなんか二十五のときは、ヒヨコ扱いされて一人前には扱ってもらえなかったんですけど」

と言うことばを聞いて、それに三谷はおどろいた。はるかをもっと年上、三十近い年だと思っていたのだ。

「はるかさん、見た目以上におとなですよ」

「生意気なだけです。度の過ぎたときは、遠慮なく叱ってくださいね。理事長が信頼しているというだけで、三谷さんは信用できる方だと思っておりますから」

この分だと親子でなにかあったのかもしれない。これからどんな愚痴をこぼされるのだろう、と思っていたら卓上電話が鳴った。

受話器を取った華乃の顔が一瞬にしてこわばった。

「はい、ただいま」

と答えた声がうわずっていた。受話器を置くなり、身体をぎこちなくこわばらせて、部屋から飛び出して行った。三谷に失礼、と断りを言うことすら忘れていた。

三谷はそのまま放置された。

耳が緊張感をとらえていた。

社内の空気が変わったのを感じた。張りつめた気配と、息を殺した沈黙感、靴音を忍ばせた動きが伝わってきた。

物々しい気配が前の廊下を通り過ぎた。

ざわめきでもなければ呼吸でもない、押し殺した抑制のようなもの。これまで経験したことのない静寂に他ならなかった。

しばらくすると、その緊張感がゆるんできた。

ドアを開けて廊下をのぞいてみた。

ホールのエレベーターのドアが閉まるところだった。

ストップモーションが終わったみたいに、すべてのものが動き出していた。

ホールへ行き、エレベーターで二階まで上がってみた。

打って変わって喧《やかま》しかった。ラウンジのテーブルが片づけられ、隅に寄せられていた。水でびしょ濡《ぬ》れになっている。床掃除がはじめられたところだった。

業者らしい制服の男が数人いて、研磨式の床クリーナーを使っていた。床の上を何本もコードが這っている。

それ以外に、格別変わったものはなかった。さっきまでの緊張感はかけらほどもない。

ラウンジの中ではふたりの男がクリーナーを使っていた。かすかに立ち昇ってくるのは洗剤の臭いだ。喧しい反面、夏の午後の気だるさも漂っている。

左のエレベーターが開き、男がふたり出てきた。白衣姿だったところを見ると、研究棟の社員だ。

ラウンジが掃除中なのを見ると、当惑して一瞬足を止めた。だが入口に置かれているウオーターサーバーに気づくと、紙コップに汲み、それを片手に立話《たちばなし》をはじめた。

つぎに右側のエレベーターの扉が開き、車椅子が出てきた。

そのうしろに、十人近い人間がつづいていた。

三谷はそれを見るなり、自分もウオーターサーバーのところに身を寄せた。

車椅子の一団が、ラウンジの方へ来ようとしていた。

車椅子に年配の女性が乗っていた。マスクをしている。いくつくらいの年か、見当がつかなかった。

七十に見えるし、八十にも見える。大きな顔だ。彫りが浅く、色が白かった。白粉《おしろい》を塗りたくったみたいな白さ。表情というものがなかった。

髪は豊かにある。というよりあり過ぎだ。見るからにウイッグだとわかった。

ラウンジのクリーナーの音を聞きつけたのだろう。女性の顔がこちらに向き、右手が耳元まで持ち上がった。大きな耳だ。白いイヤリングのようなものが嵌まっていた。補聴器だった。

一行の物々しさから察すると、女性は大河内牟禮の母親、尾上鈴子だろうと思えた。

車椅子を五十前後の男が押していた。胸が厚く、腕が丸太のように太かった。

男は脂光りした顔に、満面の笑みを浮かべていた。周りがぴりぴりしているのを、誇らしく感じている顔だ。

車椅子の左右につき従っている男らが、ぴりぴりの正体だった。両側に三人ずつ、合わせて六人、いずれも老人だった。それも七十から八十くらいのお年寄りばかりなのだ。

全員がお追従《ついしょう》の笑みを浮かべ、歩き方ときたら忍び足、ほとんどつま先立ちだ。

そのうしろに、白木高典と華乃が従っていた。ふたりの顔に笑みはない。ぎこちなく、ぎくしゃくと歩いていた。この顔触れに入ってしまうと、若すぎるのだ。

紙コップを手に談笑していた社員ふたりが、怪訝《けげん》そうな目を車椅子に向けた。だがそれ以上の関心は示さず、わずかに身を引いて車椅子を通した。

ふたりのうしろにいた三谷は、さらに一歩壁際まで下がった。こちらを向いていた鈴子が、自分を注視したように思った。少なくとも、目が合った気はした。

床を這っているコードに気づくと、車椅子につき従っていた老人らがおどろくほど敏捷に、車椅子へ駆け寄った。左右三人ずつ、六人で車椅子を抱え上げ、床のコードを跨がせようとしたのだ。

清掃作業をしていた男らが気づき、すみませんと声を上げながら走って来た。コードを引っ張って退けた。掃除機のスイッチが切られ、静寂が来た。作業員ふたりは壁際まで下がって並んだ。

車椅子はなにごともなかったかのように下ろされた。

車椅子はラウンジの中まで入らなかった。入口で止まると、鈴子がうなずいた。そこから車椅子はUターンした。

今度は左の横顔を見せて、鈴子は三谷の前を通りすぎた。左の耳にも補聴器が嵌まっていた。

エレベーターホールに向かって行くと、掃除機がふたたび轟音《ごうおん》を上げはじめた。

すこし間を空けて、三谷は秘書室へもどった。

華乃がひとり、ぽつんと坐っていた。惚《ほう》けたような顔をしている。

感情をなくしたような目で三谷を見やり、あ、まだいたの？　という顔をした。

「どなたが見えられたんですか」

「財団のオーナーです」

われに返った顔で華乃が答えた。

「予告なしにいらしたんですか」

「いつもそうなんです。といっても、めったに、いらっしゃらないんですけどね。わたしがお目にかかったのは、これで三回目です」

三谷はもう一度、華乃のうしろにあるスケジュールボードに目を向けた。大河内がいないことを承知で押しかけて来たのではないだろうか、という気がしたからだった。

15

今日は稲城に行くだけのつもりで家を出てきたのだが、尾上鈴子の来訪という思わぬ出来事があったので、急遽《きゆうきよ》飯田橋へ向かうことにした。大河内に会えたら、それを伝えようと思ったのだ。

契約駐車場に車を入れ、会社へは五時すぎに着いた。

プログラミング教室が終わり、帰りはじめた中学生の一団と一階ホールですれちがった。ほとんど男子だったが、女子も四、五人混じっていた。みな引き締まった、利発そうな顔をしている。二階へ上がると、女性の笑い声が聞こえてきた。はるかがしゃべっていた。それほど甲高くないのだが、よく通る声なのだ。

会話の邪魔をしないよう、大河内の部屋に直通する奥のドアから中に入った。

はるかはパソコンに向かってしゃべっていた。リモートワーク中だったのだ。

今日の相手はひとりらしい。部屋に来宮がいないせいもあるのか、遠慮なく笑い転げている。相手は女性、しかも年下だ。三谷らとの対応とは、口ぶりからしてちがうのだった。

将来の希望とか目標、具体的になにをしたいかなど、話題がめっぽう青臭い。相手女性が、留学希望先はイギリスだと言っているのがわかった。

はるかがどうして恋人がいないのと尋ねた。うーん、と相手は口を濁したものの、ややあって、未婚の男の人って、面倒くさいんですよね、と言った。相手をおもんばかることにばかり長《た》けている男子って、煩わしいだけです、と斬り捨てたのだ。

わかる、わかる、とはるかが一段と声を張り上げた。わたしもそうなの、とふたりで盛り上がっている。

三谷がインスタントコーヒーを淹れている間に、電話は終わった。腰を下ろそうとすると、そこへはるかが入ってきた。

にこにこしている。

「いまの話、聞こえました？」

「なんだ、わざわざこちらに聞かせていたのですか」

「今度の人、なかなかいいと思うんです。来週面接に来てもらいますが、割り切り方が明快で、自分というものを持っているのがよくわかりました。お金のためなら割り切って、なんでもやりますというタイプはだめなんです。自分というものの分や節度をわきまえていない人は、すぐつけ上がって増長します。自分の未熟さと限界を心得て、なおかつ明確な目標を持ち、それを成就させるためにしなければならない我慢ならする、という人がいちばん向いているんですよね」

「あなたに言われたら、なんとなく説得力があるなあ。しかし、ご自分に恋人はいないんですか」

「いりませんよ。あんな面倒くさいもの」

言下に言い切り、大口を開けてケラケラと笑った。これはまちがいなく華乃の娘だ。

刀根という女性が近く退職するらしく、後任の女性を探しているところだった。どうやって探すのか知らないが、はるかが最終責任者のようなのだ。

「これまでトラブったことはないんですか。理事長の行為は、ライバル企業や売名マスコミにとっては、絶好の攻撃材料になると思うんだけど。それなのに、スキャンダルのスの字も起きたようすがない。それだけ周囲がカバーしているんでしょうが、あなたを見ていると、必死になって走り回っている感じはしないいんですよね。いつも余裕綽々《よゆうしゃくしゃく》に見えます」

「それは、費用を惜しんでいないからですよ。わたしはマニュアルに従っているだけで、特別なことはなにもしていません。要は裏切ったり欲に目がくらんだりしたら、いかに損をするか、それをわからせるだけです。裏切ったら、報奨金がもらえなくなります。秘密を守り、退職後も沈黙していたら、OBとして会社の行事にも呼んでもらえます。メリットの方がはるかに大きいんです」

「損得勘定がいちばん有効というわけですね」

「プロの女性でしたら、そういう問題は起きないんですけどね。ホワイトハウスにだって、そういう女性がいるそうですから。クリントンがスキャンダルを起こして笑いものになったのは、素人に手を出したからです。ヒラリーが目を光らせていたから、そういう女性をホワイトハウスに置かせなかったのかもしれませんけど」

「しかしそういうことは、男社会の論理ですよ。あなたのような若い女性の口から聞くのは、おどろきなんだけど」

「そうですか。日本でも赤坂に、そういう女性がいたのは公然の事実だったはずです。伝統的な待合というのは、半ばそういうための施設だったんでしょうが。国会を抜け出してきた先生方に、ちょんの間のお相手をする施設だったんですよね」

「そういう話なら聞いたことはありますけど、それをどうして、あなたのような女性が知ってるんですか」

「あ、言ってませんでしたけど、わたしの母は赤坂の生まれでしてね。家業がそういう待合だったんです。母の父母、つまりわたしの祖父母と母とは、顔がまったく似てません。戸籍上は実子となってましたけど、母は案外、そういう芸者さんの産んだ子だったんじゃないかと思ってるんです。日本の花柳界には、そういう事情のもとに生まれた父《てて》なし子を、周りがきちんとフォローして育てるシステムができていたんですよね」

あっけらかんと言うから、三谷としては二の句が継げなかった。完全な位負けだ。

上司が居残っていたら、下のものが帰りにくいという会社ではないから、五時半になると、はるかはお先にと帰ってしまった。

六時に大河内が帰ってきた。出先までは来宮が一緒だったそうだが、これまた五時半に別れたという。

三谷は稲城に行ってきた報告をした。

そのとき、オーナーが見えられましたよ、と言うと口がぽかんと開くくらいびっくりした。信じられない、という顔だ。

「そうですか。会社へはめったに来ないんだけどなあ。なにが目的だったんだろう。これまで来たのは、たった三回ですよ。うち二回までは、ぼくがいないときでした」

「こちらの会社へは、お見えになったことがあるんですか」

「飯田橋テクノホールをオープンしたとき、記念式典に招待しました。八年前でしたかね。テクノラボを立ち上げたのはその二年後ですが、これは百パーセントぼくの会社でしたから、呼びませんでした。来たこともありません」

「するとテクノラボは、お母さんには内密で立ち上げたということですか」

そう言うと、大河内の目元がわずかに微笑んだ。ほくそ笑みだ。図星だったらしい。確信犯である。はじめにテクノホールをつくったのは、テクノラボの設立を隠すための目くらましだったのかもしれない。

「だったら稲城に、なぜ今日突然お見えになったか、思い当たることもあるんではありませんか」

「さあ、どうですかね。まあ、考えてみる値打ちはありそうだが」

半分茶化したような口ぶりだ。

「車椅子に、お年寄りが六人つき従ってました。みなさん、緊張してましたね」

「財団に徒食しているご老人たちですよ。財団が姥捨て山になってるんです。いつまで置いてもらえるか、すべては母のご機嫌次第ですから、ぴりぴりせざるを得ないでしょう」

「オーナーの話はそれで終わりですが、ほかにひとり、気になる男を見つけました。ご存じだと思いますが、檜垣敦という名前です」

「檜垣がどうかしましたか？」

「稲城ではじめてお会いしたとき、ラウンジへお茶を飲みに出かけたんです。そのときも彼を見かけました。前回も今回も、外で買ってきたと思われるマックのハンバーガーにかぶりついてました。あのときからまだ、一ヶ月ちょっとしかたっていません。しかし彼の人生は、百八十度変わってしまったように思います」

「あの男は、一種の発達障害ではないかと思うんですけどね。変わっていることはたしかです。人とのコミュニケーションが取れないんです。コンピューターならできる。典型的なおたくですね」

「おたくでも、恋はできます」

「恋！　あの男が」

信じられないという声を上げた。

「檜垣になにか起きることがあったとしても、それが恋愛だなんて、これくらい想像できない取り合わせはありませんよ。相手はだれだというんです」

「厨房にいる若い女性です」

「厨房に？　あそこにいるのは、パートのおばさんばかりのはずですが」

「若い女性もふたりいます。そのひとりです。目鼻立ちが整っているほうで、笑うとえくぼができます」

「その女性が、檜垣と恋愛関係に陥っているというんですか」

「わたくしはそう思いました」

「なにを根拠にそう思われたんです」

「前回見たときの檜垣は、ひとり黙々とハンバーガーを食ってました。今日は厨房が、正面に見える席に腰を下ろしてました。そこからだと、厨房で働いている女性が見えます。女性の方も、前回見たときは目立たない容貌でしたが、今日はきれいに化粧してました。お互いに相手を意識しながら、よそ目には知らん顔をしています。つまりふたりの仲は、まだ周囲に気づかれていません」

「それだけですか」

「檜垣が食器をもどしに行ったとき、その女性が受け取りました。お盆を渡したとき、女性の手が檜垣の手に軽くタッチするのを見ました。帰って行くときの檜垣の、上気した、幸せそうな顔が目に残っています」

「ということは、ふたりはもうできているというんですか」

「わたくしはそう思いました」

大河内は目を大きくして、かぶりを振った。信じられないという顔に変わりはなかったが、なにか思い当たる節がないでもない顔に見えた。

「あの男、二十代に見えるでしょうが、実際は三十七なんです。ほかの者ならともかく、檜垣に限って、色恋沙汰は考えられないんだが」

つぶやくように言い、しばらく考えていた。

「どうしたらいいと思いますか。選《よ》りに選って檜垣というのが、逆に引っかかるんです」

「疑惑がおありのようでしたら、突き止めるしかないでしょう」

「よい方法がありますか」

「捜査や調査の専門家でしたら、知り合いがひとりいます。信用調査会社の主宰者ですけど、人物は保証します。お望みなら紹介しますけど」

「身許《みもと》ははっきりしているんですね」

「元内閣情報調査室にいた人物です。定年まで勤め、その後いまの会社の運営を任されています。その会社自体が、内閣情報調査室の外郭機構のひとつなんです。ときどき頼まれて、手を貸しているんですよ。ご紹介だけならしますので、一度会って、お決めになったらよいと思います」

大河内がお願いしますと言うので、青柳の電話番号を教えた。

翌日の夜、青柳から電話があった。

「大河内氏を紹介してくれてありがとう。今日外で会って、話を決めてきました」

「そうでしたか。出過ぎた真似をしたんじゃないかと、それを気にしていたんです」

「いやいや。ぼくとしては、コネができただけでも大助かりです。あなたに迷惑をかけるようなことはしませんから」

話があった檜垣敦の件は、これから調べてみると青柳は言った。

一週間後、青柳から大略が判明したと通知があった。

明日会社に行き、口頭で報告するという。かまわなかったら、立ち合ってくれと言われた。

火曜日の午前九時、飯田橋テクノホールの会議室で、三人がはじめて顔を合わせた。

型通りの挨拶をしたあと、青柳がメモなしでしゃべりはじめた。

「そちらから依頼されました檜垣敦は、東輝クリエイティブのラウンジで、食堂を受託運営している多摩フードデリバリーのパート社員甲西《こうさい》かおり二十二歳と、恋愛関係にあるように思われます。ふたりは三週間前から、半同棲生活をはじめております。すなわち檜垣は金曜日夕刻、会社を退社すると、稲城市登美《とみ》ヶ丘《おか》にある東輝クリエイティブ借り上げ社員寮へ帰宅せず、甲西が住んでいる府中《ふちゅう》市寿《ことぶきちょう》町の府中寿レジデンス二〇五号室へ行き、月曜日まで、週末を一緒に過ごしております。月曜日の朝も、そのアパートから出勤いたしました」

大河内と三谷は一言もなく聞いていた。

「甲西かおりの身元は、多摩フードデリバリーに提出している履歴書を元に現在調査中です。調査結果を急がれますか」

「いえ、それさえわかれば、急ぐことはありません。あの男にそんなことができたというのが意外で、ただただおどろいています」

大河内が首を振りながら言った。

「うちの社内にも保安係という、社員の行動をチェックする職員がいることはいるんです。しかしそれは、業務内容の社外漏洩を防止するために設けた部門でして、社員のプライベートな行動まではチェックしておりません。檜垣の私生活の変化が、恋愛の結果なのか、背後になにかあるのか、それはこれからこちらでも調べてみます。青柳さんとしては、どのように思われますか」

「いまの段階ではまだなんとも申し上げられませんが、これまで関わってきた一般論として申しますと、女性の背後になにかある場合が多いことはたしかです」

「保安係に命じて、これからの社内活動を監視させた方がいいでしょうか」

「それは賛成しかねますね。甲西がもし脛《すね》に傷を持つ身でしたら、警戒心がすごく強いでしょうから、気取《けど》られる怖れがあります。ここはわたくしどもの調査が終わるまで、下手に動かないほうがいいと思います」

そのことばを聞いたときは、三谷の方がどきっとした。

檜垣が食器を返しに行ったとき、厨房にいた甲西が受け取ったのだが、そのとき甲西の目が、ちらと三谷へ向けられたように思ったのだ。一瞬目が合ってしまったと感じ、三谷はあわてて顔を背けた。

そのときの、見られたという意識が、いまでも消えていなかった。

それをここで言うべきかどうか迷ったが、疑惑をあおるようなことになるから、結局言わないですませた。

三谷はさらにもうひとつ、檜垣が歯の矯正ガムを嚙んでいたことも気になっている。だがこれもまだ言わないことにした。ふたりの不利になることを、自分の口から言うのはいやだったからだ。

報告が終わると、青柳は「つぎになにかわかったら、またお知らせします」と言って帰って行った。

大河内は生真面目な顔をして、しばらく空をにらんでいた。

「あの男、これまで女性の肉体は知らなかったと思うんだけどなあ。そういう男が性の快楽を知るというのは、どんな変化をもたらすんだろう」

「わたくしはこれまで、二カ所でしかあの男を見ていません。研究室でキーボードを叩いているところと、ラウンジでハンバーガーにかぶりついているところです。ふたつの姿は天と地ほどちがっているように見えて、じつは同じではないかと、いまは思っています。なんであれ、一生懸命なんです。ただ領域が狭くて、余裕というか、遊びがない。下心のある女がその気で近づいたら、落とすのは簡単だったでしょうね」

「あの男から企業機密が漏れる怖れはないんです。女の方が早とちりして、まちがって檜垣を誘惑したんじゃないか、という気がするんだけどな」

独り言だったかもしれない。大河内は首を傾《かし》げながらつぶやいた。

16

その夜十時すぎ、大河内より電話がかかってきた。

「明日は出社日じゃありませんが、テクノラボまで来ていただくことはできますか」

「午前中は仕事で世田谷まで出かけておりますので、午後でよければ参ります。出社時間は、午後二時をすぎると思いますけど」

「ではそのように時間調整をしますから、お願いします」

「どういうご用件か、うかがってもかまいませんか」

「ぼくの代理として、人と会っていただきたいんです。先方はぼくとの面談を望んでいるんですけどね。あいにく明日は先約があって、そちらが優先します。代理人を立てることは了解してもらいました」

会う人物とは、東輝グループの元関係者だという。

そういう人物なら大河内と会うことはタブーのはずだから、秘密裏の接触となっても当然だろう。時間や場所は、まだ決まっていなかった。

翌日は水曜日、芝崎園枝の介護日だった。

午前中は世田谷にいた。

六月に入ってからというもの、園枝はほとんど外へ出なくなっていた。暑くなったせいもあるだろうが、身体を動かす意欲そのものがなくなってきていた。

認知症の病状としては、けっして望ましいことではなかった。ここまで来たら、あとはずるずる落ち込んでしまうばかりなのだ。

今日も朝からアームチェアに腰を下ろし、ただただ外を眺めていた。水場に小鳥がやって来ても、表情は和まなかった。もはやどうすることもできなかった。

芝崎家へは、朝行ったおり、申し訳ないが今日は午後一時までにさせてくださいと申し入れ、了承をもらっていた。

それで午後一時十分には芝崎家を辞去した。

地下鉄で飯田橋へ向かい、そば屋に寄って昼食を取った。

オフィスに到着すると大河内が待っていた。

そしてはじめて、今日会う相手は東輝ファイナンスの元代表取締役、磯畑亮一《いそはたりょういち》だと打ち明けられた。

大河内東生が尾上材木店の手代をしていたころ、鈴子づきの女中に手をつけて産ませた子である。大河内牟禮とは腹ちがいの兄弟であり、認知された長男だった。

大河内から頼まれたことは、今日の夕方指定された場所で磯畑と会い、彼が述べる口上を一言一句違《たが》えず暗記してきて、大河内に伝えることだった。

会見時間は午後五時。三谷は三十分前に指定された銀座のホテルへ赴き、磯畑が来るまで部屋の中で待つ。部屋の予約や支払いはすべてすませてある。

四時前に会社を出て銀座へ向かった。

四時半には指定されたホテルに入った。

部屋は次の間つきのスイートルームだった。ベッドルームとは施錠できるドアで隔てられていた。

三谷はベッドルームの椅子に腰を下ろし、待ちはじめた。

約束の五時になったがなにも起きなかった。三十分以上待った。その間電話一本かかってこなかった。三谷も外部との通話や、スマホ操作を禁じられていた。

物音はしなかった。

人の気配がしたので振り返ると、つづき部屋のドアの前に男が立っていた。

どす黒い顔で、目が鋭く光っていた。年は八十ぐらい。頭髪が半白で、口許が素人目にもわかるほどゆがんでいた。

「信頼できる男だと言うから、代理で承諾したんだ。だがその信頼がどの程度のものか、おれにはわからない。おれをどう信用させられるか、自分の口から自己紹介してみよ」

明晰《めいせき》な声と口調で言った。

「三谷孝と申します。職業は介護士、身体の不自由な人、介護の必要な人、認知症を発症して行動がままならなくなった人のお世話を専門にしております。大河内さんとは偶然知り合い、それが縁で、大河内テクノラボへ出入りするようになりました。社員ではなく、暇なときの話し相手ということで、社長室に自分のデスクをいただいております」

「偶然というのは、どういう出会いだったのだ」

「バードウオッチングをしていて、わたくしが稲城の東輝クリエイティブの敷地に入り込んでしまったのです」

「牟禮にバードウオッチングの趣味なんかあったのか」

「いえ、あの方はたまたま通りかかられただけでした」

「牟禮のところへ出入りするようになって、何年になる」

「ふた月弱です」

「なんだと」

「正確にいえば、今日で四十八日目になります。給料は一回いただきました」

「知り合ってふた月たらずで、側近になったというのか」

「単なる話し相手です。職務や権限は与えられていません」

「社長室にデスクを置かせてもらっているんだろう。通常ならそういう人間は、会社の枢軸と見なされる」

「対外的な名目として、秘書室長という名刺はいただきました。実権はありません」

「ずいぶん鷹揚《おうよう》な話だな。おれには理解できん」

「人をどこまで信用するか、しないか、という問題にすぎないと思いますが」

そのことばは磯畑の勘気《かんき》に触れた。瞬間的に表情が変わり、顔に血が差し昇ってどす黒くなった。

磯畑はいまにも爆発せんばかりの目で、三谷をにらみつけた。浮かべていたのは推し量れないほど激しい敵意だった。唇がわななき、手が震えた。

まずいことを言ったとは思わなかった。

口は過ぎたかもしれないが、これくらいのことは言ってよい人物だと見たのだ。初対面なのに、なんとなく既視感のようなものを覚えていた。

磯畑の肩がゆっくりと下がり、ふーっと音をたてて息を吐き出した。顔色がもどり、眼光が消えると、年相応の老人にもどった。

前にすすみ出てくると、ベッドにどかっと腰を下ろした。投げ出したような坐り方だった。そのとき見せた顔は、これまでと別人のようにくすんでいた。

「牟禮とは何回も顔を合わせているが、ふたりだけで話したことはほとんどない。いつもそばに、だれか第三者の目があった。われわれの言ったこと、したことはそのまま、第三者のことばによって、しかるべきところへ言上されていた。従ってわれわれは仕事や、用件や、通り一遍の会話しかしたことはなく、ふだんは相手の顔を無視していた、声を上げて笑ったことさえなかった」

述懐だとしたら声が大きすぎた。溜まりに溜まっていたものを、吐き出しているとしか思えなかった。

「牟禮がアメリカに行っている間、おれは東生の金庫番をやらされていた。その間牟禮と会う機会はなかったし、消息を聞くこともなかった。牟禮が帰って来ると聞いたときは、びっくりした。あんな財団なんかもらったって、しょうがないだろうと思ったからだ。牟禮に相談されていたら、まちがいなく止めていただろう。あとになって、牟禮には牟禮の成算があって引き受けたのだとわかった。帰って来て何年とたたないうちに、東輝クリエイティブを立ち上げてしまったからだ。そのときは、正直耳を疑った。そんなことが許してもらえるとは、とても思えなかった」

興奮が収まってきたか、ようやく声が低くなった。思い出を語るみたいに目が細められた。

「おどろくべきことはさらにあった。牟禮の立ち上げた東輝クリエイティブという会社の中味だ。おれが数年前から密かに画策し、立ち上げる準備を進めていたシステム開発会社と、業務の狙いがほとんど同じだったからだ。銭勘定しかできなかった東輝グループの中で、おれと同じ目で未来を見つめていた人間がいたということ自体、奇跡としか思えなかった。できたらそのとき名乗りを上げ、歩み寄って、手を組むべきだったろう。おれたちふたりが組んでいたら、以後の展開はまちがいなくちがっていた。だがおれにはそのような度胸も、度量もなかった。きさまがいま言った、人を信用できるか、できないかという問題だ。おれは人を信用できない人間だった」

話している間にも、顔から色艶や表情がなくなってきた。はじめて気のついたことだが、息遣いが荒かった。呼吸が速い。顔色がどす黒いのと関連がありそうだ。体調が悪いのだとわかった。

「自分に先見の明があったなんてことは、結果がすべての世界にあっては、なんの勲章にもならん。勝ち負けがはっきりしてしまえば、負けたやつは消えるしかない。ましておれには味方も、同調者もいなかった。仲間やアドバイザーをつくろうとする努力は、一度もしたことがないんだ。同じ業務内容で世の中に出ようとしている牟禮に負けまいと焦ったことも、よい方向には働かなかった。最後の最後になって牟禮に助けを求めたのも、おれとしては屈辱の大英断だったのだ。それだけ自分の立ち上げた事業に、未練があった。だからできたら、事業をそのまま牟禮に引き継いでもらいたかった」

すこし、間ができた。磯畑がしゃべるのを中断し、息を継がなければならなかったからだ。

「おれの未練たらしい言い訳を、牟禮は最後まで聞いてくれたよ。だがいざ商談となると、算盤《そろばん》をはじいた返事しかくれなかった。おれの未練など、歯牙《しが》にもかけなかったんだ。いまとなっては、当然だったろうと思っている。社員の三分の一でも、引き取ってもらえただけ感謝しているんだ。おれが手がけていたプロジェクトの、いちばんおいしいところだけ持って行かれた、なんてことは言わん。この上さらに、膝を曲げてお情けにすがろうとしているとあれば、なおさらだろう」

黙ってしまった。ことばをつづけられなくなったのだ。未練と、口惜《くや》しさが、黙らせたとわかった。それに体調が輪をかけている。

磯畑はにじみ出てくる脂汗をハンカチで拭った。芳香錠のようなものを口にしていた。それでも口臭がした。

「これから述べることばを、牟禮に伝えてもらいたいのだ。おれのことばをそっくり暗記し、一言一句違えず牟禮に伝えてくれ。できるな」

「できます」

磯畑はひと呼吸おき、目を宙に預けてしゃべりはじめた。

「以前のアルゴリズム処理は、完璧に終わったとは言えない。登録ナンバーが判明しているから、こっそり処分しても出どころは確実にばれる。ここはほとぼりが冷めるまで、そいつを塩漬けにして、ときが来るまで持ちこたえられる人間に託すしかない。それを引き受けてもらえないか、というのが本日の用件だ。記号はカタカナのナヒソ、総量はヤリガンナ、馬が七頭ついて、希望するカラーはグリーンだ」

復唱しろと目がうながした。三谷はいま磯畑の言ったことばを、そっくり復唱してみせた。

磯畑の口上の肝心の部分は、業界や仲間内で使われる符丁《ふちょう》、隠語で占められていた。店員同士が、客の前で値引き交渉の相談をするときなどに使われる。当然のことながら第三者である三谷にはわからない。

「それでよい。返事はじかに、おれにくれ。オフィス、スマホ、どっちでもよい」

と言いながら名刺を出してきた。磯畑プランニングという名のオフィスだった。所在地、電話番号、携帯のナンバー、メールアドレスまで記載されていた。

「これからおれは、こっそりこの部屋から出て行く。いなくなって三十分は、このまま部屋に留まっていてくれ。その間外へ電話することも、スマホをいじることも禁止する。三十分たったら帰ってよい。フロントにカードを返す必要はないから、そのまま出て行ったらよい。わかったな」

「わかりました」

「おれがさっき言ったことば、もう一回復唱してみろ」

三谷は復唱した。

しゃべり終わったときは、磯畑の姿は消えていた。

六時半まで部屋に留まっていた。それからホテルを出て、飯田橋に帰った。夕飯は会社近くの洋食屋ですませた。

秘書室にはだれもいなかった。来宮もはるかも、外へ行く用があり、そのまま帰宅するとメモが残してあった。

ひとりで、三時間待った。

大河内は十一時前にもどって来た。

上気していた。目の縁が赤かった。表情は穏やかで、むしろ締まりがなくなっていた。

「甥の英斗《えいと》と会っていたんです。兄澄慶《すみよし》の忘れ形見ですよ。東大からハーバードに行ったから、ぼくの後輩になります」

三谷がインスタントコーヒーを淹れて差し出すと、ありがとうと言って受け取った。

「英斗はいま三十四、一昨年アメリカから帰ってきて、現在は東輝ホールディングスの事業本部長のポストに就いてます。行く行くは、東輝グループの総帥となるでしょうけど、会ったのは今日がはじめてだったんです。母の秘蔵《ひぞ》っ子《こ》だったから、これまで会わせてもらえなかった。今夜は母立ち会いの下での会見だったんです」

「アメリカの大学では、会う機会がなかったんですか」

「年が九つもちがいますからね。それに英斗がハーバードに入ってきたとき、ぼくはもうシリコンバレーに行ってましたから。兄澄慶の記憶はほとんどありません。同じ尾上家にいても居住域がちがってましたし、家族が集まって交歓したということも全然なかったですから。兄に何人も家庭教師がつき、英才教育を施されていた記憶だけが漠然と残っています」

コーヒーをすすって目を細めた。

「そういうわけで、ぼくたちにとっては記念すべき日ということで、そのあと会食したんです。母がぼくたちふたりの手を重ね合わせ、今後とも協力して事業を推進して行くように、とことばを添えてくれました。ぼくも頬を紅潮させて、母と英斗への忠誠と尽力を誓ったんです。見せたかったな。まるでひと昔前の熱血青春ドラマでした」

箍《たが》の外れた声で笑い出した。

三谷は磯畑と会ってきたことを伝えた。頼まれたことばをそっくり復唱してみせた。

大河内は緊張感のない、だらしない笑みを浮かべて聞いていた。顔に浮かんでいるのはどう見ても優越感だった。

「あの男、いま相当困っているんです。ビットコインでしこたま大儲けして、それを元手に念願だった事業を興したんですけどね。これが見事に大コケした。その負けを一気に取りもどそうと、またビットコインに手を出し、今度は百億円を超える大損をした。これまでの儲けを、すべて吐き出しただけでは足りず、会社にも二十数億円の穴を開けた。それがばれて身ぐるみ剝がれ、東輝グループから追い出されたんです。そのまま消えたかと思っていたところ、どっこい、まだ少なからぬビットコインを隠し持っていた。それをぼくに、内密で引き取ってもらえないかと打診してきたんです。しかもこの期《ご》に及んで、まだ指し値までしてきた」

「お父さまが尾上材木店の手代だったころ、お母さまづきの女中に手をつけて産ませた方ですよね。ふつうだとその段階で、お店には置いてもらえなくなると思いますが」

「事実クビ寸前のところまで行ったはずです。それが残してもらえたのは、ばれたのが母の婿に据わってからのことだったので、世間体や外聞をはばかったのでしょう。生まれた子を認知させて引き取らせたのは、いわばその罰、見せしめだったんです。母としてはいやだったんでしょうが、当時の家父長制社会では、父親の命令にいやとは言えなかった。だから仕方なく引き取ったものの、磯畑には天井裏の、いちばん下等な下男部屋をあてがってました。徹底的に冷遇したんです。磯畑も磯畑で、よくそれに耐えたんですね。経理をまかされることで、金の出し入れのテクニックを身につけ、最後は母にとっても必要欠くべからざる金庫番になってしまいましたから」

「ご返事は、じかに電話をくれということです」

「わかってます。だが願いを聞き入れてほしいんだったら、もっと条件を引き下げるべきなのに、この期に及んでまだ兄貴面したいんだから」

大河内はおざなりな声で言うと、フーッと息を吐き出した。目が眠そうにしょぼついていた。酔いが回っている。末弟が長兄を軽んじていることは明らかだった。

零時過ぎ、自宅に帰っているとき、電車の中で着信があった。

青柳からだった。いま乗り物の中だからと断り、家に帰ってからかけ直した。

「いま、富士吉田に来てるんだよ」

檜垣に関するつぎの報告かと思ったら、ちがった。

「落合が見つかったんだ」

聞き取りにくい声でぼそっと言った。

「富士吉田で見つかったのですか」

「見つかったのは青木《あおき》ヶ原《はら》だ。自殺体探索ツアーなるものをやっていた学生グループが見つけた。遺体の回収に立ち合ってきたが、死後数日経過しているとかで、かなり腐敗している」

最悪の事態となったわけで、さすがに三谷も声を返せなかった。

「外傷や暴力を受けた形跡はないようだから、死後、青木ヶ原へ遺棄されたのではないかと思われる。深さが二メートル以上ある割れ目というか、穴ぼこのようなところに落とされていたんだ。

穴の隙間から冷風が吹き出していたから、まだしも腐敗がすすんでいなかった。地下のどこかで、風穴とつながっているようなのだ」

「お聞きしてはいけないと思ったから、これまで黙っていました。だがずっと、気になっていたんです」

「すべてぼくの責任だ。あの日、いくら人がいなかったとはいえ、彼をコンベンションセンターに行かせたのは、絶対にしてはならないことだった。これぱかりは、どう言い繕ったところで、許されることではない」

「落合さんがやって来たとき、見るからに意気込んでいましたから、それが不安でした。忠告はしたんですけど、無視されたんです」

「尾行は、本人が希望したのだよ。情報分析官としては有能な男だったが、本人は自分の仕事が退屈でたまらなかった。若い連中が右往左往しているのを見て、自分だったらもっとうまくやるのにと、いつも思っていたんだろう。かねてから、現場に出してくださいと懇願されていた。試すだけでいいから、一回外回りをやらせてくださいとね。それにほだされたわけではないが、あのときはだれもいなかった。それでつい、尾行するだけだぞ、と念押しして送り出した」

それきりことばが途絶えた。それだけ自分を責めているとわかった。

「杉並区の病院から、生方幸四郎に逃げ出されたのもぼくの責任だ。本人が勘ぐらずにはいられない、これまでとちがう圧力をかけたらどう反応するか、それを見ようとしてあれこれ試してみたんだが、まさか逃げ出す決断力があるとは思わなかったのだよ。あの男も大変優秀な事務官で、すごく重宝がられていたが、要はそれだけのこと、ただの能吏《のうり》以外の何者でもなかった。ノンキャリアだったのだよ。外務省でノンキャリアと言えば、首がないのと同じ、補佐官以上の地位には昇れないのだ。序列社会に組み込まれている役人にとって、出世の梯子《はしご》を登れないことくらい耐えがたいものはなかった」

「あの状態になるまですべて計算ずくだったとしたら、たしかに緻密きわまりない頭の持ち主だったろうと思います」

「思想や信条のちがいで国を裏切ったんじゃないんだ。もうすこし評価してやり、課長か部長クラスのポストを与えてやれば、大過ない人生をまっとうできた人間だった」

「病院から逃げ出したのは、単独行動だったのですか」

「そうだと思ってるよ。気の触れた振りをして現実から逃げてみたものの、逃げ込めるところはどこにもなかった。それがわかってしまえば、もう行けるところはない。だったらせめて最後くらい、自分に立ち返って生き方を選択しようと考えたにちがいない。絶対そうだと信じてるんだ」

そのあと、長いこと沈黙していた。それから吹っ切れたように、声と話題を変えた。

「落合の奥さんには、特殊任務で長期出張をしてもらっていると言ってある。明日東京に帰ったら、いちばんに行って、ほんとのことを告げなきゃならない。奥さんはいま、ふたり目を身籠もっているんだ」

今夜は三谷も眠れそうになかった。

17

朝、出勤途中に電話がかかってきた。スマホを見ると来宮からだった。ということは、三谷がいま、電車内にいることを承知でかけてきたことになる。

とりあえず四ツ谷駅で下車し、ホームからかけ直した。

「あ、三谷さん、いまどちらにいらっしゃるんですか」

うわずった来宮の声が聞こえてきた。

「四ツ谷駅のホームです。出勤する途中ですよ」

「それは失礼しました。でもよかった。社長と連絡が取れなくなって、大変な騒ぎになっているんです。来ていただけるんでしたら、お待ちしてますから」

ひどい取り乱しようだった。ほかにもちがう声が、周囲でわあわあ言っている。

電車に乗り直して会社に向かった。胸騒ぎが募ってきた。その遠因となりそうなものが、このところたてつづけに起こっていることを思い起こしていた。

稲城の東輝クリエイティブへ、尾上鈴子が乗り込んで来たのは先週のことだ。

それから何日か後、大河内は甥の尾上英斗と会い、会食までした。

その日三谷は大河内に頼まれ、東輝グループから追放された磯畑亮一と会った。

これら一連の出来事が、すべて無関係だとは思えないのだった。

会社に着くと、玄関の前にワゴン車が二台止まっていた。

車からスチール製トランクやボックスを下ろしている顔に、見覚えがあった。東輝クリエイティブへ出向している大河内テクノラボの社員たちだ。

「三階の管理部の隣に、会議室があります。とりあえず、そこへ運んでもらえますか」

と指図しているのが、管理課の社員だった。

三谷を見ると軽く頭を下げたから「どうしたんですか」と聞いた。

「稲城へ出向していた社員が、引っ越し荷物を持って帰って来たんです。今朝、社長から電話があって、今日中に手の空いているものから引っ越せ、という指示が出たそうなんです」

引っ越せといったって、新館は内装工事がはじまったばかりで、完成は二週間以上先なのだ。それを前倒しして、今日中に引っ越せ、と言われたのだとか。それでとりあえず最低限のものだけ積み込み、先発隊の六人がやって来たところだという。

二階の秘書室はさらに混乱していた。

三階から五、六名応援が下りてきて、電話をかけたりパソコンのキーボードを叩いたりしている。

来宮が三谷を見るなり駆け寄ってきた。

「どうもすみません。社長とまだ連絡が取れていないんです。城南ハイヤーに問い合わせたところ、今朝も時間通りお迎えに上がり、会社にご出勤なさったはずです、というんですよ。運転手の棚倉さんがいま、つぎの仕事に入っているとかで、本人とはまだ連絡が取れていません」

その後はるかのデスクの電話が鳴り、はるかが受話器を取った。はるかは受話器を下ろすなり、みんなに聞こえる声で言った。

「城南ハイヤーからでした。運転手の棚倉さんと連絡が取れました。それによりますと、今朝はこちらへ出勤してくる途中、社長に電話がかかってきて、行き先を変更したそうなんです。ハイヤーが社長を送り届けた先は、人形町にある東輝ホールディングス本社でした」

すぐさま来宮が本社に電話をかけた。

短いやり取りがあり、来宮がむっとした顔で受話器を下ろした。

「返答を拒否されました。そのような問い合わせには応じられない、今後一切電話してくるな、とのことです」

来宮のスマホが鳴りはじめた。

こちらは稲城に出向しているテクノラボ社員のひとりが、外からこっそり電話してきたものだった。

稲城の東輝クリエイティブに出向している大河内テクノラボの社員全員に、外出禁止令が出たそうだ。今朝こちらへ出発した六人には、帰社命令が出された。

どこからか、押し殺した、くぐもった呼出音が響いてきた。

来宮があわてて社長室に飛び込んだ。持参のキーを差し込み、大河内のデスクの引き出しを開けた。

音が大きくなった。

来宮が引き出しの中から引っ張り出したのは、卓上型電話機だった。大河内のプライベート電話機だ。

来宮が受話器を取り、話しはじめた。はじめは相手の声に耳を傾け、それからしゃべりはじめた。話しているのは英語だった。

来宮は英語に堪能なようで、淀《よど》みなくしゃべっている。だが発音は大河内とだいぶちがい、日本的な発声だった。途中からことばが滞りがちになったのは、返答に窮したのではなく、答えられない質問がつづいたからだ。

電話が終わると、来宮は三谷に向かって言った。

「ニューヨークのブラッドフォードさんからでした。昨夜から何回も電話しているのに、出ない。都合が悪いのであれば、よい時間帯を知らせてくれと伝言したのに、その返事もないとご立腹でした。なにか異変が起こったようなので、今朝から行方がわからなくなっている。わかり次第お返事すると言ったら、納得してくれました」

「あなたはブラッドフォードさんに会ったことがあるんですか」

三谷は尋ねた。

「いいえ。話したのもはじめてです。不在のときかかってきたら出てくれと、社長からデスクの合い鍵を預かってたんです」

そこへ三階から管理部長の藤本誠治《ふじもとせいじ》が入って来た。財団から出向してきている管理職のひとりだ。

「ただいま、東輝記念財団から電話がありました。今朝九時、東輝ホールディングス本社で東輝グループの緊急取締役会が開かれ、大河内牟禮理事長が、東輝記念財団、東輝クリエイティブの理事長職を解任されたそうです」

何人かが叫び声を上げたが、三谷は動じなかった。聞き返そうとしたら、藤本が手で制して、つづけた。

「どのような理由があって緊急取締役会が開かれたか、討議の内容や経過については、なんの説明も受けておりません。結果を知らされただけです。なお大河内理事長は、解任後即刻東輝ホールディングス本社から放逐され、強制的に退去させられたとのことです。その上で、今後東輝グループと大河内牟禮との間には、なんの関係もないという通達が、関係各位に向けて出されたそうであります」

無表情に言うと一座を見回し、下目になってばつの悪そうな顔になった。それから声を落として言った。

「すまないけど、なにもできなかった。わたしはいずれ財団へ呼びもどされると思うが、大河内テクノラボは潰れたわけじゃないから、みなさんは気を落とさず頑張ってください。長い間お世話になりました」

一礼すると帰ろうとした。

「理事長の行方は知っているんですか」

来宮が彼に呼びかけた。

「なにも知らん。なにが起こったか、そんなことをいちいち教えてもらえるほどの、立場じゃないんだ」

とうなだれて出て行った。

稲城に尾上鈴子が現れたとき、車椅子につき従っていた老人たちを思い出した。藤本はもっと若いから、鈴子にあそこまで近づける身分でもないのだろう。

管理課から応援に来ていたものたちが、ひっそりと引き上げていった。

「そうだとしても、放逐された理事長はいま、どこにいるんだろうな」

残っているもの同士で話していると、三谷のスマホが鳴りはじめた。てっきり大河内からだと思ったから、飛びついた。

三谷はみんなに聞こえるよう、もしもしと大声を上げた。

早とちりだった。

「東亜信用調査室の横井《よこい》と言いますが」

はじめて聞く声だった。しかし人物は思い当たった。青柳のオフィスへ行ったとき、何度か顔を合わせているのだ。

「青柳がいま圏外にいるようなので、連絡が取れません。そのときは、三谷さんにおかけしろと言われてましたので、お電話しました。いま、かまいませんか」

「いいですよ」

「お預かりしていたカップルが、スーツケースを提げて羽田に現れました。搭乗手続きをすませ、いま待合室に入ってます。行き先はグアム。このまま見送ってよいものかどうか、指示を仰ぎたくてさっきから青柳に電話しているんですが、携帯がつながらないんです」

「すると横井さんは、いま羽田にいらっしゃるんですか」

「いいえ。わたしは事務所で留守番をしております。連絡してきたのは、女の方に張りつかせていた当社の社員です。彼はいま羽田におります。ふたりは別々にアパートを出て、羽田で落ち合ったそうです」

「するとまだ出国は阻止できるんですね」

「できます。出入国管理局に電話すればいいことです」

「だったら阻止してください。あいにくこちらもただいま、責任者である大河内理事長がトラブルに巻き込まれたとかで、連絡が取れないのです。ですからこれは、わたくしが独断で申し上げていることになりますが、責任は取ります。ふたりを国外には絶対出さないでください」

檜垣がハンバーガーを食い終えたあと、食器を厨房へ返しに行ったときの光景が甦《よみがえ》ってきた。ふたりの手つきがぎこちなかったから目についたのだが、檜垣がカップや食べかすの載ったお盆を甲西に手渡したとき、ふたりの手が軽くタッチしたように見えたのだ。

しかし実際はちがっていた。

檜垣がガムの嚙みかすにくっつけたものを、盆のどこかに貼りつけ、周囲にわからないよう甲西に手渡したのだ。

横井との通話が終わると、三谷は三階へ上がって行った。稲城から来た六人が、会議室へ荷を運び終え、一息ついていた。

「どなたか、リーダーの方はいますか」

三十後半の男が手を挙げた。相川《あいかわ》という名で、主任だった。大河内が磯畑の社員を引き取ったときのメンバーの中で、最年長だという。

「今日こちらへいらしたみなさんは、東輝クリエイティブの四階で働いていた方たちですよね」

「そうです」

「四階に檜垣という男がいましたが、今日はどうしていたか、覚えていますか」

「たしか休暇を取ったと聞いてます。今日の六人は、室長の中村《なかむら》さんと決めたんですが、そのとき彼の名は出てきませんでした」

「それは、理由があってのことですか」

「とくに、なにも。彼はなにをしても、テンポが遅れてしまうんです。みんなとは、どうにもリズムが合わない。それで、差別しているわけじゃありませんが、なにかするときは、どうしてもいちばんあとになってしまうんです。休暇の申請や届けは出していると思います」

二階にもどってくると、来宮が社長室で大河内のプライベート電話を使っていた。

ブラッドフォードに大河内のことを報告していたようだ。プレジデントということばが何度か使われた。

十分もすると三谷にもかかってきた。

かけてきたのは横井だった。

「檜垣と甲西の身柄を確保したそうです。その際甲西の動きがおかしかったので身体検査をしたところ、マイクロチップを隠し持っていました。なおその後青柳とは連絡がつき、ただいま都内に向かって帰っている途中です。これからは青柳よりお電話させますので」

「こちらもさっき、社長の大河内牟禮が、東輝グループの緊急取締役会で、東輝記念財団、東輝クリエイティブの理事長職を解任され、グループから追放されたという通知を受けたばかりです。本人とはまだ連絡がついておりませんので、指示を出すことができません。青柳さんにはしばらく、ふたりをこのまま足止めしておくようご伝言願えますか」

終わってみれば、つむじ風に襲われたような騒ぎだった。ばたばたしたばかりで、事態はなにも進展していなかった。

来宮のスマホが着信を告げた。

画面を開くなり来宮が「理事長からです」と言った。三谷とはるかがのぞき込んだ。

『しばらく連絡できませんが、わたしのことは心配いりません。社員のみなさんはこのまま、平常心を保って仕事をつづけてください』

という文面だった。

「理事長のメールにまちがいないようですが、送信専用になっているので、返事はできません」

偽メールの可能性はあるか、と三人で考えてみた。限りなく低い、と判断するしかなかった。

18

人目を避けて三階まで上がり、だれもいないメディテーションルームに行って電話をかけた。

「磯畑プランニングです」

秘書と思われる男が出てきて答えた。

「三谷孝と申しますが、磯畑亮一さんをお願いできますか。先日お目にかかったものだとお伝えくだされば、わかると思います」

　お待ちくださいと返事があり、すこし待たされた。それから寝起きのような、濁った声が聞こえてきた。

「磯畑だが」

「先日お会いしました三谷孝です。本日、大河内牟禮が東輝グループから解任されました」

　端的に言った。下手に回りくどい言い方はしなくてよいと思ったのだ。

「知ってるよ。それくらいのニュースならいまでも入ってくる」

「その件で、お願いがあって電話しました。お目にかからせていただけませんか」

　拒否されないまでも、一家言あると思った。それがなかった。

「だったら来るがよい」

　電話が秘書の声に変わり、事務所の所在地を教えてくれた。

　三谷はすぐさま二階にもどり、来宮とはるかに出かけてくると告げた。心当たりのあるところへ、相談に行ってくると。

　表通りへ出てタクシーを拾った。

　向かったのは東五反田《ひがしごたんだ》、清泉女子大学の近くだ。五反田と大崎、山手線どちらの駅からでも徒歩十分だと秘書が言った。

　三階以下がオフィスや店舗、四階から上が住居棟になっている旧住宅公団のビルだった。築後四、五十年はたっているだろう。かつてはモダンだったかもしれないが、いまでは色褪《いろあ》せ、古《こ》色蒼然《しょくそうぜん》とした二流感の漂うビルと化している。

一階が店舗、二階が飲食街、三階がオフィスになっており、三階までエスカレーターが通じていた。三階から上の住居棟とは出入口がちがい、相互の行き来はできない。

三〇八号室を訪ねた。

この季節に、ジャケットにネクタイという、堅苦しい服装をした男に迎えられた。磯畑の秘書だった。

通されたオフィスは、十畳くらいあるワンルームだった。デスクが三つと応接セット、展示用のガラスケースが置かれ、東北の地方都市の再開発模型が飾ってあった。

応接セットの反対側に腰を下ろし、磯畑が待っていた。

ネクタイこそしていなかったが、ボタンダウンのシャツに紺ジャケットと、彼の服装もきちんとしている。この前ホテルで会ったときもスーツを着用していた。三谷の方は半袖カッターシャツなのだ。

冷房が効いていた。ただモーターの音がうるさかった。

秘書がコーヒーを持ってきてくれた。磯畑は紅茶風のものを飲んでいる。

秘書が別室に下がるのを待ってから、三谷は口を開いた。

「大河内が理事長職を解任され、東輝グループから追放されたところまではわかりました。しかしどこにいるのか、本人から連絡がないので困っております。本社に問い合わせたところ、回答を拒否されました。じつは本日中に決裁を得なければならない案件がありまして、少なからぬ金銭がからんでいる問題なので処理を急ぎます。磯畑さんにお尋ねすれば、なにか教えていただけるのではないかと思って訪ねて来たのです」

「どうしておれが、そんなことを知っていると思ったんだ」

三谷の顔に挑発的な目を向けながら磯畑は言った。

「東輝グループのことであれば、ほかのどなたより精通されていると思いましたので」

「そりゃたしかに、東輝グループに籍を置いていた人間だから、かなりのことは知っている。だがその情報が、どれくらいの値打ちがあるかというと、こっちから値をつけるわけにはいかん。そっちで値をつけるのが、ものの順序というものだろう。ついでに言っておくと、こないだの返事はまだもらってない」

「先日おうかがいしたことは、まちがいなく大河内に伝えました。まだご返事をしていないというのであれば、今回の変事で、その間がなかったのではないかと思います。この件でさらにお世話になれば、借りはますます増えます。本人にそれをよく諭《さと》し、必ずご返事するように諫言《かんげん》いたしますが」

満足できる返事ではなかったようだ。磯畑はにこりともせず、目をぎょろつかせ、三谷をにらみつけていた。

茶をすすると、いくらか視線が柔らかくなった。

「おれはあんまり人を信用する人間じゃないんだ。友人、知己を必要としたことがない。これまでそれで通してきた。これからも変わらんと思うが、おぬしと話していると、糠《ぬか》に釘《くぎ》というか、こっちが力を入れれば入れるほど手応えがなくなり、愚にもつかんどうでもいいことを、ひとり力み返っているような、見当ちがいなことをしている気持ちになってくるんだよな。そんなこと、言われたことはないか」

「ありませんが、裏表のある人間と思われないよう、言動には気をつけているつもりです。できないお約束はしません。引き受けたお約束は必ず果たすよう、つねに最大限の努力を払っております」

「悪くない心がけだ。人としては、みなそうありたい」

また茶をすすった。

「今回の解任は、そっちには寝耳に水だったかもしれんが、おれにはすこしも意外でなかった。はじめから牟禮は、そのうち放り出されるだろうと見ていたよ。牟禮がもっと無能で、人の顔色を読むことに汲々《きゆうきゆう》としている人間だったら、こんなことにはならなかっただろう。ところが予想に反して、牟禮は有能だった。しかもその有能を隠そうとしなかった」

「企業人として業績を上げることが、いけなかったというのですか。東輝クリエイティブは財団にとっても、東輝グループにとっても、マイナスになるようなものではなかったと思いますが」

「財団は関係ねえ。あれははじめから空っぽの容れ物、牟禮にあてがわんがためのエンプティポストだった。ところが本人は、そう受け取らなかった。オーケストラの指揮を任されたつもりになって、懸命にタクトを振りはじめた。そして数年で、東輝クリエイティブをグループ内の最優良企業に押し上げた」

「東輝クリエイティブを創設したときは、入念な根回しをして、取締役会の承認をいただいたと聞いております」

「だからそういうことは、すべて建前だったのよ。いくら女中の子だとは言え、戸籍の上ではわが子だから、格好だけはつけてやらなきゃいかん。それで使い道のない財団を宛てがってやったということだ。いまの財団の顔触れを見たらわかるだろう。なんの役にも立たない年寄りどもを、蟄居《ちっきょ》同然に押し込めておくところなんだ。ところがあの男は、物心ついたときからアメリカで育った。日本的な思考、慣習を身につけていなかった。財団の理事長というポストが、そういうものだとは思いもしなかったのだろう。だいたい三十過ぎまで、あてがい扶持《ぶち》でアメリカへ捨て置かれていたのは、どういう理由があってのことだと思っていたんだ。そういう男をなぜ、三十過ぎて日本へ呼びもどしたか、考えてみたことはなかったのかなあ」

「大河内からは、それについてはなにも聞いておりません」

「牟禮は幼いときから記憶力抜群で、頭脳明晰、周囲の大人が舌を巻くガキだったらしいのだ。それでこのままだと、将来尾上家の一族を脅かしかねないと怖れられ、アメリカへ追いやられたのよ。ところが今度はそのアメリカで、ＩＴ企業を立ち上げて成功してしまった。鈴子としては女中の子に、第二のグーグルやマイクロソフトのような成功をしてもらいたくなかった。それで考えた末、思いついたのが、牟禮を呼びもどし、自分の監視下に置けるところで、やつの力を取り込むことだった。うまい具合に財団というポストが空いていた。財団の理事長職をあてがい、ある程度の自治活動を認めてやると申し出たところ、牟禮がふたつ返事で飛びついてきた。牟禮が財団に入って立ち上げた東輝クリエイティブという会社は、その結果だよ」

「すると東輝クリエイティブが、そこそこの業績を上げた程度ならまだしも、実績を上げすぎたということですか」

「百パーセントそうだ。牟禮を日本に呼びもどしたのは、自分の血を分けた孫英斗のため、牟禮の力を徹底的に利用しようと思ったからなのだ。しかし英斗がまだ、牟禮を利用できるほど力を蓄えていなかったから、しばらくは我慢するしかなかった。ところが、ときがたつにつれ、両者の開きは大きくなってきた。その誤算が大きくなりすぎ、これ以上放っておくことができなくなって、非常手段に訴えざるを得なくなったのが、今回の政変だよ。鈴子は牟禮に、英斗を引き立てるための嚙ませ犬としての役割以外は、期待していなかったのだ」

「磯畑さんはそこまで分析できるほど、尾上家の事情におくわしかったのですね」

「鈴子以上に事情を知っている者といえば、おれしかいないんだよ。アメリカでの牟禮は、日本から送られてくる金で生活していた。それも十分すぎる金額じゃなかった。生かさず、殺さず、この目でたしかめて見なくても、暮らしぶりがわかる程度の、かつかつの金額だった。その金を日本から送っていたのは、金庫番だったおれだったのよ」

泥のようなぬるっとした顔で言った。

「おれは二十年以上にわたって、大河内東生の金庫番でありながら、尾上鈴子の家令《かれい》という役割を受け持たされていた。東生が知ることは、鈴子の耳にも達していたということだ。当時のおれは、それを拒絶できる立場ではなかった」

これまでとちがう感情が込み上げてきたか、一瞬黙った。それから口調を変えて言った。

「おれは平気だったけどね。おれに力がない以上、他人の庇護《ひご》を受けながら暮らすのは当然のことだ。死んだ振りをしながらその間に力をつけ、いつか自分の力で世渡りできる人間になろうと、それを呪文のように唱えながら生きてきた。アメリカから呼びもどされたときの牟禮の気持ちも、同じようなものではなかったかと思ってるよ。割り当てられた自分の役割に満足している振りをしながら、着々と力を蓄え、まず東輝クリエイティブを立ち上げ、それから飯田橋テクノホール、大河内テクノラボと、足下を固めていった。牟禮は牟禮で、財団も、東輝グループも、はじめから踏み台にするつもりだったんだ」

「大河内は自分の持っている野心、思い描いている将来のビジョンについては、尾上鈴子に気づかれていない、と考えていたのではないかと思います」

「そこなんだ。牟禮の頭のよいことは否定できんが、しょせん知識偏重、現実を知らないおぼっちゃんが頭の中で考えた、思い込みに過ぎなかったのだよな。実際の世の中はそんなきれい事じゃなく、どろどろ、ねちねち、手垢《てあか》のついた欲望と妬みによって成り立っている、ということがわかってなかった」

「その点ではたしかに、認識が甘かったかもしれません。尾上鈴子さんの方が、過酷な現実ではるかに苦労なさってますから、老獪《ろうかい》さ、狡《ずる》さ、読みの深さといったものになると、とうてい歯が立たなかったろうと思います」

「鈴子だって、もとからスーパーウーマンだったわけじゃないよ。それまでは、わがまま、気まま、気に入らないことはすべて人のせいにして、当たり散らすしか能のない、お嬢さまの成れの果てだったんだ。古きよき時代がそのままつづいていたら、それで押し通せていただろうが、あいにく鈴子の通ってきた時代は、それを許してくれなかった。さらに婿にした男が、これ以上ない最低の人間だった。それも、これも、小僧時代に味わった屈辱の意趣晴らしだったと言うんだから、人間の闇は深いよな。鈴子は思うさまそれに翻弄され、もてあそばれてきた。流されるだけで、それまでなす術《すべ》がなかった鈴子に、ようやく失地回復をはかる千載一遇のチャンスが巡ってきた。夫東生の悪運が尽き、実刑が確定して、収監されたからだ。東生が服役することによって、東生が決裁しなければならなかったあらゆる案件が、すべて鈴子の許へ回ってくるようになった。さらに都合のよいことに、服役後もどってきた東生が、ほどなく脳溢血《のういっけつ》を起こし、ひっくり返ってしまった。完全に、形勢逆転してしまったんだ。以後は生ける屍《しかばね》、なにもかも鈴子の思う通りになった。東生の頭、つまりおつむの方は必ずしも呆けていなかった節もあるんだが、なんらかの意思表示をしようとしても、すべて鈴子が握りつぶした。東生を自宅療養中ということにして、世間の目から隠し、東生の指示という名目で、これまで東生が築いてきたものをつぎつぎに奪ったのだ。その過程で、自分に楯突《たてつ》くもの、将来の禍根になりそうなものは、徹底的に取り除いた。五年たって東生が亡くなったときは、鈴子の簒奪《さんだつ》は完璧なまでに成功していた」

三谷はかすかな疑念を浮かべ、磯畑の顔を見つめた。

磯畑が、それがどうしたという顔をして見返した。

三谷は穏やかに微笑した。

「ようやくわかりました。鈴子さまの家令として、それを取り仕切ってこられたのが磯畑さんだったのですね」

「ああ、手伝ったとも。それがおれの仕事だったからだ。おれが尾上家の家令から、東輝ファイナンスの取締役社長に就任できたのも、そういった功績に対する顕彰《けんしょう》に他ならなかったんだ」

磯畑は怯みもせずに言い返した。必ずしも満足した表情ではなかった。

「ただの家令から、晴れて尾上家の一族に昇進なさったんですね」

「それはまちがいない。おれは生まれてしばらくしてから尾上家に引き取られ、以後大河内東生の実子として育てられた。鈴子からは冷遇されたが、父親はおれに教育を受けさせ、金の出入りを任せ、金庫番として重用してくれた。鈴子の代になってからも、その役割は変わらなかった。おれなしではもはや金の出入りがわからないくらい、なにもかも知り尽くしていた。東生亡き後は、否応《いやおう》なしに鈴子の懐刀となったことで、おれはいつの間にか自分が、尾上一族にとってなくてはならない一員に上り詰めたと錯覚した。まごうかたなき錯覚だったけどな。一族の端っこには加えてもらったが、家族、つまり身内扱いはしてもらえなかった。玄関までは入らせてもらえたが、座敷までは上げてもらえなかったということだ」

と言ったときは、顔の赤みが増していた。高ぶらずにはいられないものがあるということだ。

「尾上家のことはよく知りませんが、ほかにもどなたか、家族がいらしたのですか」

「いたよ。深浦泰河といって、鈴子の父親稀一郎の実弟、鈴子の叔父だ。戦前は右翼の大物だったそうだが、闇社会で活動していたから、世間的にはほとんど知られていなかった。尾上材木店は、戦後稀一郎が相場に失敗して倒産しているんだが、弟の泰河が一度は立て直してやっているる」

「磯畑さんは深浦泰河にお会いになったことがあるんですか」

「あるよ。東生が生きていたとき、何度か使い走りで訪ねて行った。だから顔は知っているが、けっしてそれ以上でも以下でもなかった。だいたい大河内東生は、深浦泰河には頭が上がらなかったんだ。力量も、動かせる金も、桁がちがったからな。それに東生は、こいつはおれより上だと思う人物には、けっして逆らわなかった。それより傘下に入って、おこぼれに与る方が、はるかに得だとわかっていたからだ。以後は忠実な腰巾着となって生きていた」

「すると尾上鈴子にとっては、深浦一族こそが家族の本流になるんですね」

「そうなるな。深浦泰河も尾上稀一郎も、同じ父親、同じ母親から生まれている。男のY染色体を持つDNAと、女のX染色体を持つミトコンドリアが百パーセントつながっているんだ。おれは東生の子だから、その血がまったく入っていない。牟禮もそうだ。だから鈴子が八十八歳の誕生日を高輪《たかなわ》の開東閣《かいとうかく》で祝ったとき、おれは呼ばれなかった」

「開東閣といえば、三菱創設者の岩崎《いわさき》家の別邸だったところですよね。あそこは三菱の会員以外は使えないと聞いてますけど」

「深浦泰河のせがれに希海《のぞみ》という男がいるんだ。鈴子の従弟《いとこ》だな。この男は九段の、旧華族会館にあった清華文書館というところに勤めていたから、そっちからコネがあったんだろう。希海はおれよりだいぶ下で、いま七十くらいだが」

「深浦希海とは面識があるんですか」

「鈴子のところへは毎日、日計収支の報告に行っていたから、そのとき顔を合わせたことはある。見た目とは裏腹に傲岸不遜な男で、おれがそのとき尾上家の番頭のつもりで対等な挨拶をしたら、なぜおまえがおれにそんな口をきくんだ、みたいな冷たい目で見返された。あのときの、やつの冷ややかな目つきは忘れられん」

　別室から秘書が出て来た。三谷に断りを言って、磯畑の耳元へなにかささやいた。磯畑は失礼と言って席を立ち、別室へ消えた。

　もどってくるまで五分以上かかった。

　険しい顔をしてもどってきた。額に汗が浮いていた。それで三谷も話を変えた。雰囲気が変わってしまったのがわかった。

「話をもどさせていただきますが、大河内と連絡が取れないので、会社として大変困っております。ひょっとしたら、罷免しただけでは足りず、未だにどこかへ、身柄を拘束しているのではないかと疑っているのですが、磯畑さんはどう思われますか」

「すぐ解放したら、反撃されることを怖れているんだろう。その怖れがないと見極めがついたら、放してくれるだろうから、それほど心配することはないと思うぞ。鈴子という女は、暴力に訴えるようなことは絶対しないはずなんだ」

「かといってこちらは、解放されるまで待つわけにいかないのです。どこかで軟禁されているとしたら、どこか、思い当たるところはありませんか」

磯畑が目を細めた。眼球が動かなくなり、三谷を見つめはじめた。鵺《ぬえ》のような顔をしていた。

ここは三谷から仕掛ける番だった。

三谷はテーブルに両手を突き、深く頭を下げた。

「お願いいたします。前回お聞きしたお話の件でしたら、わたくしが責任を持って大河内に果たさせます」

「牟禮とじっくり話したことはないのだが、会社を売るときの最終段階で、はじめて一時間ばかり話をした。そのときあの男は、おれが事業に失敗したのは、信頼できる部下がいなかったからじゃありませんかと、正確に言い当てよった。悔しいが、そういうことがわかっただけでも、やつはおれより上だった。その上いまは、こうしておぬしの侠気《おとこぎ》に、すがらざるを得なくなっている。すべては人間としての包容力の差だったと、いまになって思い当たる。おれの虎の子だった子飼い社員十四人を、一括して引き受けてくれたことには感謝しているんだ。ひとり、箸にも棒にもかからない、檜垣というのが混じっていたんだが、それだって面白いじゃありませんかと、一緒に引き取ってくれた」

必ずしも三谷の感想を必要としない独白だった。自分に言い聞かせるようにしゃべっている。

それでここは黙って、つぎのことばを待った。

「もし牟禮が、どこかに留め置かれているとしたら、考えられるところはひとつしかない。それを教えたら、どうするつもりだ。おぬしが迎えに行くつもりか」

「参ります」

三谷はためらうことなく答えた。

19

その夜七時半、三谷は代々木上原《よよぎうえはら》の路上にいた。

磯畑のオフィスから一旦会社へ帰り、暗くなるのを待って、出直してきたのだ。

来宮義郎と白木はるかには、こちらから連絡するまで会社に居残って待つよう言い、うまくいったら、大河内を連れてもどってくるかもしれないと伝えた。

代々木上原にはタクシーで行った。七時には現場に着き、周囲をひと回りして地理を頭に入れた。

再開発によって道路が拡張され、長い間裏通りだったところが、歩道つき車道に生まれ変わった一郭だった。ただしまだ未完成で、数百メートル行くとむかしながらの、狭くてごみごみした街路にもどってしまう。

人通りのない、薄暗い通りに立っていた。道路を置いた向かいに、これから訪ねて行く建物が見えている。

コンクリート打ち放しの外壁が、高さ七、八メートルはある。城壁を思わせる物々しさと、外界との接触を拒んでいる閉鎖性、その表れみたいな分厚い木製扉が見えている。

扉にひとつ、ボックス状のものが取りつけられていた。外に向かって唯一口を開けているインターフォンだ。

インターフォンの脇に『矢作《やはぎ》実業株式会社』と書かれた金属プレートが取りつけてあった。先ほど確認したところでは、新聞の中見出しくらいの大きさの活字だった。それが社名だが、実質は矢作隆造《りゅうぞう》の住まいだと磯畑は言った。

矢作実業は横浜を地盤とする土建屋で、創立五十年ほどだが、地元ではそこそこ名を知られた企業だという。三十年以上県会議員を務めた隆造の父親徳一《とくいち》が興した会社で、いまは隆造の息子翔太《しょうた》が二代目社長に就任している。隆造自身は代表権のない会長として、経営にはタッチしていないのだ。

本来なら隆造が矢作実業の二代目となるはずだったが、若いときから御曹司としてちやほやされたのが仇《あだ》となり、短絡的な思考と粗暴な行動が治まらず、十代からしょっちゅう問題を起こしていた。

挙げ句、公表されていないが、真相が露見したら身の破滅はまちがいなしという事件を引き起こした。

「武士の情けだからこれ以上のことは言わんが、懲役十年は食らってもおかしくない事件だった。チンピラとはいえ、人がひとり死んでいるんだ。それをおやじ以下関係者が必死になって走り回り、なんとか隆造には累が及ばない決着をつけた。その代償として会社からは追われ、横浜にもいられなくなって、表社会から消えた」

そうやってついたのが、尾上鈴子のお抱え運転手だったのだという。

矢作家は、徳一の親の代まで鶴見《つるみ》で廻船《かいせん》業をやっており、尾上材木店とは江戸時代からつながりがあった。その縁で徳一が頼み込み、隆造の再教育をお願いするというかたちで引き取ってもらったのだ。徳一が健在だったら、いまでも運転手のままだったろうが、二年前、七十一という若さで徳一が急逝した。

それで後継社長問題が持ち上がり、多少いざこざはあったものの、最終的には隆造の息子翔太が二代目社長に就任した。隆造は自分が社長に就任する気満々だったが、親族以下一族郎党の支持が得られず、院政を敷くことで実権を握ることができると、無理やり同意させられたのだという。

ここ代々木上原は、鈴子が住んでいる渋谷区松濤《しょうとう》から目と鼻のところにあった。ご用とあれば、すぐに駆けつけられる。

時計が七時五十五分になろうとしていた。

あと五分。

これから先は、すべて自己責任、結果はすべて、自分で背負わなければならなくなる。

「訪ねて行くとしたら、八時十五分から二十分までの間にしろ。それより早くても、遅くてもいけない」

磯畑からは強く命じられていた。

理由は鈴子が、午後八時には就寝するからだ。八時以降になると、天変地異が発生しようが、天下を揺るがす大事件が勃発しようが、外部から連絡したり、訪ねて行ったりすることは許されない。

毎晩八時に就寝する鈴子は、午前一時に起床、それから一日をはじめる。その日課はここ数十年一度も変更されたことがなく、スケジュールを狂わせたものは、一族郎党をはじめ、ただのひとりとしていない。

鈴子の命を騙《かた》ろうとすれば、その間隙を突くしかない、と磯畑が教えてくれたのだ。

それで三谷は、鈴子の命を騙るつもりでここへやって来た。いま、その時間を待っている。

八時になった。

これから先は寸秒との闘いになる。

八時五分、まだ余裕を持って待っていた。

八時十分。動悸《どうき》が高くなり、息苦しくなってきた。何度も深呼吸して間を稼いだ。

八時十五分、足が勝手に動き出した。止まらなかったのだ。

インターフォンのボタンを押した。

手応えなし。

さらに押し、顔が見えるよう上に向けた。カメラがそこに据えてあったのだ。

「どなた」

声が聞こえ、頭上でライトがともった。監視カメラが動いた。

「大河内テクノラボから参りました三谷孝と申します。こちらでご厄介になっている大河内牟禮を迎えに参りました」

「今日は終わったのでだれもいません。明日にしてください」

聞こえてきた声は、日本人のものではなかった。しゃべり方、発声、イントネーション、微妙にちがう。磯畑から矢作実業には、ベトナム人技能実習生が何人かいると聞いてきた。

「明日では間に合わない緊急の用件なのです。会長の矢作隆造さまに取り次いでください」

「会長、いません。わたし、わかりません。明日にしてください」

「会長さんがご不在でしたら、どなたか、話のわかる方に代わってください」

「わたし、わかりませーん。帰ってください。だれもいないね」

「緊急の用件だと言ってるでしょうが。重要な突発事件が起こったので、緊急ということで松濤へ事情説明に上がり、お許しを得た上で迎えに来たんです。それを拒否なさったということが後でわかったら、矢作さんの立場がまずいことになるんではありませんか。それでもいいとおっしゃるんですか。取り次いでください」

語気を強くしてまくしたてた。

応答がなくなった。

ライトには照らしつけられている。カメラに顔を向け、ひたすら待った。

咳払いが聞こえた。

「代わった。おたく、名前は」

日本人の声が言った。はじめて聞く声だ。

「三谷孝と申します」

「知らんな。聞いたことがない」

「お会いしたことがありませんから当然でしょう。さっきまで松濤にいたんです。八時直前になんとか滑り込み、奥さまとじかにお話しすることができ、やっとお許しをいただいてきたんです。詳しいことは、お目にかかって申し上げます」

「そんな話なんか聞いてねえ」

「退出したときは八時を三分過ぎていましたから、原則を曲げてまで指示は出されなかったのでしょう。あとはわたくしから、直接矢作さまにお伝えするよう言われました」

相手がためらっていた。

「だれも知らない大河内牟禮の居場所を、こうして訪ねてきたのがなによりの証拠だと思われませんか」

三谷は自信に満ちた声で言い放った。

矢作が黙った。

気配が消えた。

カメラのライトが消えたかと思うと、前の扉がふたつに割れ、左右にスライドしはじめた。

三谷は肺に溜まっていた息をそーっと吐き出した。こわばっていた頬を緩め、唾を飲み込んだ。

ブロック石を敷いた通路が見えてきた。屋内通路だ。通路は広がって車寄せになっており、その先に玄関があった。

車寄せに白い大型バンが止まっていた。バンの向こうに磨りガラスのドアが見える。

建物の内と外で、明かりがともった。

ドアが開いた。身の丈が二メートルはあろうかという男が立っていた。色浅黒く、頭髪も黒、それをべったりなでつけている。

インターフォンに出たベトナム人らしいとわかった。男は暗い目で三谷を見下ろすと、わずかに顎をしゃくった。

男の後からついて行った。左右にガラスの壁が並んでいた。オフィスになっているようだが、明かりはついていない。突き当たりのドアだけが光り輝いていた。

自動ドアだった。ふたりが足を止める前にドアは開いた。

応接室風のしつらえになっていた。男が三人いた。中央で大股を開いて坐っているガウン姿の男が矢作だった。鈴子が稲城の東輝記念財団へ押しかけてきたとき、車椅子を押していた男だ。あとのふたりはベトナム人だった。矢作の両脇に立っていた。いずれも三十代、小柄な方が口ひげを生やしている。

大男が矢作の真うしろに立った。

矢作はシャワーでも浴びた直後なのか、ガウンの胸元をはだけていた。首にかけたバスタオル、それで噴き出してくる汗を拭っていた。

大柄ではあるが、それほど引き締まった体軀とは言えなかった。全体的にずんぐりしている。

顔が大きく、猪首だった。頭髪は多くなく、ひたいが出ている。ひげがほとんどなく、頬も、鼻下も、顎も、すべすべと光っていた。皮膚が厚そうだ。色が黒いから、どこかなめし革を連想させた。

唇がしゃくれていた。それで気分を害しており、機嫌が悪いと一目で察することができた。そういう匂わせ方を察知させる雰囲気は、濃密に保持していた。

「はじめから聞かせてもらおうか。もう一度しゃべってみろ」

三谷は自分の名刺を差し出してテーブルに置いた。

「わたくしの名は三谷孝、大河内牟禮が主宰しております大河内テクノラボの社員でございます。会社の所在地は飯田橋にありますが、そこが元尾上材木店の敷地であったことは、みなさまご存じだと思います。大河内テクノラボは、東輝記念財団、東輝クリエイティブとは関わりのない独立企業ですが、尾上鈴子さまは大河内牟禮に次ぐ株主でございまして、会社の運営にも直接間接を問わず参画していただいております。じつは本日、数年前から進行中でありましたアメリカ提携企業との、共同プロジェクト決裁日に当たっておりまして、今夜十二時までにその手続きを完了しなければなりません」

矢作は煉瓦のような顔をして聞いていた。無視しているようで、じつは反応しているということに他ならなかった。

日頃から鈴子の指示は、口頭でのみ出されている。だから鈴子の名を出しさえすれば、本能的に反応してしまうものが矢作の中にはあるのだ。

「ここまで申し上げましたら、どういう事情か、おわかりいただけたと思います。本日大河内は、東輝グループの本社で開かれました東輝ホールディングスの緊急取締役会に出席し、そこを退出してから行方がわからなくなっております。われわれとしては、それで困り抜いていたところでした。なぜかと申しますと、今夜十二時までに手続きを完了いたしませんと、契約は自動的に破棄ということになり、われわれに違約金の支払い義務が生じるからです。その額は一千万ドル、本日の為替レートに直しますと十三億五千万円強になります。これは当社にとって莫大《ばくだい》な損失となるばかりでなく、大株主でもある鈴子さまにとっても、甚大な損害になることはまちがいありません」

三谷は息も継がずしゃべりつづけた。

「今日は朝から、全社を挙げて大河内の行方を捜しておりました。それがわからないまま、夜になってしまいまして、われわれとしては万策尽き、はじめて奥さまのところへご報告に上がったのでした。そして窮状を訴えましたところ、大変おどろかれまして、大河内なら矢作さまのところに匿われているわよ、と教えてくださったのです。そしてわたくしに、すぐ迎えに行けとおっしゃいました。それでこうして、お迎えに上がったような次第でございます」

矢作の口許がゆがんで冷笑になった。卓上の煙草《タバコ》ケースに手を伸ばし、一本くわえると、備えつけライターで火をつけた。

「もっともらしい話だが、信用するわけにはいかねえな。おれには全然心当たりがねえ話だからよ」

「松濤のお屋敷を辞去しましたのが八時三分でした。つまりその段階でご通知可能時間を過ぎてしまいましたので、自分からそれを破るわけにはいかん。おまえが矢作さまのところへ行って事情を話し、わからせるよう説得しろとおっしゃったのです」

「おれのところになんの指示もなかった以上、そんな許可など出てねえってことになるんだ。おめえが特別に許可をいただいてきたという証拠を示さない限り、そんな話はなかったってことになる」

「わたくしがこうして、お迎えにやって来たことが、なによりの証拠になると思いますが」

「だったらその証拠として、証言が本物だという暗証暗号を言ってみろ。奥さま直通の、七桁の暗証番号があるだろう。それを言え」

三谷は怯まなかった。うっすらと微笑を浮かべて言い返した。

「暗証番号などありません。試すつもりでおっしゃったのであれば、そのような試みは無用です」

「ふふん。尾上家の事情に多少は通じているようだが、そんなはったりで欺《だま》せるほど、おれは甘くねえぞ。おれだって全身全霊を尽くして奥さまのご用をうけたまわっている。おれに多少の信用があるとすれば、つねに責任を持ってご用を果たしてきたからだ。いくら緊急事であろうが、突発事であろうが、これまでその手順、手続きを踏まれなかったことは一回もねえ。ご自分で取り決められた基準を、奥さまの方で破られるはずはねえんだ」

「ではわたくしが嘘《うそ》をついて、矢作さまを欺そうとしているとおっしゃるんですね。奥さまから預かっている大河内牟禮の身柄を、わたくしに欺されて、まんまと引き渡したということになったら、矢作さまの立場はどうなるんですか」

「そりゃ大馬鹿者の、大間抜け、これまで営々と築いてきた奥さまの信頼を、自分からどぶに捨てたうすらトンカチということになってしまうだろうよ。即刻お出入り差し止めとなるばかりか、以後尾上家の門は二度と潜《くぐ》らせてもらえなくなるだろう」

「ではわたくしの言っていることが事実であったにもかかわらず、矢作さまが聞く耳を持たず、自分の権限だから大河内の引き渡しを拒否した、ということが明日になってわかったときの、矢作さまの立場はどうなりますか」

矢作が一瞬怯んだ。三谷はここぞとたたみかけた。

「大河内テクノラボが支払わなければならなくなる十三億五千万円の違約金を、おれの責任だからと矢作実業さまが被ってくださるのですか」

「このやろう。おとなしく聞いてりゃふざけやがって、なんでそんな理屈になってしまうんでぇ」

矢作の怒りが爆発した。怒鳴り声を上げると、持っていた煙草を三谷めがけて投げつけた。勢いあまって手にしていたライターまで三谷のうしろへ飛んでいった。

三谷は怯まず言いつづけた。

「預かっていた大河内をわたくしに欺されて引き渡した責任と、矢作さまが拒否されたことで生じる十三億五千万円の違約金支払いの責任と、どちらを奥さまから責められるのがよいのですか。これはどちらかを選ばなければならない選択の問題なのです。矢作さまはどちらを選ばれるのですか」

矢作が憤怒《ふんぬ》の形相を炸裂《さくれつ》させてつかみかかってきた。両脇に控えていたふたりが矢作に飛びつき、引きずられながらも、なんとかそれ以上暴れさせなかった。

「てめぇ、……てめぇ……、どこからそんな理屈が……、ざけるんじゃねぇ、この野郎、おれをなんだと思ってやがるんだ」

「ものごとにはいつだって、例外というものがあるんです。わたくしのことばを信じられないとお疑いなら、ここで奥さまに電話して、いますぐたしかめてみられたらよいでしょうが」

矢作は奇声を上げてふたりを振り払い、身を翻すと部屋から飛び出して行った。

家が揺るがんばかりの大音《だいおん》を響かせ、ドアが閉まった。

しんと、静寂が押し寄せてきた。

なんの物音もしなくなった。

しばらく家中から、あらゆる物音が絶えていた。

十分、あるいはそれ以上、なにも起こらなかった。

大男が部屋から出て行った。

三谷とふたりのベトナム人がそこに残った。そのときになって、彼らの口許からパクチーの匂いがしてきた。

廊下をだれかやって来た。

明かりがともり、ドアが開いたかと思うと、大男が入ってきた。

うしろに大河内牟禮がつづいていた。

牟禮は三谷を見てびっくりしたようだ。しかしすぐ、なにくわぬ顔にもどった。

「迎えに来ました。社まで一緒に帰りましょう」

三谷は落ち着き払った声で言い、大男に目で帰るとうながした。

大男が歩きはじめた。三谷と大河内がうしろにつづいた。

玄関のドアが開き、車道に面した大扉がスライドしはじめた。

振り返らなかった。扉が閉まった音は背中で聞いた。

タクシーを拾った。

走り出してから、はじめてうしろを見た。

「おどろいた。まさか迎えに来てもらえるとは、思いもしなかった。どんな魔法を使ったんですか」

「とっておきの魔法を使いました。いろいろな方の協力をいただき、はじめてできたことです。無事帰還できたことをよろこんでいただく前に、まずしていただかなくてはならないことがあります」

三谷は突き放した声で言い、自分のスマホを手渡した。

「はじめに、青柳氏のところに電話してください。檜垣敦と甲西かおりが、本日羽田からグアムへ出国しようとしました。わたくしの独断で取り押さえてもらい、いま拘留中です。ふたりをどう処置したらよいか、その指示をしてやっていただきたいのです」

青柳との話が終わると、つぎは磯畑に電話させた。

大河内は磯畑に感謝のことばを述べ、頼まれていたことは、今夜のうちにも実行すると、その場で誓った。

ふたりとの会話が終わってから、三谷は会社に電話した。

来宮とはるかが待ち受けていた。

大河内を連れていま会社に向かっていると告げると、車内に鳴り響くほどの大歓声が上がった。

20

出前のカツカレーが届いたので、社長室まで知らせに行った。大河内は電話中だった。スマホを使っているところを見ると、デスクに予備が備えてあったのかもしれない。話していることばは英語だ。それでブラッドフォードと話しているのだとわかった。

三谷は「出前が届きました」と書いた紙を掲げて見せた。大河内がうなずいたので、秘書室にもどった。

時刻は十一時半を過ぎていた。先ほど、来宮とはるかが帰ったところだ。

そのあと、腹が減ったと大河内が言い出した。今日は矢作のところで、出前のそばを食っただけだという。

いつもの洋食屋に電話したところ、もう火を落としたあとだった。がっかりすると気の毒がり、カツとカレーなら半製品があるから、それでよければなんとかしましょうという。

よろこんでつくってもらうことにし、それがいま届いたのだった。

テクノラボの社風から言えば、料理が冷めるから、こういうときはさっさと食いはじめるのだが、あいにく三谷は一昔前の世代なので、茶を用意して大河内が来るのを待っていた。

大河内から話を聞いたところ、矢作邸では部屋に軟禁されていたものの、手荒な扱いは受けなかったという。

とはいえ窓はシャッターが下ろされ、部屋にはテレビすら置いてなかった。飯田橋オフィスへメールを一本書かされた以外、スマホも取り上げられたから、あとはひたすら我慢していた。

なぜ監禁されたかというと、大河内を解任することによって、彼とつながりのあるアメリカがどう反応するか、それが気になったからではないか、と大河内は言った。

「ブラッドフォードの来日がマスコミで大きく報じられてましたからね。それだけぼくの影響力を、過大評価していたんでしょう」

だから解任後とりあえず隔離、情報網から遮断して、アメリカの反応を見ようとしたのだろうという。

それほど待つこともなく、大河内は秘書室へやって来た。そして腰を下ろすなり、皿を引き寄せ、がつがつ食いはじめた。

「ブラッドフォードが、代わりの者を寄越《よこ》すらしいです。もはや自分が行くまでもないということでしょう。じつにわかりやすい」

三谷も遅れじと食いはじめた。

「今夜はホテルを取ってもらえませんか。ぼくはこれから出かけますが、三谷さんには明日、お願いしたいことがあるんです」

「そんな心配はご無用です。眠くなったら、適当にごろ寝しますから」

「磯畑のため、今夜中に金策をしてやらなきゃならないんです。電話して、目処《めど》がついたら出かけます」

「こんな時間に、金策のできるところがあるんですか」

「磯畑がね、明日が支払い期限、それもいちばん厳しいところをひとつ抱えているらしいんです。そんなに切羽詰まっていたんだったら、見栄《みえ》なんか張らず、はじめから泣きついてりゃよかったのに。まあ助けてくれたのはたしかだから、今回はこちらも、走り回ってでも工面してやりますけどね」

「というからには、半端な額じゃないんですね」

「億を超えてます。それほどの大金を、右から左へ即座に用立てられるものというと、ヤミ金業者しかありません。ここはトイチ（十日に一割のこと）の利息を払ってでも、ひねり出してやりますよ。これから電話をして、話がついたら出かけてきます」

スプーンをボイラーマンのショベルみたいに動かし、あっという間にカレーを平らげた。

大河内はごちそうさまと言いながら立ち上がり、紙ナプキンで口をぬぐいながら、後も見ず自分の部屋へもどって行った。

三谷は自分のカレーを食い終えると、ふたりの食器を洗った。食い散らした皿を積み上げておくのがいやで、出前の食器は必ず洗って返すことにしている。

十二時すぎに大河内が部屋から出てきた。

「行ってきます。部屋の鍵は持ってますから、施錠してくださってけっこうです」

「わかりました。気をつけて行ってきてください」

と送り出した。ひとりになると入口のドアを施錠し、部屋に籠もった。

午後十時までは、セキュリティ会社のガードマンがいる。それ以後は裏口のドアを解錠し、自分で入って来なければならない。

明かりを半分に落とし、ソファのクッションをのけて横になった。

眠っているようで、起きているようで、瞑想でもなければ覚醒でもない半無意識状態に自分を置き、呼吸を小さくした。

それでも当然のように眠れなかった。今日一日、あまりに多くのことが起こりすぎた。

時計を見ると、十二時半になったところだった。

個人宅だったら電話すべき時間ではないが、会社だったらかまわないだろう。もちろん、まだ会社にいるならという話だが。

ダメ元でと思い、電話してみた。

おどろいたことに、青柳はまだ会社にいた。間髪《かんはつ》を容《い》れず電話に出てきたから、三谷の方がおどろいて口ごもった。

「こんな時分にすみません。今日のお礼も言ってなかったので、試しに電話してみたんです。今日は横井さんのお世話になり、ありがとうございました。おかげで適切な手が打て、ふたりのグアム行きを阻止することができました。大河内も喜んでおります」

「いや、ぼくの方こそお世話になりました。檜垣は明日、そちらに連れて行って、大河内さんに引き渡します。大河内さんが言うには、直接質問したいとおっしゃってるんです。それから、これはお伝えしてないんだが、甲西の調べはその後進展していません。どうも、日本人ではない節が濃厚です」

「甲西かおりが日本人ではないということですか」

「甲西かおり本人は日本人です。ただ身上《しんじょう》がまったく取れない。学校にもろくに行ってなくて、知人、友人、学友といったものがひとりもいないんです。中学時代は、ほとんど登校していませんね。卒業写真のアルバムも、欄外に顔写真で嵌め込まれています。そういうことを調べ尽くした上で、あの女が甲西になりすました可能性が高いんじゃないかと思っているんです」

「すると、素性を突き止めるのは難航しそうですね」

「それは覚悟してます。それから落合の奥さんのところへは、今日行ってきました。突然の訃報に、当然のことながら嘆き悲しまれましたけど、いつかこんなことになるんじゃないかと、半分覚悟はしていたと言われたんです。心臓に持病があって、二十代のとき手術を受けているんですよ。強心剤を常用していたそうです。そんなこと、ぼくらは全然知らなかった。入社希望者は、既往症について告知する義務があるんだが、彼はそれを隠していました。それまでにも数社、持病が理由で採用されなかったケースがあったというんです。とはいえ、それを聞いて、ぼくの負い目が消えるわけじゃありませんけどね。だいたいわが社の尾行は、興信所クラスの裏取りのようなもので、拉致されて命まで落とすような危険なものではないはずなんです。そこがもうひとつ、理解できなくてね。それでいま、すべての事項をもう一度、はじめから洗い直してみようと思い、居残ってやっていたところなんです」

三谷は現在の会社の状況を伝え、再度礼を言って電話を終えた。

大河内牟禮は午前三時にもどってきた。

明かりが小さくなっていたから、横になっている三谷を見て、眠っていると思ったか、なにも言わず自分の部屋へ入って行った。

三谷もそのまま、じっとしていた。

大河内が帰ってきて、安心したのだろう。その後、すこし眠った。呼吸がさらに小さくなったから、眠っているなと自分でもわかった。

午前五時に、大河内が部屋から出てきた。トイレに立ったらしく、もどってきたとき三谷と目を合わせ、はじめてびっくりした顔をした。

「起きていたんですか」

「半分寝て、半分起きてました」

「じゃあぼくがさっき帰ってきたとき、分かってました？」

「はい、察してました」

「なんだ。だったらもっと早く声をかければよかった。一日ご心労をかけたから、お疲れになったんだろうと遠慮したんです」

「理事長が瞑想されているところを見て、ヒントを得たといいますか、ひとりになったときの時間の過ごし方が、以前と変わってしまいました」

「やはりね。あなたが目をつむっているところを見て、あれと思ったんです。なにも教わらなくても、ぼくのメディテーションを見ただけでわかってしまうんだ」

「いや、年ごとに眠りが浅くなっているだけですよ」

「じゃ隣の部屋まで来ていただけますか。朝になったら、していただくことを申します」

大河内の部屋に入って行くと、デスクの上にジュラルミンのトランクが置かれていた。

蓋は開いており、中に入っている包みが見えた。

現金の束に他ならなかった。ひとつの束の厚さが、どう見ても十数センチある。それぞれ紫色の帯が十文字に架けられていた。

これほどの現金を見たのははじめてだ。多分ひとつが一千万円の現金なのだろう。それが、中型トランクにぎっしり詰まっていた。目分量で見ても十数個はある。

「用件というのは、今日これを、磯畑のところへ持って行っていただきたいのです」

「わたくし、ひとりで運ぶんですか」

思わず声がうわずった。

「こんなもの、ただの紙束ですよ。あなたなら大丈夫。そんなものを運んでいるようには、見えないはずです」

「どうしてご自分で持って行かれないんですか」

「今朝は九時に、青柳さんが檜垣を連れてくることになっています。そのあと檜垣に、いろいろ聞かなきゃならないことがあるんです。これまで甲西となにをしたか、しなかったか、問いただしたいことが、いくつもあります。甲西という女が、檜垣のどこに興味を持ったか、それがいちばん気になっているんです。檜垣はああいう男ですからね。口を開かせて、こちらの知りたいことを聞き出すのは、けっこう大変なんです。一方で磯畑の支払いリミットは、最大手が午前中だと言ってます。それに、ただ渡せばいいってものでもなくて、現物引き替えで、もらってくるものもあるんです」

「ひとりというのが心細いんですが。途中で事故を起こしても、とても責任が取れる金額ではありません」

「責任？　そんなこと、考えたこともありませんよ。なにか事故が起き、この金が奪われたり消滅したりしたとしても、だからといって、あなたに賠償させるつもりは毛頭ありません。すべては、そういうことを命じたぼくの責任です」

ではその旨一筆書いてください、ということばが咽まで出かかった。

しかし大河内の顔を見たら言えなかった。やや軽率に過ぎる依頼だとは思うが、三谷の人格を認めているからこその頼みなのだ。

「わかりました。無事に届けられるよう、全力を尽くします」

引き受けたところで、すこし時間が余った。それで二時間ほど横になった。

当然のことながら、全然眠れなかった。自分の肝っ玉が、それくらいしかないということだった。

七時にはあきらめて起き上がり、顔を洗ったり体操をしたりして、時間をつぶした。

八時になるのを待って、磯畑に電話した。

「三谷です。昨日はありがとうございました。大河内からの預かり物を、そちらへ届けるように言われています。何時ごろおうかがいすればよろしいでしょうか」

「ということは、全額そろっているんだな」

「そのように聞いております」

「だったらこちらも、用意しなきゃならんものがある。金と引き替えに渡すものだ。ただしそいつは、九時にならないと受け取ることができない。だからそれ以降にしてもらわなきゃならん。

九時半に拙宅まで来てもらうというのはどうだろう。事務所の入口とはべつに、奥に居住者用の出入口がある。エレベーターで七階、七一七号室だ」

「七一七号室ですね。わかりました。では九時半にうかがいます」

大河内に知らせようと社長室に入って行くと、椅子に身体を沈めて眠っていた。いびきをかいていたから、なにも言わず出てきた。

九時五分前に来宮が出社してきた。ふたりして社長室へ行き、起きた大河内に挨拶した。

蒸し暑そうな日だったが、三谷はロッカーに入れてあった麻のジャケットを取り出して着用した。

ふたりに声をかけて社を出た。

ジュラルミンのトランクは現金運搬用で、手鎖とバンドがついていた。施錠するとバンドを左腕に留め、バンドは袖の内側に隠した。

施錠したキーは口の中に入れた。万一トランクを奪われそうになったら、キーを飲み込むつもりだ。

通りまで出てタクシーを拾い、磯畑の住居に乗りつけた。エレベーターホールまで歩いて向かったが、週末だったせいか、だれにも会わなかった。

七一七号室のチャイムを押した。

ドアが開き、磯畑が出てきた。

磯畑も出かけていたらしく、上着を着用していた。下はワイシャツで、ネクタイはなし。顔にべったり脂汗を浮かべていた。

中に通された。

景色がセピア色に変わった。部屋の中のものが、なにもかも煤《すす》けた、くすんだ色をしていた。これほど地味な部屋も見たことがなかった。

団地サイズの2LDKだった。家財は一通りそろっていたが、新しいものはまったくなかった。ダイニングテーブルの上にあった炊飯器にしても、一昔前に流行《はや》った花柄模様がついていた。この部屋の住人が、そのようなものにこだわらず生きてきた証左でもあった。

一方で書棚や書斎デスクには、本や雑誌がところかまわず積み上げられていた。置き方は無造作、乱雑そのものだが、すべて最新の情報資料であることは一目でわかった。それもありふれた経営書や金言集とは無縁の、専門書ばかりだった。その半分以上が洋書だ。見るからに叩き上げという相貌をしながら、実物の磯畑は並外れた書斎人だったのである。

嵌め込みになっている書棚の中央に、整頓された棚がひとつあり、額に入ったキャビネットサイズの写真が飾ってあった。新しいものではなく、色調もぼやけていたが、五十代と思われる女性がひとり写っていた。セーター姿で、頭にベレー帽を被っている。写真の前にはワイングラスが置かれ、バラが一輪生けてあった。

「ひとりになってからは客も来ないので、来客用の設備は処分した。だからどこでもいい。適当なところに置いてくれ」

それで食卓の上にトランクを下ろした。口の中に入れていたキーは、部屋に通されたとき取り出した。

「現物と引き替えだと言われましたけど」

磯畑はうなずきもせず、ポケットから出してきたキーをテーブルに置いた。

こちらはシリンダー錠だった。トランクのキーよりはるかに大きかった。

「金庫の鍵だと伝えてくれ。解錠のパスワードは新約聖書のマルコ伝と定九郎《さだくろう》の陣中見舞い、ボックスの中味はマニュアルの五十八ページと言えば、あの男にはわかる」

磯畑の言ったパスワードをそっくり復唱してみせた。

三谷もキーを使ってトランクの拘束バンドを解錠した。このキーはトランクの解錠キーも兼ねていた。

磯畑がキーを受け取り、トランクを開けた。

帯封《おびふう》をした札束が剝き出しで入っていた。

磯畑が数をかぞえた。

「たしかに受け取った」

「ありがとうございます。これでわたくしの役目も終わりました」

「大河内はなぜ来られなかったのだ」

「ほかに用があって、そちらが優先だったのです」

「あの男らしいな。それだけおまえさんが、信用されているってことでもある。おれと牟禮の差といえばそれまでだが、おれなら秘書に、こんな金を持たせはしない。持ち逃げされたらお終いだ。すべてのしがらみや過去を擲《なげう》ち、持ち逃げしようとしても引き合う金額だよ」

「持ち逃げは考えませんでしたが、途中で襲われたらどうしようと、そればかり心配していました」

「ついでにもうひとつ、頼まれてくれないか。今日はこれから、この金の支払いに行かなきゃならんのだ。その手伝いをしてもらいたいのよ」

「手伝いとは、なにをするんですか」

「タクシーで回るから、同行してもらうだけでよい。じつは朝から目まいがひどく、ときどきぼーっとなってしまうんだ。そばにだれかついていてくれないと、心細い」

「同行するだけでしたら、お断りする理由はありません」

「ありがとう。早速支度するから、ちょっと待ってくれ」

そういってトランクから、いくつか現金を抜き取りはじめた。

書棚に飾ってあった写真の下にスカーフ状の布が垂らしてあった。それを剝ぎ取ると、書棚二段をぶち抜いて嵌め込んだ小型金庫が現れた。

「それはそうと、昨日はどういう口実で矢作を欺したんだ」

金庫のダイヤルを回しながら言った。

三谷は昨夜、矢作に述べた口実をありのまま打ち明けた。磯畑が声を上げて笑った。

「上出来だよ。矢作のいちばんのウイークポイントは、鈴子なんだ。いまごろは頭から湯気を上げて、怒りと屈辱に打ち震えているだろう。ただし、気をつけろよ。やつはこのまま、おとなしく引っ込んでいるはずがないぞ。必ず報復してくる。逆上したら、見境がつかなくなってしまう性格なんだ。それでチンピラをひとり殺している。身代わりを立てて、本人はその場にいなかったことにして話を収めたが、おやじはそのために億という金を使っているんだ」

「そういう対策なら考えています。それより磯畑さんこそ、大丈夫ですか。大河内社長がどこに軟禁されていたか、それを知っているものは、磯畑さんしかいなかったはずです。それがばれたら、磯畑さんだって無事にはすまないでしょう」

「鈴子はおれに手を出せないよ。金庫番として、ざっと三十年、裏帳簿づくりに携わってきたんだ。そのコピーは、いまでもすべて残してある。おれに下手なことをしたら、コピーはそっくり、国税局へ送られる。大部分は時効になっているだろうが、時効にならない最新七年間の追徴金だけでも、十億や二十億は下らないだろう。鈴子は金にはシビアだ。自分の懐に納めた金をむしり取られるくらい、あの女が嫌がることはない」

磯畑は台所に行くと、冷蔵庫からペットボトルを取り出し、中に入っていた茶色の液体をグラスに注いで飲み干した。魔法瓶に残りを移し、そのとき数錠の薬を服用した。

今度は磯畑がトランクの革バンドを自分の腕に着けた。

用意が整うと、ふたりして出かけた。

はじめに向かったのは江東区の越中島《えっちゅうじま》だった。

倉庫街の外れにあったみすぼらしいビルの手前でタクシーを止め、三谷を待たせ、トランクを持つと磯畑がひとりで出かけて行った。

車で待っている間、三谷は磯畑がもうひとつ持参したバッグを預かっていた。こちらにもいくつか札束が入っていた。

帰って来るのに、思いのほか時間がかかった。ようやく出てきたと思うと、ビルの陰でたたずんだまま動かなくなった。

三谷はタクシーの運転手に命じ、車で前まで迎えに行った。

ありがとう、と言って磯畑は車にもどってきた。流れるくらい汗をかいていた。

「いまどきエレベーターのない、ビルの五階に住んでいるんだ。階段の上がり下りは、いかなるサプリメントにも勝る、ということを信条にしているご仁だから仕方がないとはいえ、むかしからひとりよがりこの上ない人だった」

ぐったり身を沈めながら言った。

「気分がすぐれないみたいですが」

「ゆうべはまったく眠れなかった。とうとう血圧降下剤まで効かなくなって、今日はとくに日光がこたえる」

自販機でミネラルウオーターを買い、手渡してやると、半分を一気にがぶ飲みした。

二番目の行き先は新橋だった。駅前のビルだったが、これも手前で車を下り、あとは歩いて行った。このときもバッグを預かったが、だいぶ軽くなっていた。

最後は三鷹《みたか》だった。着いたのは、中層の住宅棟が建ち並ぶ団地だ。

入口にあるスーパーの前で車を下り、はじめに店で買い物をした。そのときの磯畑はバッグを持って行った。電話をかけながらスーパーに入って行ったのだった。

帰ってきたときは、バッグとはちがうスーパーの紙袋を提げていた。

「この棟の四階、四〇二号室まで、こいつを届けてもらいたいんだ。電話はしてあるから、チャイムを押したら出て来てくれる。そしたら、これを渡してくるだけでいい」

「出てきた人に渡せばいいんですね」

「女性の、独り者だからほかにはおらん。なにか言うかもしれんが、渡してくれと言われただけですと、できるだけ手短に切り上げてきてくれ」

築後四十年は経過していそうな団地だった。樹木が伸びて、いまでは鬱蒼とした緑陰《りょくいん》をつくりだしている。

団地内はひっそりして、人気《ひとけ》がなかった。住民の大方が老人になっているのだ。

スーパーの紙袋を手に、四階へ向かった。袋の中味は、進物箱に入った高級ブドウだった。その箱が、さらにビニール袋で二重に包んであった。袋の中に、先ほどまでのバッグが包み込まれていた。

チャイムを押すと、七十代と思われる女性が出てきた。口上を述べて包みを渡すと、受け取りはしたが、聞き返された。

「磯畑さんはご一緒じゃなかったのですか」

「暑気あたりをされたようで、タクシーに残っています」

「一言ご挨拶したいんですけど」

「それはかまわないと思います」

贈り物を玄関に置き、宮本《みやもと》という女性と一緒に下りて行った。

いくらかやつれていたが、身だしなみよく、薄化粧をしていた。物腰、しゃべり方とも品がよく、清楚《せいそ》感を失っていなかった。ブルーのプリーツスカートをはいていた。

女性を一目見ると、磯畑はあわてて車から降りてきた。

ふたりは木陰に行き、数分話していた。磯畑の顔は、これまで見たことがないほど柔和で、終始笑みと、恥じらいを浮かべていた。

四、五十年は若返ったかと思える顔だった。いままで見たことがなかった磯畑がそこにいた。

21

飯田橋には一時半にもどってきた。

大河内は出かけていて、来宮がひとりで留守番をしていた。

「お帰りなさい。まるで時間が短くなったみたいに、世の中がすごい勢いで突っ走りはじめましたね。三谷さんはそんな気がしませんか」

三谷を見るとうれしそうな顔をして言った。

「なにか、ニュースが入ってきたんですか」

「訪日を中止したブラッドフォード元国務次官の代理として、秘書のオットー・スミス氏がやって来るそうです。さっき、メールが入ってきました」

「社長には知らせましたか」

「メールはしておきました。リアクションはまだですけど」

大河内の出かけた用というのが、訪日をドタキャンしたブラッドフォードの後始末であることはまちがいなかった。あれほど走り回り、いろんなところへ無理やり割り込ませてもらったにもかかわらず、いまになって取り消されたのだから、大河内としてもつらい立場だろう。

「九時に青柳さんが、檜垣くんを連れて来ることになっていましたけど」

「お見えになりましたよ。一時間ほどいて帰られました。三谷さんはお留守だったので、あとで電話しますとのことです。檜垣くんの方は、社長が面接されたあと、あらたな部署へ移されたと聞いております」

「稲城からもどってきた人たちは、落ち着きましたか」

「とりあえず三階で、仕事をはじめたようです。問題は、稲城に足止めされている社員たちなんですよ。いつこちらへもどって来られるか、わからない情勢になっています。さっき、社員のひとりがこっそり電話してきたんですけどね。給料を上げてやるから東輝クリエイティブに残れ、という働きかけがすごいそうです」

「それは考えられますね。こっちに出向されている財団の方々はどうするんだろう」

「これはみなさん、稲城に帰られるんじゃないでしょうか。幹部の方が多いから当然ですけど、財団の方が給料のベースは高いんだそうです」

財団から出向して来ている職員は何人かいるのだが、管理部長の藤本誠治と、飯田橋テクノホール館長の向井《むかい》重治《しげはる》しか知らなかった。このふたりも親しいとはいえない。

「明日から新体制になると思いますが、これまでとは様相が変わってくるかもしれませんね」

来宮が態度を改めて言いはじめた。

「これまでの社長は、東輝財団への配慮もあってか、ぼくらには目配りの利く、よき上司だったと思うんです。しかしこれからは、必ずしもそうはならないんじゃないか、という気がしてなりません。財団、東輝クリエイティブと縁が切れた途端、大河内テクノラボのオーナー社長意識が露骨になって、部下に対して君臨しはじめる。下で働くものにとっては、けっして楽な上司ではなくなるんじゃないか、という気がするんですけど、取り越し苦労でしょうか」

「さあ。わたくしはサラリーマンの経験がないから、そういう状況がよくわからないんです。ただ一般論として、あなたが心配していることはわかるつもりです」

「じつは、前に勤めていた会社で、さんざんその苦労をしたんです。二代目社長が専務のときは、社長との間に立って緩衝材になってくれ、頼り甲斐のあるよき上司だったんです。ところが、いざ自分がトップに立ってしまうと、人格が一変して、ものすごいワンマンになってしまいました。結局それが転職する引き金になったんですけどね。大河内社長も並外れた能力をお持ちなだけに、同じ不安を感じてならないんです」

同じことを何度か、回りくどく言った。なにを言いたかったのかというと、三谷に対して、これまで以上の緩衝材になってもらいたいということだった。はるかとも話し合い、同じ意見に達したのだという。

三谷としては、ふたりの期待を裏切らないよう努力する、と答えるしかなかった。

来宮が五時半に帰り、大河内も六時には社へもどってきた。

大きな足音をたてながら、階段を上がって来た。段を飛ばして、駆け上がってきたのだ。昨夜はわずかな仮眠しか取っていないはずだが、パワーがまったく落ちていない。むしろ顔が引き締まり、目つきが鋭くなっていた。

「ブラッドフォード氏の代理が来日するという話は、お聞きになっていますね」

「ああ、聞きました。知っている男なんです。日給一万ドルを標榜しているユダヤ系ドイツ人弁護士ですよ。シェイクスピア劇に出てくるシャイロックさながら、金の臭いがするところには、必ず首を突っ込んでくる人間です。恐らくブラッドフォードから請け負ったんでしょう」

軽侮の籠もった口調で言った。そういえば気のせいか、三谷に対してもややぞんざいな声になっている。イントネーションが変化しているのだ。

三谷は磯畑のところへ行ってきた報告をし、預かった鍵を渡した。パスワードも復唱した。

「貸金庫の鍵ですよ。たしかに受け取りました。それで、ぼくの方からまだ、磯畑に電話する必要がありますか」

「それはいらないと思います。いまごろはもう、連絡が取れなくなっているはずなんです。今日のうちに、旅に出るようなことを言っていました。オフィスもこれから秘書が残務整理をはじめ、今月いっぱいで閉鎖するはずです」

「なんだ、逃げたのか。まあ鈴子の目を誤魔化していた以上、身を隠さざるを得ないだろうけど」

「逃げたというより、療養が必要な身だと見受けました。本人は血圧が高いと言ってましたけど、服用していたのは鎮痛剤でした」

「えっ、そうだったの。ぼくが会ったときは、悪いように見えなかったけど」

「口臭がしてなかったですか。内臓がもう病状を隠せなくなっています。今朝薬を服用したところをちらと見ましたが、抗癌剤《こうがんざい》だったように思いました」

三鷹の団地で宮本という女性と話していたとき、磯畑は何度か、左手を口許に持って行った。口臭を悟られたくなかったのだろう。

彼女のことでは、もうひとつ思い出すことがある。すべてが終わり、五反田へ向かって帰っているときだった。磯畑に電話がかかってきた。彼女からだった。

磯畑の応答から、贈り物の高級ブドウの下に、ちがう包みが入っているのを見つけたからだとわかった。

「いえ、ほんの気持ちですから」

磯畑はしどろもどろになりながら同じ台詞《せりふ》を繰り返した。

「いままでなにもしてあげられなかったお詫びと、これまでの感謝の気持ちだと思ってください。いいえ、それはもう、いいですから。はい、横に連れもおりますので、これくらいで、お終いにさせてください。そうですか。本当に長い間、ありがとうございました。またいつか、お会いします。どうか、それまで、お元気で」

そう言って無理やり話を打ち切った。三谷が黙っていると、小声で言った。

「亡くなった家内の妹なんだ」

多分そうではないかと思っていた。宮本に会ったとき、書棚に飾ってあった写真と同じ顔であることに気がついたのだ。

「そうか。妙な茶を飲んでいると思ったが、あれは煎じ薬だったんだ」

大河内がうなずきながら言った。

「来宮くんから聞きましたが、檜垣敦の処遇をお決めになったようですね」

「ああ。稲城から帰ってきたグループにもどしました。今回したことの追及はせず、元の仕事にもどしたんです。もちろん、無条件放免ではありません。仕事場と、住まい、両方に隠しカメラを仕掛けて、当分の間監視します。いずれこの部屋のモニターでも見られるようにしますから、あなたも機会があったらチェックしてください」

「甲西の調査は、その後進展していないそうです」

「ぼくはあの女の身元には、それほど興味がありません。いちばん知りたかったのは、あの女が檜垣から、なにを引き出そうとしたか、なにを聞きたがっていたかということだったんです。どうやらそこまで行かないうちに、身の危険を察知したらしく、それであわててグアムへ連れ出そうとしたんですね。日本から連れ出してしまえば、あとは意のまま、ことによったらよその国へ、連れて行くつもりだったかもしれません」

やはりな、と三谷は思った。檜垣から食器を受け取ったとき、偶然甲西の目が三谷に向けられ、視線が合ったのだ。

三谷は本能的に狼狽《ろうばい》し、その後ずっと不安が去らなかった。甲西の目から、ただならぬ気配を察知されたと直感したのだが、やはり的を射ていたのだ。

甲西は自分が疑われると察知し、あわてて檜垣を国外へ連れ出そうとしたのである。

「檜垣にとって甲西は、はじめての女性だったんでしょうね」

「もちろんです。快楽に溺れさせてしまえば、あとはこっちのものと思ったのが、あの女のいちばんの計算違いだったでしょうね。はじめて味わったセックスは、檜垣に無上の快楽を与えはしただろうけど、度重なればただの日常、すべて繰り返し、排泄行為そのものだと、いずれわかります」

大河内は醒めた顔で言い切った。

「あの男の母親というのが、ニンフォマニアだったんです。子供が泣いていようが、わめいていようが、自分の欲望を満たすことがもっと大事、男を連れ込んでは、子供の目の前で快楽の限りを尽くしたといいます。あの男は幼児のときから、そういう母親の姿を見ながら育ってきたんです。それがどういうことか、理解できないまでも、人に見せる姿でないことくらい、なんとなくわかります。としたらあとは、見えるものが見えない、聞こえるものが聞こえない、見えない、聞こえないと思うしか、自分のいる場所はないことになります。自分はそこにいないのだ、と思い込む手段として、頭の中で無意味な数字を並べ、暗唱したり、復唱したり、記憶したりしながら、気分を紛らわせていたんです。その繰り返しが、檜垣という男の脳を特別なものに育て上げたことになります」

「ふつうですと、そういうことはトラウマにしかならないと思いますが」

「トラウマだったはずです。これまでの檜垣は、性に対して、なんらかの興味や関心を示したことはありませんでしたから。それでは困るから、甲西が手管《てくだ》を尽くして陥落させたんでしょうけど、檜垣はその注文にまんまとはまり、思惑通り、なにもかもかなぐり捨てて、セックスに熱中しました。いまが、そのピークだったようですね。金曜日の夜から甲西のアパートへ行き、月曜日の朝までただただやりっ放し、一日五回はやっていたといいます。最近では甲西の方が、持てあまし気味だったみたいですよ」

「そういうこと、檜垣がしゃべったんですか」

「しゃべりましたよ。あの男には羞恥心というものがありません」

「もとは磯畑さんのところにいたんでしょう。量子コンピューター開発準備室のひとりだったそうですが、そのような高度な能力を持っていたんですか」

「檜垣の持っているいちばんの能力というのは、単純作業の繰り返しを、倦《う》まず、疲れず、あきらめず、いつまでもつづけられるということだったんです。その能力を見込んだから、検証係に当て嵌めたんだと磯畑は言ってましたね。無意味な数字の羅列、例えば円周率のような際限もなくつづく数字を、どこまでもたどって行って、検証する。検算係としては打ってつけの能力です。使いどころは狭いかもしれないが、疲弊もしなきゃ、目減りもしない、半永久的に使えるアンドロイドみたいなものです、と磯畑は言いましたよ。あの男には、同情したり、激励したり、肩入れしたりする必要はない。つねに課題と目標を突きつけ、母親と同じように無視しながら従属させろ、それがあの男の能力を十二分に発揮させる唯一無二の方法だ、とね」

「稲城で見たときは、一心不乱にキーボードを叩いていました。適当とか、手を抜く、とかいったことができないんだと思いました」

「そうです。現行コンピューターと量子コンピューターのいちばん大きなちがいは、現行コンピューターにはあるエラーの修正能力が量子コンピューターにはないということなんです。だから量子コンピューターには膨大なエラー、つまりバグが内在しています。量子コンピューターの開発は、このエラーの歩留《ぶど》まり発生率をいかに小さくするかということにかかっているんですよ。エラーの原因になっている誤差やノイズを見つけ、ひとつひとつ丹念に潰して行く。現在一パーセント台に達しているエラー率を、ゼロカンマ一パーセントまで精度を上げなきゃなりません。気の遠くなるような単純作業ですが、量子コンピューターの開発には欠かせない絶対的条件なんです。しようと思えばだれでもできるけれど、これほど困難で、むずかしい仕事もありません。

決まり切ったルーティンを飽きもせず、延々とやりつづける持続力が必要なのです。あの男はそれができます」

「ということは、特別な能力を持っているわけではなかったんですね」

「特別な能力ですよ。現代社会でいちばん必要とされている能力です。心を持っていないアンドロイドにしかできないことを、あの男はやってのけられます」

大河内は酷薄な顔になって言った。

「ぼくは甲西という女が、誘惑する相手を見誤ったと見ているんです。持ち出そうとしたチップに、重要な機密は全然入っていなかったんですから。ぼくは檜垣が、半分甲西の魂胆を見抜いて、誘惑に乗ったんじゃないかと思っているんです。あれくらいの器量を持つ若い女が、自分のような男に、媚びを売るはずがないとわかってて利用したんです。セックスの誘惑に勝てなかったのかもしれませんし、一度は体験してみたかったのかもしれません。それで、どうだったと感想を聞いたら、あの男、なんと言ったと思いますか。一回やったら、あとはみんな同じでしたって。ぼくとまったく同じ境地です」

大河内は無表情に言い切った。

三谷のはじめて見る顔だった。

22

オットー・スミスが来日する三日前、大河内から夕食に誘われた。

タクシーに乗ってホテルまで行き、個室化されたレストランに入った。人目のないところで、話したかったということだった。

「じつは昨夜、甥の英斗と会っていたんです。母にばれないよう、夜中にこっそり、家まで来てもらったんですけどね。じつは二日前にも会っています」

大河内からいきなり大事を打ち明けられた。

「話はむろん、今回のスミス対策です。その真意と善後策を尋ねられたわけですけど、ぼくとしては、それより英斗の考えがじっくり聞けて、それがいちばんうれしかったたし、有意義でした。英斗という男が思っていた以上にまっとうで、経営者としても卓越したセンスを持っているとわかり、それがなにより心強かったですね。これから全面的に、バックアップしてやると約束しました。自分の会社といったって、しょせん母の傀儡《かいらい》でしたからね。だいぶ不満が溜まっていたんでしょう。聞かないことまでしゃべってくれました。ただ気がかりなのは、ぼくと極秘で会っていることを、どこまで隠し通せるかということです。英斗の周囲には、母の取り巻きや、お目付役しかいませんからね。信頼できる部下というのがいないんです」

「おふたりの、意見そのものは合っているんですか」

「基本的にはね。はじめて会いに来てくれたのは、東輝クリエイティブの設立から身売り話に至るまでの経過や真意を、聞きたかったからだそうなんです。なにしろぼくは、引き継ぎもなしに放り出されましたからね。社長に就任した英斗としては、会社定款から設立登記の謄本など、すべてを自分で読み、一から理解するしかなかったんです。それらがすべて、英文だったことにまずびっくりしたと言います。それまで英斗は、東輝クリエイティブがアメリカの企業であることすら知らなかったんです。そして英斗は英文を読み、ぼくの真意、つまりカリフォルニアで登記したのは、はじめからグローバル企業を目指していたためだったと、正確に推測していました。ゆくゆくは自分も、アメリカで起業しようと考えていたというんです」

「まさに同志だったわけですね」

「半分血を分けているからとはいえ、そこまで似た考えを持っていたとは思いませんでした。ぼくもブラッドフォードから買収話を持ち出されたときは、狼狽もあって素直に応じる気になれなかったのですが、英斗はまったくそんな風に受け取っていませんでした。東輝クリエイティブを売却することで、何百億ものあらたな資金が手に入るなら、これくらいありがたいチャンスはないというんです。けっこう切れ者ですよ。一歩まちがえば、詐欺師か山師になりかねない。そういう気質は、どう考えても大河内東生の血から来ていますね。断じて尾上家の思考ではありません」

「おふたりが力を合わせたら、さらに大化けする可能性がありますね」

煽《あお》るつもりで言ったら、大河内が下品な声で笑い飛ばした。

「そりゃいまのハネムーン状態が、この先もつづくならね。われわれふたりは、協力することはできても、同じ器に盛れる取り合わせじゃありませんよ。ほどよい距離を保ちながら、表面的につき合っているほうが無難でしょう。ぼくもいまでは、ブラッドフォードの提案は渡りに船だと思い直しているんです。しょせん零細ベンチャー企業ですから、商売になりそうなところまでは組み立てられるが、いざ実用化するとなると、そこから先が容易じゃない。何億ドルの資金、何万人というスタッフを動員できる組織でないと、不可能です。ですからこの際スミスにはもったいをつけ、できるだけ高く売りつけてやろうと、考えを改めているんです」

「しかしそういう話は、お母さまの耳に入ったら、どう思われるでしょうね」

「そこなんです。どういう反応をするか、まるっきり読めない。取り巻き連中から、買収話が持ち上がっていることくらい知らされていると思いますけどね。それに対して、いまだになんの意思表示もしていないらしいんです」

「いっそ秘密にせず、オープンにして、手の内をさらけ出してしまった方が、いいんじゃありませんか。公表してしまえば、妨害だってやりにくくなりますよ」

「大っぴらにするなんてとんでもない。ぼくは母という人物を、これっぽちも信じていませんから」

と一笑に付しかけて、その笑いが途中で止まった。

「そうだな。隠すんじゃなく、全部わからせてしまえば、母だって自分の考えを、否応なしに提示せざるを得なくなる。つまり母を交渉のテーブルにつかせられるわけだ。そうだ。逃げ回っていてもはじまらない。ここは一回、真っ向から渡り合ってみるべきかもしれないなあ」

と半ば独白めいたことを口走りながら、スマホを取り出した。どこかへ電話していた。

「ああ、ぼくだよ。牟禮。いま、かまわないかい。わかった。だったらそっちが終わり次第、電話をおくれ」

と切ってから三谷に言った。

「会議中でした。あとでじっくり話し合ってみます」

にこにこして言うと、安心したか、猛烈な勢いでめしを食いはじめた。

英斗とは電話で、なにを話したかは聞いていない。めしを食ったあとは、すぐに別れてしまったからだ。

オットー・スミスは予定通り七月二十六日に来日した。

その日は大河内テクノラボにも表敬訪問するというから、三谷も午後から会社に出かけて行った。

オットー・スミスはあから顔の、ユダヤ系ドイツ人と言われたらなんとなく納得してしまいそうな、エネルギッシュで快活、日の当たるところしか歩いて来なかった人間特有の、陰影感のかけらも持ってなさそうな男だった。

日本ははじめてだから、むろんのこと日本語は話せない。だから三谷は出迎えの一員に混じり、挨拶するとさっさと帰ってきた。

夕方六時から、都内某ホテルで開かれた大河内テクノラボ主催の歓迎レセプションには、義務だから出席した。

パーティーは午後八時に終わり、その後部屋にもどると、それから休みなしで交渉がはじまった。三谷は門外漢だから参加せず、オフィスに引き上げて、大河内からの連絡を待つことにした。

夜の十一時半、大河内がほくそ笑みながら会社に帰ってきた。笑いが止まらない顔をしていた。

「やっこさん、信じられないという顔で終始苛《いら》ついていましたよ。当事者であるふたつの会社のトップが顔をそろえていながら、雑談や親睦話にばかり興じて、肝心の話はなんにも決められなかったんですから。日本ビジネスの神髄に触れさせてやったわけで、こちらも大いに溜飲《りゅういん》を下げてきました」

その日の商談参加者は、大河内テクノラボからは大河内牟禮ひとり、東輝クリエイティブからは社長の尾上英斗と副社長の関根善行《せきねよしゆき》、それに通訳が出席した。

関根は鈴子直属の後見役で、七十代のご老人だ。英語は恐らく一語も解しないだろうが、それでもかまわないのだ。出席するのが役目だから、交渉には一言も口を出さなかった。

多分通訳がマイクロフォンを隠し持ち、どこかへ電波を飛ばしていたと考えられる。さすがに隠しカメラまで持ち込んだ形跡はなかったとか。

「スミスは晩めしに食った和牛ステーキがいたくお気に召したようで、明日も食いたいと言い出しましてね。だから明日の昼飯も、同じ店に予約しておきました。かまわなかったら冷やかしがてら、のぞいてみませんか」

「わたくしに見せたいのですか」

「ええ。ぼくらの気がつかない、ちがうものが見えるかもしれないじゃないですか」

「わかりました。それでは明日、わたくしなりの参加をさせてもらいましょう」

「明日が本交渉です。そこで九分九厘まで煮詰め、妥結調印は明後日午前中に行います。スミスは午後の便で帰国の予定。明日の開始時間は午前九時です」

翌日午前十一時、三谷は麻のジャケットを手に、日比谷のホテルに向かった。あんまり似合うとはいえないが、身体が貧弱だから、改まったところへ出るとなると、こういうものでも着用しないと格好がつかない。

まず十七階にある展望フロアまで上がって状況をたしかめた。大河内らが昼食をとるレストランは、フロア奥のいちばん展望のよいところにあった。

眼下に日比谷公園や皇居の森が望める。

同じ階の反対側に、ややカジュアルなラウンジがあった。こちらは格別の展望はない。三谷はそこに入ってコーヒーを注文した。ウエイターに昼の混み具合を尋ねると、予約なしでもテーブルは取れますという。

それで一階へもどり、ホテル内の商店街をぶらつきながら過ごした。

午後一時を二十分過ぎたころ、スマホにマナーモードで通知が入った。大河内らが、これから昼めしを食いに行くという合図だ。

三谷は十七階のラウンジへもどった。

昼食時だからランチを注文した。ランチで八千円もする。それでも座席の半分以上が埋まっていた。

三谷の席からロビーと、その奥にあるレストランが見えていた。

ランチを食っている間、レストランからは二組の客が出てきた。混む時間帯ではなくなっていたから、時間とテンポがゆったり過ぎていた。

食後のコーヒーを飲んでいるとき、レストランから大河内一行が出てきた。大河内とスミス、尾上英斗と副社長の関根、通訳の五人だ。食事が終わり、これから部屋へもどるところだった。尾上英斗を実見したのははじめてである。やや色黒ながら、牟禮に劣らない体軀を持ち、力感のある鋭い相貌を持っていた。

五人はホールからエレベーターに乗り、姿を消した。

数分後、同じレストランから四十代の男女が出てきた。晴れの場へ出てきた後なのか、女性はツーピースで盛装し、上気した面《おも》はゆい顔をしていた。フォーマルウエアではなかったものの、エルメスのバッグを持ち、胸元には造花のアクセサリーをつけていた。

男はえんじ色のポロシャツ、金縁眼鏡に金時計、足下に白と茶のゴルフシューズのようなローファーを履いていた。

ふたりはラウンジの方へ来かけたが、途中で気が変わったか足を止め、それから引き返した。ラウンジをざっと見回しただけだった。

三谷はさりげなく立ち上がり、レジに向かった。あらかじめ端数の出ない金額を用意していた。ふたりと同じエレベーターには乗れなかったが、それでも姿を見失わずに一階へ降りられた。

ふたりはホテル内の商店街を並んで歩いていた。女の歩き方が、くつろいだ、ゆったりしたものになっている。先ほどまでのぎこちなさが消えていた。

胸につけていた造花のアクセサリーに、カメラが仕掛けられていたことはまちがいない。カメラの視界をふさがないよう、身体の動きを終始気にしていた。向きを変えるときは、ワンテンポ動きが遅れた。

女が男に断り、中座した。男はスマホを取り出して、だれかと話しはじめた。

女は手洗いに立ったようだ。もどってくると男になにか渡し、手を挙げて挨拶すると帰って行った。胸につけていたアクセサリーがなくなっていた。

ひとりになった男が歩きはじめた。先ほどまでの、ぶらぶら歩きではなかった。別館に向かっている。三谷もついて行った。

男はエスカレーターに乗って二階へ上がった。そちらにはティーハウスがある。

三谷は歩き方を変え、男から視線を外し、足を速めると男より先にティーハウスへ入って行った。

奥の席で、だれかを待っている男の姿が目に止まった。

三谷を見てウエイトレスが寄ってきたが、それを手で制し、近くの席を自分で選んだ。

視野の正面で、男の横顔をとらえていた。

男はまだ右方を見ていた。ティーハウスに入ってきたポロシャツ男と、視線が合ったところだった。

ポロシャツ男が相好をくずしながら男に近づいた。

男が笑みを浮かべてポロシャツ男を迎えた。

この男もジャケットを着用していた。年齢は七十くらい。面長の、柔和な顔立ちで、頭はごま塩だった。

ポロシャツ男が会釈して向かいの席に腰を下ろした。

その瞬間だ。

三谷は脳天を殴られたような衝撃に襲われた。

脳裏で、なにか潰れたような打擲音《ちようちやくおん》が響いた。鼻先がきな臭くなる感覚、火花が散って、眼前が一瞬白くなった。

息を止めて、男を見つめた。

耳が大きかった。

それに尽きた。

弧を描きながらゆったり垂れている耳たぶ。

そう気がついた瞬間、記憶の奥襞《おくひだ》に眠っていたおぼろな画像が、ぐるぐる回りながらぴたりとピントを合わせて静止したのだ。

刻《とき》が止まった。

デジャビュー、いや、どこかで見たという既視感。

あのときの男だ。

有明のコンベンションホールにいた男だったのだ。

それがいま目の前にいる。

講演が終わった瞬間を狙い、三谷がドアを開けた。

落合が中へ潜り込み、腰をかがめて通路の前方へ進んで行った。

そのとき通路側の席にいたのが、この男だった。

ビデオ班が最後列で撮影していたため、そこだけ照明が落とされ、一帯がわずかに暗くなっていた。

男は暗がりの下にいた。

舞台の方を向いていたから、ドアを開けたとき、瞬間的に横顔が見えただけだった。

落合が潜り込むなりドアは閉めたから、つぎの瞬間には消えていた。

それで明確な映像として記憶に残らなかったのだ。

忘れてしまったのではない。

思い出す契機もないまま、過去へ置き去りにされた。

その残像が甦った。

おぼろだった記憶と像に、時間と場所が与えられた。

耳たぶの垂れ下がったいわゆる福耳。じつを言うと三谷の耳たぶがそうだった。

祖母からは口癖のように、おまえはお釈迦《しゃか》さまと同じ耳を持っているから、将来きっと幸せになれるよと言われてきた。祖母の思い出のなかに、いまもこのことばは三谷の中で生きていた。

探しあぐねていたジグソーパズルの最後の一片が、ぴたりと嵌め込まれて記憶を完成させた。

だが、突然、そこで迷った。

いてはならないところに、出てしまったという狼狽。

オーバーラン。

すぐティーハウスから出て行きたかったが、腰を下ろしたばかりなのだ。

三谷の動揺は、均衡を保っていたそれまでの気配をわずかに乱した。

それが男の触覚を刺激した。

男がいきなり、こっちを向いたのだ。

目が合った。

ポロシャツ男までが、ぎょっとした目をこちらに向けた。

男は即座に立ち上がり、伝票を手に出口へ向かった。

ポロシャツ男があわてて後を追った。

ふたりはあっという間にいなくなった。

三谷ひとりが残された。

打ちのめされた三谷は蹌踉《そうろう》とした足取りで会社にもどった。

人目を避けて、廊下から電話をかけた。

「あの男を見つけました」

いきなりの三谷のことばを、青柳はすぐにはわからなかった。

「だれのことですか」

「コンベンションホールにいた男です。落合さんが忍び込んだとき、うしろの客席にいました。ビデオの撮影班がいたため、そこだけ照明が落とされ、わずかに暗くなっていたんです。男はそこに腰を下ろして、会場全体を見届けていました。スクリーンのうしろから来場者の顔を見ていたときは、男の顔も見えたんです。ですから人相は覚えました。しかし正面を向いていたから、耳の大きさまではわからなかったんです。福耳と言われている大きな耳でした」

青柳の息遣いが伝わってきた。

「講演が終わった瞬間を狙って、落合さんを奥のドアから中へ潜り込ませたんです。観衆が席を立つまでの間に、落合さんは七番目の席の男まで、通路を小走りに寄って行ったと思います。それをこの男に見られたんですね。ふたりは仲間だった、というより前席の眼鏡の男がうしろの男の配下だったんです。落合さんが眼鏡の男を尾行しはじめたのを見て、なんらかの方法で知らせたのだと思います。落合さんはそれに気づかないまま、深追いしすぎたのです」

「それで、うしろにいたという男は、何者か、わかったんですか」

「尾上希海でまちがいないと思います」

青柳が息を呑んだのがわかった。

「耳が大きかったんです。大きな耳たぶ、いわゆる福耳と呼ばれる形は遺伝します。福耳は尾上家の、つまり尾上鈴子、尾上泰河、尾上希海に受け継がれている尾上家の遺伝なのです」

やや沈黙があって青柳は言った。

「わかりました。それでまた、あらたに調べることが増えました。これからただちに取りかかります」

電話が終わっても取り残された気分は変わらなかった。欲求不満の肥大した空虚な時間、することもなく、なにも手につかず、ひたすら耐える時間がつづいた。

夜になった。オフィスは三谷ひとりとなり、外へめしを食いに行ってもどって来てからも、まだひとりだった。

午後十時半を過ぎて、やっと電話がかかってきた。

「ただいま終わり、散会しました。ぼくもこれから、ホテルへ引き上げます」

疲れた声で大河内が知らせてきた。

「お疲れさまでした。ホテルへ引き上げる前に、会社へ寄っていただけませんか。すこしお尋ねしたいことができましたので」

「ホテルへ行くついでですから、べつにかまいませんよ」

十五分もすると、大河内はやって来た。三谷が待っていたとは思わなかったようだ。

「こんな時間まで待っていらしたんですか。ホテルへ直行しなくて、よかったな」

三谷は尋ねた。

「どこまで進んだか、お尋ねしていいでしょうか」

「大詰めには達しました。明日の午前十一時、妥結調印のセレモニーを行い、昼に打ち上げパーティーをやって、スミスは午後三時の便で帰国します。東輝クリエイティブからの正式発表は、来週に行います」

「正式発表を遅らせるのは、なにか意味があってのことですか」

「交渉妥結を喜ばない力が現に存在するからです」

「その勢力に手出しされないよう、今夜中になにもかも終わらせてしまうのは無理でしょうか」

「なぜ」

「単なる勘ですけれどね。明日が予定通り、すんなり行くとは思えないのです。だったらもう一踏ん張りして、今夜中に妥結調印まで漕ぎつけた方がよいのではないかと思いまして」

と今日十七階で見たふたり連れの話をした。

大河内はレストランにいた四十代の男女を思い出せなかった。ふだんそういう目で周囲を見ていないから、いきなり思い出せと言っても無理なのだ。

「そのふたりが隠しカメラでぼくたちを撮影していたとして、その映像はどこへ送られていたんですかね」

三谷はティーハウスで待っていた男の話をした。

「耳の大きな男でした。思い当たる人物はいませんか」

年齢、人相、風体を伝えた。みなまで聞かず、大河内が唸り声を上げた。

「希海だ。尾上希海、泰河の息子です。母の従弟に当たります」

「そうではないかと思っていました。稲城の東輝クリエイティブへお母さまがお見えになったとき、お顔は拝見しているんです。そのとき、耳が大きいことに気づきましたけど、補聴器が嵌まっていたので、それに気を取られ、耳の大きさはそれほど意識しませんでした。今日ティーハウスにいた男を見て、ふたりの耳のかたちが同じであったことに気がついたのです」

「耳が大きいのは、尾上の血筋です。大叔父の泰河が、お釈迦様の耳を持っているとよく言われていました。ぼくには尾上家の血が流れていませんから、耳たぶはご覧の通り、こんなに貧弱です」

と横顔を見せた。たしかに大河内の耳たぶはふつうの大きさだった。

「要はそれだけのことですけどね。希海という方があの時刻、同じホテルにいらしたことを考えると、なんらかのシナリオが用意されているとしか、思えなくなってきたのです。わたくしの口から言えるのは、それだけです。あとは社長が、ご自身の思考と判断で決めてください」

大河内は黙った。口を真一文字に結び、視線を宙に据え、なにごとか考えていた。

しばらくたってから、言った。

「思い当たることが、ないでもないんだよなあ。ここはおっしゃる通り、もう一回考え直してみる必要がありそうだ。ちょっと時間をください」

そう言うと、自分の部屋へ引っ込んだ。三十分くらい、出てこなかった。

出てくるなり言った。

「午前一時に、三人で再集合することに決めました。今夜中に、一気に決めてしまいます。三谷さんも今夜は、ホテルで朝まで待っていてくれますか。これから一緒にホテルまで行きましょう。シャワーを浴び、着替えをして、一息入れたいんです」

ということで、タクシーに乗ってホテルまで行った。

大河内とはロビーで別れた。

三谷もシャワーを浴び、二時過ぎからベッドに入った。

うつらうつらしながら過ごした。

午前四時にメールが入ってきた。

『すべて完了しました。どうもありがとう。大河内』

23

九時に起き、ひとまず家に帰ってこようと支度をしていると、電話がかかってきた。

青柳からだった。

「会社からだよ。また徹夜してしまってね。もう一回洗い直してみようと、生方幸四郎の履歴をたどり直していたんだ。そして残っていた資料の中から、一枚の写真を見つけた。ただのスナップ写真で、説明はついていなかったんだが、日付けは記入してあった。それを手がかりに、どこで行われた行事なのか、調べてみた。二〇一六年春のことで、場所は霞《かすみ》が関《せき》にある霞山《かざん》会館だった。この日、同館で開かれた東南アジア諸国との親睦会があって、そのとき撮られた写真だったんだ。霞山会館というのは、戦前からあった東亜同文会の後身でね。日本とアジアとの国際交流を目的とした財団法人だから、海外国際事業団に出向していた生方が顔を出したことは十分に考えられる。その生方と親しそうに談笑しているのが、深浦希海だったんだよ。あなたの言う通り、耳でわかった。このふたりが、既知の間柄であったことが、はじめて判明したことになる。生方は希海の情報源だったんだろうな」

受話器を通して、青柳の抑えた興奮が伝わってきた。

「深浦希海とはっきりわかるんですね」

「顔自体は横から写されている。それだけ耳がよくわかり、素人目にも深浦だといっぺんでわかった。ただこの写真には、もうひとり、所属不明の人物が写っている。それがどうも、有明のコンベンションセンターであなたが見つけた七番目の席の眼鏡の男ではないかと思われるんだ。これも角度の関係で顔全体ははっきり写っていないんだが、見れば見るほど、そう思えてならなくなってきた。この三人が既知だったとすると、落合の尾行とその後の失踪や死も、まったく意味が異なってくる」

「そちらのモニターで見たときの顔写真と、照合できるんですか」

「社員が出社してきたら、それをやってもらおうと思っている。いずれにせよ、結果はあとで知らせます」

シャワーを浴びると、家に帰るためホテルをあとにした。

地下鉄に乗っているとき、スマホが反応した。大河内からのメールだった。

『母の企《たくら》みが判明しました』

という文面だけだったので、家に帰り着いてから電話をかけた。

「メールを見てくれましたね。なにかやるだろうとは思っていましたけど、まさかサプライズだったとはね。ホームシックに罹《かか》っていたアリシアのために、母が彼女の両親をシンガポールから呼び寄せていたんです」

アリシアというのは、尾上英斗の妻の名前だった。クアラルンプール有数の大富豪で、金融業を営む中国系マレーシア人の娘である。

アリシアの家系は日本と縁がなく、アリシアもアメリカで育ち、アメリカの大学を卒業した。日本語はまったくしゃべれず、夫婦の会話は英語である。

ふたりは英斗が帰国する一年前に結婚した。

英斗の結婚は、鈴子にとって想定外の出来事だったようだ。外国人との結婚はだめよ、と前々から釘を刺していたらしい。

英斗の相手には、自分のお気に入りの女性を選んで娶《めと》せるつもりだったらしく、大河内によると、英斗はそれが嫌で、帰国を命じられるとさっさとアリシアを選び、仲間内で式まで挙げて既成事実をつくってしまった。

結果としてアリシアは、友人、知人のひとりとしていない、異国日本での暮らしを余儀なくされることになったのだ。

ふたりの結婚は、祖母と孫との間で一悶着《もんちゃく》も二悶着も起こしたらしい。しかし最後は世間体が優先したか、表沙汰になることはなかった。

それにアリシアも温厚な性格で、人当たりがよかったから、人に愛されこそすれ、敵はいなかった。いまでは鈴子のお気に入りの嫁さんになっているという。

それでも未知の国である日本での暮らしは、住み慣れたアメリカと大きくちがう。とうとうホームシックに罹って情緒不安を来たし、このごろは塞ぎ込んで外へも出て行かなくなった。

それを心配した鈴子は、帰国子女で英語に堪能だった自家の秘書両角《もろずみ》あいこを話し相手につけ、毎日一時間ふたりでおしゃべりするよう義務づけた。

強引ではあったが効果はあったようで、いまでは両角とアリシアはすっかり打ち解け、実の姉妹さながらの間柄になっているとか。

だからこのサプライズは、両角の知恵から出てきたのかもしれない。

事実両親の説得から航空会社の手続き、ホテルの予約まですべて両角がやり、アリシアと英斗はなにも打ち明けられていなかった。

昨夜、いきなり今朝の六時に羽田へ行くよう命じられ、ふたりとも半分ふくれっ面して出かけたのだとか。

シンガポールのチャンギ国際空港を前夜出発したマレーシア航空機は、朝六時半に羽田へ到着、アリシアが感激して泣き出したほどの大サプライズを実現させた。

その後舞台は上野池之端《うえのいけのはた》にできたばかりの外資系ホテルへ移り、親子水入らずの朝食となった。英斗はそれに出席していたが、頃合いを見て抜け出し、大河内のところへ電話してきたのだった。

それで鈴子がなにを企んでいたか判明した。

昼には鈴子がホテルへ表敬訪問し、両家の交歓会が行われる。

午後四時からは東輝グループ主催による歓迎レセプションが同ホテルで開かれ、明日午後の帰国まで、盛りだくさんの歓迎行事が目白押しに組まれていた。

「母はふだん、そんなに気前のいい女ではないんですけどね。今回は全額母持ち。出すときは惜しげもなく出すんですよね」

と大河内が笑いながら言った。

「するとお母さまはまだ、東輝クリエイティブがアメリカのＩＴ会社ＧＩＮＡに買収されたことを知らないんですか」

「と思います。わかっていれば、それほど機嫌のよい顔はしていられないでしょうから」

「わかったらどういうことになりますか」

「わかりません。結果的に役立たずだった副社長と通訳は、まちがいなくぶっ飛ばされるでしょうね。ぼくに言わせたら、本人の責任がいちばん重いはずなんだけど」

と大河内は軽い嘲《あざけ》り口調で言った。驕《おご》ってはいないまでも、勝ったつもりでいることはたしかだった。

そのときの電話はそれで終わったが、それで片がつくわけはなかった。

午後一時に、大河内がまた電話してきた。

「ばれたみたいです。体調が悪くなったとかで、母が昼食会をキャンセル、英斗がようすを見に、あわてて駆けつけたようです」

この分だとまだつぎがあるなと思っていると、三十分もしないうち、また電話があった。

「英斗からSOSが入ってきました。助けてくれと、直接電話してきたんです。母の目の前で、敵意を剝き出しにして、怒鳴り声を上げていました。こうなったら喧嘩《けんか》別れだろうが、生き別れだろうが、何でもすると言ってます。完全に、堪忍袋が破れてますな。仕方がないから、これから助けに行くと言ってやりました。それで三谷さんにも、手伝ってもらいたいんです」

「わたくしにすることがあるんですか」

「もう疑似親子関係もこれまででしょう。ぼくの方から乗り込む以上、穏当な話し合いで終わるはずがありません。そのときの、いざという場合の証人、ことによったらのちのち、証人席に立ってもらうこともあります」

「どこへ行けばいいんですか」

「とりあえずぼくの家まで来てください。それから母の家に向かいます。吊し上げられている英斗を助け出し、連れて帰るんです。時間は一時間もあれば終わるでしょう。四時からレセプションが開かれる以上、そちらにはなにくわぬ顔で出席するはずですから」

「ではこれからタクシーで、そちらまで駆けつけます」

大急ぎで着替えをすまし、外に出た。

照りつける太陽が頭上で燃えたぎっていた。寝不足もあって、目がくらんだ。街路では逃げ水が立ち昇っていた。サプライズかもしれないが、人を招く季節ではない。

大河内のマンションへタクシーで乗りつけた。大河内がロビーで待っていて、車を見ると飛び出してきた。

「承諾もなしにいきなり行って、中へ入れてもらえるんですか」

走り出したタクシーの中で聞いた。

「秘書の両角さんと話をつけてあります。どっちみち、英斗が切れた以上元にはもどりません」

「秘書の方と、話がついているとおっしゃるからには、これまで密かに接触していたということですか」

「そうですよ。ぼくはぼくなりに、情報収集のための費用を惜しんでなかったんです」

当然という口調で答えた。たしかに、これまでの大河内とはちがう人間がそこにいた。

渋谷の松濤は、駅前の繁華街から一歩しか中へ入っていないにもかかわらず、都内でも有数の超高級住宅街として知られている。

世田谷の岡本あたりにある生け垣や屋敷内にある鬱蒼とした樹林が、松濤にはまったくない。物々しい石組みと高い塀、無機質なコンクリート壁、人を寄せつけない屹立《きつりつ》感が張り巡らされ、高踏《こうとう》にして閉鎖的、住んでいる住民の顔が想像できないのっぺらぼうの街である。

尾上邸も、塀とも壁ともつかない打ち放しコンクリート壁で取り囲まれ、角という角を取り払って面取りしたみたいな建物だった。一見清楚だが、周囲の街並みと釣り合いが取れているとは言いがたい。建築というより、オブジェのような非日常性しか想起させないのだ。

大河内がインターフォンを押した。女性の声が出て、大河内が名乗ると、シャッターが上がりはじめた。

半地下の車寄せが現れた。建物本体はふつうの壁で、ドアには黒光りする木の一枚板が使われていた。

半開きになったドアから眼鏡をかけた女性の顔がのぞいた。三谷を見ると軽く頭を下げ、大河内と小声で話しはじめた。

三十半ばくらい、長身で俊敏、物腰のきびきびとした女性だった。タイトスカートにブラウス、カーディガンという服装だ。

女性がドアの外に出てきた。ドアを手で押さえると、三谷にも「どうぞ」と言った。

玄関でスリッパに履き替えた。つぎの間がオフィスになっていた。

壁、床すべてが、磨かれた自然木からなっていた。リフォームされたばかりらしく、足を載せただけで木の香が漂ってきた。

身が縮まるくらい冷房が効いていた。

広さが十数畳。デスクが三つ、電子機器が一通り、ほかに事務用箋も見える。いまどきデスクの上に、大型辞書を拡げてあるのが珍しかった。

来客が腰を下ろす応接スペースとソファ、壁や棚に北欧のガラス細工、切り絵、タペストリーなどが飾ってある。やや女性的雰囲気が勝っているが、個人宅内にあるオフィスとしては洗練されていた。

窓は南面が高さ三メートルはあろうかという一枚ガラスで、外は中庭になっている。庭の大きさは五、六坪くらい。玉砂利が敷き詰められ、小ぶりの落葉樹と橄欖岩《かんらんがん》の石、池、池の縁に石蕗《つわぶき》、木賊《とくさ》、羊歯《しだ》と、山路に見立てたシンプルな植栽になっていた。

中庭の向かいは三面ともガラス張りになっている。それぞれがほぼ正方形、つまり中庭を囲んで四方に同じ大きさの部屋があることになる。三部屋のガラスとも青みがかった色をしており、部屋の中は見えなかった。それぞれの部屋から、他の部屋の内部は見えない仕掛けになっているのだ。

隣部屋へ通じるドアが壁の中央に設けられていた。

「すぐ入られますか」

両角がドアの前まで行って言った。

「いま、どういう状態ですか」

「わかりません。わたくしは中に入っておりませんので」

「英斗がいるんですね」

「はい。いらっしゃいます」

「じゃあ開けていただきましょうか」

両角がノックしてドアを開けた。

「失礼いたします。大河内さまがお見えになりました」

大河内が中に入った。三谷もつづいた。

尾上鈴子と尾上英斗の姿が目に飛び込んできた。

もうひとり。深浦希海がいた。

部屋の大きさはこちらと同じ。造りも似ているが、使われている木材の色がちがった。置かれているデスクが格段に大きかった。調度の色はすべて濃くなっている。

鈴子は車椅子に腰を下ろしていた。窓際からこちらを振り返り、英斗と向かい合っている。近くで見るとより大柄だ。白い顔に大ぶりの目と鼻、ややゆがみ気味の口許、そしてふっくら垂れた耳たぶ。右耳に補聴器が嵌め込まれているのは、この前も見ている。

美人という容貌ではないにしても、これといった破綻は感じさせない容色だ。服装はベージュのニットセーターにネックレスとイヤリング、膝にタータンチェックの膝掛け、この部屋も冷房がぎんぎんに効いていた。

英斗の後方、壁を背にして深浦希海が静止画となって控えていた。正面から間近に向かい合ってみると、七十代前半であることがわかる。顔はほっそり、端正で色白。わずかに浮かべている微笑が、これまで積み上げてきた教養と一体となっている。襟のついたシャツにブルーのジャケット、折り目のついたスラックス、身だしなみは今日も非の打ち所がない。

そしてなによりも目につくのが耳だ。鈴子ほど大ぶりではないが、目立たず、破綻せず、中庸といっていい顔立ちに完璧なまで溶け込んでいる。

ふたりを前にしている英斗の位置は、明らかに被告席だった。入口に近く、背もたれが直角な椅子に浅く腰を下ろし、両手を膝に乗せている。顔つきは昨日よりはるかに冴えない。身体は大河内に遜色ないほど大きいのに、気のせいか小さく見える。表情をこわばらせ、不満をはち切れんばかりに貯め込んだ、しらけきった顔だ。

三人とも、大河内が押しかけて来ることは予測していたようだ。冷ややかで、よそよそしく、醒めきった顔をしている。

しばらくの間、なんの反応もなかった。その空虚感が、座の空気をさらに貶《おとし》めた。

「両角さん、どうしてこの人たちが入ってきたんですか。わたしにわかるよう、説明してくれますか」

鈴子が言った。

「説明はぼくからします。両角さんの責任ではありません。ぼくたちが勝手に押しかけてきたのです」

「招いた覚えはありませんよ」

「招かれた覚えもありません。要するにぼくらが、一方的に押しかけてきたということです。英斗を迎えに来ました」

「それはこの状況を見ればわかるわ。あなたたちが示し合わせていたということよね。あなたたちがこれほど好き勝手に、わが家の敷居を跨いでいたなんて、たったいままで知りませんでした」

「あなたの承諾や許可を、いちいち得なければならないことは、それほどないということです。ぼくも、英斗も、経営者として考え、処理できる能力と実行力を持っています。その範囲のことであれば、あなたの指示は受ける必要がないのです」

「あなたは東輝クリエイティブが、そのようなアメリカの紐つきだったたってことは一言も言いませんでしたよ。はじめからわたしを利用する気だったのね」

「起業する以上、いずれは世界を市場にしなければならないことを、はじめから頭に置いていただけのことです。そのためにはスタートから、アメリカの企業としての資格を得ておいた方が有利です。要はそれだけのこと。利益は最大限に多く、税金は最小限に少なく、というのは多国籍企業の鉄則です」

「だったらはじめから明らかにしておいてくれるべきでしょう。わたしだって自分の関係する企業が、世界に雄飛しようとしているのを、邪魔したり足を引っ張ったりするほど耄碌《もうろく》していません。そういう前提を隠して、なにもかもこっそり進めてしまうから、こんな事態になったのでしょうが」

「それはぼくが、さっきから口が酸っぱくなるほど、おふたりに言っていたことじゃないですか」

突然英斗が立ち上がり、怒鳴り声を張り上げた。見るからに切れている。

「それなのにおふたりとも、ぼくの言うことを頭から信用しようとしなかった」

「もういいよ、英斗。誤解は解けたんだ。これでおふたりとも、よくわかってくださったと思うよ」

なだめるジェスチュアをして大河内が言った。それからふたりに向かって宣言した。

「おわかりですよね。これで疑問は氷解しました。ぼくは英斗を連れて帰ります。あなたにできることは、オーナー兼株主として、東輝クリエイティブの利潤の三十パーセントを、今後とも受け取ることです。異議の申し立てはできますが、会社の経営方針や理念に、自分のエゴを押しつけることはできません」

大河内がきっぱり言った。

英斗がつづけた。

「この際ぼくも、はっきり言わせてもらいます。ぼくにこのまま日本に残っていてもらいたいですか。それとも東輝クリエイティブとともに、アメリカへ去ってもらいたいですか、どっちです」

鈴子が冷ややかに英斗を見上げた。ふくれっ面をしていた。

「どっちですか」

英斗が罵声に近い声で言った。

「残ってちょうだい」

「今後ぼくのすることに、いちいち口を出さないと誓ってください」

「わかったわ。おまえの勝ちよ。誓います」

鈴子が観念した顔で言った。

「終わった」

大河内が声を改め、宣言した。

「これでぼくも、来た甲斐がありました。いきなり押しかけてきて、礼儀もわきまえず浴びせた暴言の数々、改めてお詫びします。両角さんを責めないでください。彼女の身になにかあったら、ぼくが引き取って、最後まで面倒を見ます。それだけです。どうも失礼しました」

大河内が鈴子に向かって言い、希海に向かっては深々と頭を下げた。

「コングラチュレーション、きみたちの完勝です。見事な弁舌でした」

希海が笑顔になり、軽く拍手しながら言った。

「テクノラボの方も順調なようでなによりです。その喜びに水を浴びせるようで申し訳ないんだが、あなたはこれまで、だれのお金でここまで来られたか、考えてみたことはおありですか」

　虚を突かれて大河内がたじろいだ。

「十一歳の時アメリカへ渡られ、三十二歳で帰国するまで二十数年間、向こうで勉学された。少なからぬその留学費用は、どこから出ていたと思いますか」

「父親が用立ててくれました」

「東生さんはあのころ借金で首が回らなくて、とてもそんな余裕はありませんでしたよ。そんな東生さんを丸抱えにして、身ぐるみ面倒を見ていたのは、ぼくの父泰河です。東生さんにせがまれるまま、父が工面してあげていたのは、日本政府から出た金じゃありません。あなたの今日あるは、すべてかの国のお金のおかげなのです」

　大河内が顔をこわばらせて立ち尽くした。

「これは国の将来を担う有望な若者には、最大限の援助を惜しまないというかの国の基本理念の賜《たまもの》です。その恩恵に与って世界へ雄飛した人は、数知れぬほどたくさんいます。その恩を返せと言っているんじゃありません。大本は、お国のため、人のため、かの国の農民たちが食うや食わずで差し出した浄財から成り立っていると言っているだけです。ふつうに考えたら、だれかが無償で金を出すというのは、その人に利用価値があるからであり、出した以上の見返りがあると期待されているからなのですけどね。あなたにそれを果たせと言うつもりはありません。ぼくはあなたの基礎が、なんによって築かれているか、それを申し上げているだけなのです。どうも失礼しました」

　かすかに冷笑を浮かべて言うと、腰を下ろしたまま一礼した。

「どうやらぼくは、認識を改めなければならないことが、まだあったんですね」

大河内は鈴子の方に向き直り、自嘲的な言い方をした。

「あの人には経営の才覚なんて、爪の垢ほどもありませんでしたからね。あったのは、人を弁舌巧みに言いくるめ、自分たちの懐が痛まない金を引き出してくる才能だけでした。日中友好協会はじめ、いろんなポストにしがみついていたのも、すべてお金を引っ張り出すためだったんです」

「嘘でしょう、と言えないからつらいんだよなあ」

大河内が自虐的な声を張り上げて言った。それから希海の方に向き直った。

「その子供は十一歳のときに、ヘルニアの治療と欺《あざむ》かれ、パイプカット手術を施されてアメリカへ送り出されたんですよ。ぼくの子孫が、あなたたちの前に立ちはだかる怖れを、事前に取り除いたのです」

希海の顔から笑みが消えた。

「怨《うら》みごとを言ってるんじゃありません。ぼくは平気なんです。自分は母親から生まれてきたとは思っていませんから。どこかの木の股から生まれてきたと思ってるんです。木の股から生まれ、木の股から土に還《かえ》る。ただ十一歳の子供に、ありもしないヘルニア手術が適切であったかどうか、そのために生じた肉体的変調は、落としどころがなくていまでも苦しんでますけどね」

そう言い捨てると、英斗に帰ろうと顎をしゃくった。

「どうしてこんな方がここにいるの」

鈴子が表情を硬くして、三谷に顎を向けた。

「先日稲城の東輝クリエイティブへお見えになったとき、ラウンジでお目にかかりました」

「おやそうでしたか。気がつきませんでした」

「わたくしはしっかり見られたと思っていますけどね。研究室棟をご覧になったあと、ラウンジへ降りてこられたでしょう。ラウンジはそのとき、業者が来て床掃除をしている最中でした。掃除機のコードが床を這い、通行の妨げになると思ったお付きの人たちが、車椅子を持ち上げてコードを跨ごうとしましたよね。わたくしはこれまで、車椅子で介護を受けているお年寄りを何十人、何百人と見てきています。車椅子が持ち上げられたときのようすも見ているんです。足腰が萎《な》えている方は、そのとき姿勢が変わりません。物として、車椅子に載っかっているだけだからです。しかし奥さまはちがいました。背筋が立って、腕に力が籠められていたのです。車椅子が下ろされたときの衝撃を、無意識に庇《かば》おうとなさったということです。それで気がつきました。あ、この方の足は、健常なんだって。ひとりでいるときは、歩かれている。人目があると歩けなくなる。同情を呼びたいのか、見栄でそうしているのか、そういう人は少なくありません」

鈴子はなにも言わなかった。三谷は彼女に一礼してきびすを返した。

帰りのタクシーに乗っているとき、大河内が言った。

「夜八時に寝る、というのは本当だったんだろうか」

「なんとも言えませんね。わたくしでしたら、その時間、昼間できなかったことをします」

自分の役割は終わったと思うので、三谷はふたりを大河内邸で下ろすと、乗り継いで自宅に帰った。

四時からのパーティーには、もとより招かれていない。

その夜十一時近くになって、青柳から電話がかかってきた。

受話器を取ったが、青柳がしばらく話し出さなかった。

「申し訳ないんだが、これ以上協力できなくなった」

「どういう意味ですか」

「きみたちから手を引かせてもらうということだよ」

暗い声だった。感情が割合声に出てしまう人物なのだ。

「今後はおつき合いがなくなるということですね」

「そうなる。思いもよらないところから横槍が入ったんだ」

と言ったきり黙ってしまった。これまで経験したことのない心理状態に陥っているとわかった。

それで三谷も、つぎのことばを切り出さなかった。

「この前、コンベンションセンターの七番目に坐っていた眼鏡の男が、生方、深浦と、ひとつ写真に収まっているのを発見したと言っただろう。写真解析を専門にしている社員に判定してもらったら、八十五パーセントの確率で、ふたりは同一人物だという結果が出たんだ。AIがそういう判定を出したんだよ。つまり七番目の席に坐っていた男は、深浦希海の配下か、手の内のものという可能性が高い。調べてみたら、いまはない清華文書館に勤めていた、伍藤某《ごとうなにがし》という人物の名が浮かび上がってきた。現在はいくつかの学術団体の参与や、理事に名を留めているくらいだけどね。それでさるところから、伍藤某の資料を取り寄せようとしたんだ。今日の夕方のことだった」

またことばが途切れた。三谷は黙っていた。

「夜になって、知らない人物から電話がかかってきた。来年の四月で、ぼくは七十五歳になる。この仕事を後身に引き渡し、第二の定年を迎えるんだ。それを言われ、このまま円満に退職し、静かな隠退生活を送りたかったら、今日提出した人物資料の請求を引っ込めろと言われた。これ以上深入りはするなという警告だ。ぼくはそれに逆らえなかった。しょせん宮仕えの身なんだよ。これまで仕事一筋で、家のこと、子供、家計、すべてをワイフ任せにして、私生活はまったく顧みなかった。五十年を超える勤めから解放され、これからやっと、穏やかな暮らしに入れると、それを唯一の楽しみにしている老妻がいるんだ。いまになって、その期待を裏切ることはできない。それでいままでのことはすべてなかったものとして、今回の仕事から手を引かせてもらうことにした」

「わかりました。これまでお世話になってきた数知れぬご恩は、けっして忘れません。今後は青柳さんが、奥さまとともに、穏やかで、平和な暮らしに入られますよう、心からお祈りしております」

「ありがとう。手は引くが、困ったことがあったら、いつでも電話をくれていいんだからね」

とあらたにちがう電話番号を教えてくれた。緊急時や身の危険を感じたときは、引きつづき官憲の保護が受けられるよう手配はしてあるという。

「それから今回のことは、細田先生には言わないでもらえるかね。見栄かもしれないが、これ以上惨めになりたくないんだ」

最後はどうもありがとう、と言い合って電話を終えた。これまでのことを考えれば、もっとなにか言ってやるべきだったと、後になって思った。

24

素子が半年ぶりに家へ帰って来た。

七月終わりの夏のさかりのことだった。

時節としたら、もう一ヶ月後の方が、もっとよかったと思っているが、素子の表情がだんだん冴えなくなり、これ以上放置できなくなったから連れもどしてきたのだ。

その日は退院祝いということもあって、名古屋から次女の綾子も駆けつけ、娘ふたりに孫娘まで全員そろって、終日にぎやかに過ごした。

その分翌日からひっそりとした、ふたりきりの暮らしにもどった。

大河内テクノラボには、九月いっぱいくらいで退職したいと伝えてあったのだが、なんだかだで慰留され、期限なしであとしばらくつづけることになった。

個人介護の方は、いまもつづけているのは岡本町の芝崎園枝ひとり。それもあとふた月で終わらせてもらうと告げてある。

残るのは、友だちとして訪ねている寺前遼子ひとりになった。つまり職業としては、ほぼ終了してしまったことになる。

それでもいいと思っていた。いまの三谷にいちばん大事なことは、素子とのこれからの暮らしだからだ。

その素子は、表情、動き、ことばとも、病院にいたときとそれほど変わっていなかった。満足そうな顔でにこにこしているときもあれば、戸惑ったりいぶかしそうな目で周囲を見回したりして、現状を受け入れていないと見えるときもある。わが家に帰ってきたという実感と居心地を、それほど感じていないようなのだ。

素子がもどってくるに当たり、簡単な部屋のリフォームを施した。

まずリビングと和室の壁を取り払ってワンルームにし、床をフラットにした。畳は数を減らし、縁なしの琉球《りゆうきゆう》畳に取り替えた。浴槽には手すりをつけ、玄関の靴脱ぎには車椅子用のスロープを新設した。納戸の棚をつくり直し、不要になったものはかなり減らした。

改装については、事前に素子の意見を求めなかった。もともと自己主張はあまりしない女で、ふだんから注文をつけられることもなかったので、いつものやり方を踏襲した。

三谷としてはすべてを、素子にどうしたら快適に過ごしてもらえるか、それを第一に考えてしたつもりだった。

まだ足を引きずらないと歩けないこともあって、昼間の素子はワンルームにしたリビングでほとんどを過ごしていた。窓辺に素子お気に入りのワイチェアを据えてやったので、そこを自分の席だと思い込んだようだ。

前方に大きな高層マンションが三棟もでき、空はだいぶ狭くなったが、杉並の空はまだ十分に青かった。生まれが九州の田舎だったこともあり、素子は青くて広い空が大好きだった。

もともと頑健ではなかった上、子供のころ患った病気で跛行《はこう》が後遺症として残っていた。長じてからも、引っ込み思案の、おとなしい性格は変わらなかった。

職業として介護士を選んだのも、行動半径が少なくてすむと考えたからだ。

ただそういう性格だと、見方によっては、周囲のものの負担が増すと考える人も出てくる。事実職場では「なんでこの人とわたしが同じ給料なのよ」ということばを投げつける人がいた。

三谷が東京へ出て来て新しい職場へ入ったころは、権利を主張することが働くものの正義感と一体になっていたから、職場でも労組関係者が幅を利かせていた。素子の影は薄かったのである。

そういう立場だったからこそ、さらに影の薄かった三谷をより身近に感じてくれたのかもしれない。それが高じて夫婦になってしまったわけだが、そうなった自分の人生については、三谷は一度も悔いたことがなかった。

だからその後、腹立たしいことや不平不満が募ったときでも、二十歳前の自分まで思考をもどすことで、すべては些細《ささい》なことに過ぎないと、苛立ちを抑えることができたのだ。

だが自宅にもどって来て二日目、素子がはじめて三谷に言ったことばは忘れられない。

「それでわたしは、いつになったら家へ帰れるの?」

生まじめな顔をして言ったのだ。素子になんらかの意図があったとは思えない。そのときも、三谷が自分の夫であることは毫《ごう》も疑っていなかった。

だから三谷が説明してやると、すぐ納得した。夫のことばが正しいとわかったときは、いつも認めるのだ。その認識が持続しないだけなのである。

それもこれも、すべては自然の摂理だと思うことにしている。目の前にいるこの女が、自分の選んだ妻なのだ。これまで苦楽を共にしてきたし、それはいまもつづいている。

あとは一緒に老いて行くだけ、そこにためらいの入る余地はなかった。

「三谷孝さんでいらっしゃいますか。尾上鈴子さまからのご依頼を受けて電話しております、東輝記念財団の運転手で田中《たなか》と申します。いまちょっとよろしいですか」

という電話がかかってきたのは、素子が帰って来て四日目の月曜日、午後二時をすこし回った時分だった。

洗濯ものを取り入れ、風呂場を洗い、洗面所の水回りの掃除を済ませたところで、なんとなくほっとしていた。

「かまいませんけど、どういう御用でしょうか」

「じつは尾上鈴子さまが、内密でお目にかかりたいとおっしゃっているんです。ほかの人は抜きにして、ふたりだけでお会いしたいとおっしゃってます」

「それは、どうしてでしょうね。わたくしごとき人間に、用のあるというのが、そもそも理解できないんですけど」

「あいにくわたくしは、どのようなご用件なのか、内容まではうかがっておりません。奥さまがおっしゃるには、大河内牟禮さま、尾上英斗さまのおふたりには知られたくないご相談をしたいということでした。お時間にして一時間もあれば十分だとおっしゃってます。本日は会があって目白台《めじろだい》の椿山荘《ちんざんそう》に行っておられますので、できたらそちらへお出《い》でくださいとのことです。ご承知いただけるようであれば、これからわたくしがお迎えに上がります。そのあとも、わたくしが責任を持ってご自宅までお送りいたします。なにとぞご承諾いただきたいんですが」

ことばが多すぎる気はしたが、運転手だとすればしゃべり方に違和感はなかった。四十すぎくらいの、いかにも物慣れたサラリーマン口調なのである。

「わたくしの自宅まで、お迎えに来てくださるんですね」

「はい。ご住所はうかがっております。ただいま新宿からお電話しておりますから、三十分もあれば行けると思います」

今日は昼過ぎに咲子が出勤するとき、夕食の素材を差し入れてくれた。ポークソテーとアボカドのサラダで、おかげで今夜は献立を考えなくてすむ。

この前会ったばかりだから、鈴子の印象はまだ頭に残っていた。

厄介な婆《ばあ》さんだとは思ったが、それほど忌避感は覚えなかった。むしろどういう人物か、以前より興味が増していた。牟禮や英斗に内密の話というのも気にかかる。

それで申し出を受けることにして、承諾の返事をした。

電話を切ると、まず素子の様子を見に行った。素子はワイチェアにべったり腰を下ろし、レース編みをしていた。

入院中親しくなった看護師から教えてもらったとかで、帰ってからもそればかりやっていた。脳の働きと手先の動きとは別物なのか、けっこう込み入った模様を編んでいる。ただし出来映えとなると、首を傾げたくなることがしばしばあった。模様がどこか破綻しているのである。すべての細部にまで、神経が配れないということだった。

素子には声をかけないまま、自分の部屋にもどった。シャツを着替え、ジャケットを取り出した。

台所の火の元を点検し、靴の土埃《つちぼこり》を払った。スマホのバッテリーを調べ、ポケットに入れた。

二十分ほどしたら電話がかかってきた。

「ただいま、着きました」

田中の声だった。

降りて行くと、マンションの前に白い大型ベンツが止まっていた。

「田中でございます。本日はご承諾いただきましてありがとうございました」

丁寧に一礼してドアを開けた。

ご苦労さまですと声をかけ、三谷は後席に乗り込んだ。

車はすぐ動き出した。新青梅街道に出ると西に向かいはじめた。

「目白台へ行くんじゃないんですか」

「その前にちょっと寄り道しますので」

「この車、煙草臭いですね。ヤニの臭いが染みついてますよ」

「あ、そうですか」

田中がわざとらしい声で言った。

「東輝記念財団の車なんでしょう」

「お聞きちがえじゃありませんか。わたしは矢作実業と申しましたが」

薄笑いを浮かべて言うと、いきなり急ブレーキを踏んだ。身体ががくんと前へつんのめって、車は止まった。

つぎの瞬間、後席左右のドアが開き、両方から男が乗り込んできた。

パクチーの匂いがした。

左席へ乗り込んできたのは、矢作邸で会ったベトナム人の大男だった。右席には五十くらいの日本人、はじめて見る顔だ。

車は間髪を容れず動き出した。

身動きできなかった。

大男にがっちり両腕をつかまれていた。右から乗り込んできた日本人が、三谷の顎を強引につかんで引き起こした。にやついた目がのぞき込んだ。

「油断したな、このはったり野郎。女房は退院したし、本社のごたごたも収まった。それで四方丸く収まった、とでも思っていたのか。おめえはそれですんだかもしれんが、おめえの口車に乗せられたせいで、このご時世に失業した連中がごまんといるんだ」

濃い眉が目の前に広がっていた。描いたような眉だ。墨が入っているのだとわかった。

男はしゃべりながらも、持ち込んできたバッグを開けた。

アイマスクを取り出し、三谷の顔に被せた。それから耳栓、固いものが強引に押し込まれた。なにも見えなくなったと思うと、いきなり口をふさがれた。ガムテープを貼りつけられたのだ。

本能的に危険を覚え、抵抗しようとした。それを予期していたみたいに、大男が三谷を抱えていた腕に力を加えた。

叫び声を上げようとしたとき、鼻になにか被せられた。強い刺激臭がした。

恐怖に襲われ、ありったけの力で暴れようとしたが、動かなかった。足で蹴ろうとしたら殴りつけられた。

いやな臭いが脳を刺してきた。息を止めて吸い込むまいとしたが、長くはつづかない。強烈な刺激臭に襲われた。

気分が悪くなった。意識が混濁しはじめた。

気を失うのだと、かろうじてわかった。

このまま自分がいなくなったら、素子はどうなるだろうかと考えた。

それほど驚きも、悲しみもしないかもしれないと思うと、なぜだかわずかにほっとした。

そのときは無間《むげん》の闇に落ちていた。

25

歯を剥き出しにした男らが、入れ替わり立ち替わり少女の肉体に被さって息をはずませていた。下卑《げび》た笑いとけしかける声。泣いている少女の口を押さえつけ、声が外へ漏れないようにしている男。

校庭ではそのとき、ボール蹴りに興じている生徒の声がしていたのだが、体育館裏の部室の周りにはだれもいなかった。見張りがいて、だれも近づけさせなかったのだ。

数刻後、少女は黄昏《たそが》れはじめた野道を彷徨《さまよ》うような足取りで、ひとり帰って行った。泣いてさえいなかった。泣く力も残っていなかった。

自分がされたことを、だれにも訴えなかった。祖母とふたりきりの暮らしだったからだ。

気がついたときは身籠もり、処置できなくなっていた。

少女は十六歳で男子を産んだ。

少女から、なんの過程を経ることもなく、母親になった。

学校は、噂《うわさ》や中傷に耐えられなくなってやめた。

少女は町の外へ働きに出た。男の子は祖母が育ててくれていたが、祖母が亡くなると棲家を捨て、遠くの街へ行って働きはじめた。働きながら男の子を育てた。

恨み言も、泣き言も、弁明をしたこともなかった。笑い、泣き、無心に応えてくれる子供がいたから、その成長だけを生き甲斐にしていた。

わが子を見るときの満足そうな顔は、いまも男の子の脳裏に残っている。母親には敬愛と感謝の念しか持っていない。

思い出す母親の顔は、いつまでも若かった。三十二歳より年取ることがなかったからだ。

彷徨っていた闇の中から、すこしずつ意識がもどってきた。

固い床の上に横たわっていた。

皮膚を通して手足、上体へと、感覚がすこしずつよじ上ってきた。

頬がざらついていた。指先が床を探り当てている。

コンクリートの土間に転がされていた。

気分がよくないのは、嗅がされた薬品がまだ残っているからだろう。

ほかに異状はなかった。

頭、手、足、身体、すべて機能している。

目を開けた。真っ暗だった。

アイマスクはなくなっていたが、ガムテープはかまされたままだった。時間をかけて剝ぎ取った。耳栓も取った。

耳に神経を集中してみたが、物音はなにも聞こえなかった。自分を取り巻いている空間の気配が、闇に相当な広がりがあることを教えてくれる。

がらんとした空間だ。倉庫、ないし地下室のようなところ。垂れ込めている空気が動いていなかった。むっとしているが、それほど熱はこもっていない。むしろ空気は乾燥していた。

両手を伸ばして床を探り、そろそろと起き上がった。

鼻先がきな臭く、身体が熱っぽかった。嗅がされた薬品がまだ抜けきっていないのだ。

上体を持ち上げ、周囲の状況をうかがった。殴られた痛みは残っているが、それ以外のダメージは残っていない。

力を緩め、深呼吸をした。なによりも気力の回復が先だ。

遠いところで、バタンという音がした。かすかに伝わってきた金属音。スチールドアの閉じられた音だ。ということは、どこかに人間がいるのだ。

スマホがなくなっていた。腕時計、財布、カードケース、所持品すべてがなくなっている。ポケットも空っぽ、ティッシュペーパーからズボンのベルトまでなくなっていた。

靴は履いている。着ているものも変化なし。上着の下は半袖のカッターシャツだったが、あらためて気をつけてみると、わずかに肌寒かった。人工的なものではない自然の冷気だ。

都内ではないとわかった。それも夜だ。

東京からだいぶ離れた郊外の、山の中だという気がする。床も含め、建物を形成しているコンクリートが、都内ほど温まっていないのだ。

標高がかなり高い。

耳をすました。遠くで爆音のようなものがとどろいている。

車の走っている音だった。エンジンの回転音が、そのスピードを物語っている。

音は徐々に遠ざかった。

しばらくたつと、また聞こえてきた。そして消えた。

以後も何度か、それを繰り返した。ここが道路ないし街道から、だいぶ離れているということだ。

拐《かどわ》かされてからの時間を推測してみた。

意識を失っていた時間がどれくらいあったか、はっきりしないが、家を出たのは三時すぎだった。いまの腹の減り具合からすると、四時間か五時間経っている。

すると午後七時から八時くらいの間か。九時にはなっていないはずだ。

闇に目を凝らした。

真っ暗である。

とにかくこの闇に、目を慣らさなければならない。

息を数えながら闇を見つめた。

見えなかった。

いつまでたっても、闇が色褪せない。真っ暗なままなのだ。

さらに目を凝らした。

やはり見えてこない。

光がどこにもないということだった。

真の闇、漆黒のただなかにいる。

ほんの一筋でも光が忍び入ってくる状況だと、目が慣れるにつれ瞳孔がその明かりを察知し、周囲の光景をぼんやり浮かび上がらせてくるはずなのだ。

それが見えなかった。完璧な闇である。

恐らく地下室だろう。それも、どこともつながっていない、単独の部屋だ。

床に手をつき、前方に向かって這いはじめた。壁に突き当たるまで這った。

壁に行き当たった。立ち上がり、両手で壁を撫でてみた。

なにもない、コンクリートの、ただの壁だ。

壁を伝って、左側へ移動しはじめた。両手を拡げ、その間隔から部屋の大きさを推し測ってみる。

一辺が十メートルくらいあるとわかった。形は方形、スイッチの類はない。

つぎの壁面でドアを探り当てた。分厚いスチールドアだ。むろんドアノブをガチャガチャやったところで、なにも起こりはしなかった、出口がここだとわかっただけ。壁の下に二口コンセントが設けられていた。

つぎの壁面、さらにつぎと壁をまさぐり、部屋を一周した。

それから今度は、部屋の中に向かって足を踏み出した。

十三歩行ったところで対面の壁に突き当たった。歩行を妨げるものはなにもない。

正方形の、なにもない部屋に放り込まれている。

だがこれで、することがなくなった。すくなくともいまは、なにもできない。

ドアのところまで行き、腰を下ろした。

ドアの隙間に顔を押しつけ、外の気配を探ろうとした。五分以上そうしていた。

なにも伝わってこなかった。外の空気もまったく動いていなかったのだ。

ドアの傍らで横になった。なにもできない以上、いまは体力の維持をはかるほかない。

床が固くて、頭が痛かった。左の靴を脱ぎ、頭の下にあてがった。

とりあえず寝ようとした。

眠るところまで行かなかった。

しばらくすると靴音が響きはじめ、だれかやって来た。数人いる。

突然まぶしくなり、目が開けていられなくなった。

白い光が頭上でともっていた。蛍光灯の光だった。

ドアが開き、外の空気と廊下の明かりが差し入ってきた。まぶしさに目をしばたきながら、なんとか見届けた。

男が四人立っていた。

ベンツの右ドアから押し込んできた眉墨の日本人と、左から入って来て三谷を押さえつけたベトナム人大男、さらにふたりのベトナム人。この三人は矢作邸で見かけていた。

口ひげを生やした、小柄で、色の黒いベトナム人がなにか言った。三谷に向けてではなく、仲間へしゃべったものだ。むろん日本語ではなかった。

大男が嘲笑を浮かべてなにか言い返した。三谷を嘲笑《あざわら》ったとわかった。口ひげはにこりともしなかった。三人の中ではいちばん年長、といってもせいぜい三十半ばくらいだろう。

眉墨の日本人だけ中に入ってきた。

床に坐っている三谷を見下ろしながら、周囲をひと回りした。顔を近づけ、三谷のようすを観察していた。

それから床に落ちていたガムテープや耳栓を拾い集め、出て行った。

それだけだ。

声をかける間もなかった。

ドアが閉まり、明かりが消えた。

靴音が去って行くと、もうなにも起こらなかった。

今夜は終わりということだ。こうなったら腹をくくり、寝るしかなかった。

眠った。

考えることはいくつもあったが、いまはそれを言ってもはじまらない。とにかくときが来るまで、待つほかかない。

思考を先送りして眠った。

夜が明けたときは、目が覚めていた。

光が漏れてきたわけではない。闇の色がわずかに変わりはじめたと見ると、黒が濃い鼠《ねずみ》色となり、それも薄れてくると、いつの間にか壁の色となった。

壁面のかすかな濃淡や凹凸が見分けられてきた。まちがいない朝の光だった。

七時か八時ごろ、また足音がしはじめた。三谷は起き上がって待ち受けた。

明かりがついて、ドアが開いた。

顔を見せたのは、昨夜の四人だった。

ドアは開けたものの、中まで入って来ようとはしなかった。のぞいただけで閉めようとしたから、あわてて大声を張り上げた。

「トイレに行かせろ」

眉墨男に向かってなおも怒鳴った。

「それともここへ、垂れ流していいのか。その始末は、おまえたちがやらされるんじゃないのか」

眉墨男が口ひげとなにか話しはじめた。ベトナム語なのだろうが、三谷が聞いてもわかるほどブロークンな発音だった。

三人はしばらく言い合っていた。それから出ろ、と眉墨男が顎をしゃくった。

廊下に連れ出された。コンクリートの床が前面に延び、天井に蛍光灯がともっていた。左右にふたつ、倉庫か機械室と思われるスチールドアがあった。薄暗くて、空気が動いていない。まちがいなく地下室だ。

上階へ通じる階段があった。幅が狭く、脇にできたデッドスペースが荷物置き場にされていた。ステンレスのワゴンと、食品を入れるアルミケースが放置されていた。使い込まれた傷や凹み、汚れ、乾いた日向臭《ひなたくさ》さのようなもの。使われなくなって相当の日数が経っている。

この分だと閉鎖されて、一年くらい経っている。生きている物音は、ひとつも聞いていなかった。

いちばん前方にある部屋が、白く発光していた。ともっている明かりではない。室内のどこかに窓があり、そこから朝の光が差し入っているのだ。半地下室、あるいは傾斜地に建てられた建物だ。

階段下にトイレがあった。大男が明かりのスイッチを入れ、ドアを開けて顎をしゃくった。タンク式の腰掛け式便器がひとつ据えてあった。便器に腰を下ろし、用を足した。ドアは開けられたままだ。三人が見下ろしていた。日本人は姿が見えなくなっている。

水を流し、タンクから落ちはじめた水に手を伸ばした。両手ですくい、飲もうと口許へ持って行った途端、ノーと大声を出され、外へ引っ張り出された。

一滴も飲めなかったばかりか、拳で何度か小突かれた。引きずるように部屋へ連れもどされ、ドアが閉まると明かりが消えた。

濡れた手をしゃぶり、シャツやズボンの濡れに唇をつけて吸い、顔を湿した。

これでなにをされるか、矢作の狙いがわかった。

それは身の毛がよだつ恐怖にほかならなかったが、それならそれで、こちらにもするべき覚悟があった。

まず、腹を決めなければならない。その上で考えはじめた。

半日たった。

午後だいぶたったころ、足音が聞こえてきた。

明かりがともり、ドアが開いた。

入口へ立ちはだかるようにして、矢作隆造が立っていた。

ビジネススーツに身を包み、ネクタイを締めていた。なでつけられた髪、ピカピカの靴。左手の中指には金のリングまで嵌めている。

冷徹な顔をしていた。落ち着き払った目を三谷に浴びせ、中へ入って来た。

運転手の田中があとにつづいた。

矢作は三谷の一歩手前まで近づき、足を止め、悠然と見下ろした。三谷は床に足を投げ出した格好のままだ。

「あれほど人をコケにしてくれた以上、それなりの覚悟はしていたんだろうな」

きわめて平静な声で言った。

「おれは信義に厚い人間だ。受けた恩義は忘れんが、受けた屈辱も絶対忘れん。恩義には誠意を尽くし、屈辱には必ず報復する。この十二年間忠実な飼い犬となって積み上げてきた信用と実績を、おまえはおれの手からどぶへ捨てさせた。これほど惨めな屈辱は、これまで味わったことがない。絶対に忘れることができねえ。これから何週間もかけて、たっぷり思い知らせてやる」

と言いながら三谷の周りをひと回りした。

「ミイラか干物ができあがるまで、ときどき見届けに来てやるよ。せいぜい長生きして、おれを楽しませてくれ」

そう言い捨てて出て行こうとした。

「磯畑は見つかったのか」

背中に浴びせてやった。

矢作が振り返った。

「あの男は身ぐるみ剝がれて、東輝ファイナンスを追い出されたと思っているかもしれんが、大ちがいだぞ。億を超えるビットコインを隠し持っていた。それをこっそり処分して、行方をくらましたんだ。安楽な余生を送るには十分な金をつくり、安楽な余生を過ごせる安全なところへ逃げて行ったのよ。いまごろ鈴子はそれを知り、必死になってやつの行方を追っているはずだ。察するところ、おまえはその、磯畑探しの一員には選ばれなかったみたいだな」

「やっとおれとは関係ねえ」

「そうだろうよ。金庫番と運転手では、任されている役割がちがう。城代家老《じょうだいがろう》と駕籠舁《かごか》きでは、通される部屋からしてちがうんだ」

いきなり側頭部に激痛が走り、三谷は床に叩きつけられた。横から靴で頭を蹴り上げられたのだ。

罵声が炸裂していた。

踏んづけられた。足蹴にされた。倒れたところを、激高した靴がこれでもか、これでもかと襲いかかってきた。

頭と顔を手で庇うのがやっとだった。

「それくらいでおやめになった方がいいと思いますが」

田中の声がなかったら、そのまま蹴り殺されていたかもしれない。

完膚なきまでに打ち据えられていた。

激痛と同時に、この後待ち受けている責め苦の恐怖におののいていた。

これからじわじわと干物にされるのだ。ときどき水がもらえ、その分命は引き延ばされる。飢えや疼痛《とうつう》より、水なしで渇き殺される方がはるかに苦しい。食いものはなくても、十日や二十日は生きられる。だが水なしだと、一週間が限度だろう。いざとなれば、小便を飲んでも生き延びようとする覚悟はあるが、真の渇きの苦痛というものは、まだ経験したことがないのだ。

ずきずき責め苛《せさいな》んでくる痛みでうめき声を出しはじめたときは、ふたたび暗闇の中に放り込まれていた。

五体をわななかせていた。

打ち震えている。

この身を包んでいる暗闇の意味と恐怖が、これまでとちがったものになっていた。

これからが正念場で、それはたったいま、はじまったばかりなのだ。

うめきながら耐えていた。その声さえ途切れ途切れになりかけている。

眠っていたのか、気を失っていたのか、その境界すらはっきりしなかった。

声が出たのは、天井の蛍光灯がともり、それが視覚の痛みをさらに刺激してきたからだ。

ドアが開いていた。ベトナム人三人が立っていた。

大男が、ロングサイズの紙コップを手に持っていた。

水がなみなみと入っているようで、ぽたぽたとこぼれ落ちていた。

大男がにやつきながら紙コップを差し出した。

受け取るなりかぶりついた。一息に飲み干そうとした。

その途端、ぎゃっと叫んで吐き出した。

塩水だったのだ。

三人がゲラゲラ笑い出した。

26

朝を迎えた。

頭、顔、瞼《まぶた》、あらゆるところが悲鳴を上げていた。ずきずき、きりきり、がしがし、どくどく、痛みという痛みが勝手に自己主張している。

咽が渇いて死にそうだ。それでも死んだ方が、よほど楽だとは考えなかった。この痛みは覚悟して引き受けたものだからだ。矢作を挑発したのは、考えがあってしたことなのである。

我慢ならなかったのは、苦痛がうずくたび、残っている勇気と士気が奪われそうになることだ。

この先待ち受けている時間の重さが、泣きたくなるほど恐怖をあおってくる。

それでもまだ、百五十五センチの肉体を制御できているつもりでいる。

考えあぐね、疲れ果て、気絶と変わらぬ眠りを取りながら、望みを捨ててはいないのだ。

煉獄《れんごく》のような眠りと闘いつづけた。

気がつくと、頭上の明かりがともっていた。

朝の見回りに来たのだとわかった。ドアの向こうに三人立っていた。その姿がはっきり見えなかった。左目が開かないのだ。瞼が腫れ上がっていた。

三人とも退屈そうな顔をしていた。中には入ろうともせず、すぐドアを閉めた。

四つん這いになって向かいの隅まで行き、横たわったまま排尿した。臭いしょんべんだ。多分真っ黄色になっていると思われる。ほんのすこししか出なかった。

これを飲むことができるか。まだ飲む気にはならなかった。そこまで追い込まれていないのだ。

飢えは感じないことにしている。

空腹は苦痛の最たるものではない。緩慢な衰退だ。だったらそれに任せ、いまは時を稼いだ方がよい。どのみちほかにはなにもできないのだ。

素子や娘のことは考えないようにした。いつか、その記憶の必要なときが来るかもしれない。いまはまだ、そのときでない。

拉致されてからの、時間を考えてみた。

あきれたことに、まだ四十時間くらいしかたっていなかった。

なにもかもはじまったばかりなのだ。

誇りを失わず、どこまで耐えられるか。

いまは耐えるつもりでいる。だが本当のところは、そのときが来てみるまでわからない。

自信がなくなりかけていることはたしかだ。

刻の歩みがだんだん長くなっている。

一刻、一刻が、とてつもなく長い。

強がっている本音が、いまにも剝がれ落ちそうだ。ほんとうはとっくに打ちひしがれ、恐怖におののいているのだ。

身体を縮こまらせ、小さく呼吸し、エネルギー消費を最小限に抑え、過ぎて行く時間を数えていた。

意識の混濁がはじまりかけているのがわかった。

それを確認しながら、夜がくるのを待っていた。

頭がもうろうとしてきた。

眠っているのか、気を失っているのか、ときどきしか意識がもどらない。

やっと夜がきた。

明かりがつき、足音がして、見回りに来た。

ドアが開いた。

三人組だ。

それを見るなり、声を張り上げた。

「日本人を呼べ」

三人がこちらを見た。石ころがしゃべったとでも言いたげな顔をしていた。

「わかったか。日本人を呼べ、と言っているんだ」

大きな声を出しただけで、精力を使い果たした。気が遠くなった。

ほんとに気を失ったらどんなに楽だろう、と思いながら気を失った。

そんなに長い時間ではなかった。

まぶしくて目が痛くなり、甦生《そせい》した。髪を鷲《わし》づかみにされ、引き起こされていた。

いくつか顔がのぞき込んでいる。眉墨男の顔があった。

幼児だったころ、眉にインクの入れ墨をした男が近所に住んでいた。刑務所に何度も入っている乱暴者とかで、近隣からは怖れられていた。その男がなぜか、三谷には優しかった。

といっても顔を見たら「おう、ちび」とことばをかけてくれる程度でしかなかったが。そのほかの記憶はまったくないのだ。

眉墨男が三谷の頭を揺さぶって言った。

「おい。なんなのだ。なんの用があって、おれを呼んだ」

「矢作に伝えるんだ」

目をしょぼつかせながら、声を振り絞った。

「矢作が、なくした信用を取りもどす方法が、ひとつだけある。おれの持っているマイクロチップのフィルムだ。欲しかったら、ひとりでここへ訪ねてこい。おれの身になにかあったら、フィルムはおまえたちがもっとも望まないところへ送られる」

「はったりなんか、言うんじゃねえ。だったらなぜ、はじめに言わなかったんだ」

「時間があったからだ。三日間おれから連絡がなかったら、マイクロチップは自動的に、あるところへ送られる。その日限が、明日なのだ。すぐにしゃべらなかったのは、そのためだ。フィルムを矢作が手にするか、国家権力が手に入れるか、すべてはおまえ、つまり矢作の決断次第だと言うんだ。繰り返すぞ。おまえの名誉を回復させられるマイクロチップフィルムを、おれは持っている。欲しかったら、訪ねてこい。明日中におれからの通信がなかったら、フィルムはおまえたちを破滅させるところへ送られる」

言い切るだけで力尽きた。

眉墨男がさらになにか言いはじめたが、三谷はそれ以上しゃべれなかった。ひっくり返って、ひたすらうなり声と、うめき声を上げていた。よだれを垂らしたらもっと効果的だったろうが、口の中が乾ききってよだれは出なかった。

気がついたら暗くなって、ドアが閉まっていた。

それから先は、時間がどのように経過したか、まったく覚えていない。演技のつもりだったが、本当に混濁していたのかもしれない。自分で思っていたほどの体力は、残っていなかったのだ。

気がつくと起こされていた。

頭上で明かりがともっている。ことばをかけられ、頭を揺さぶられ、頬を叩かれた。

頭にぶっかけられた冷たい感覚が、水だとわかって甦生した。

水の入ったグラスを差し出されていた。

精いっぱい虚勢を張り、こぼれ落ちる水を見ながら、おもむろに口をつけた。

真水だった。

手がふるえて、止まらなかった。歯ががちがち鳴った。出もしない涙が出た。

目を見開き、一口ずつ、ゆっくり飲み干した。

砂漠に落ちた一滴の雨だった。

つぎの瞬間、猛烈な渇きと、飢えが襲ってきた。

全身全霊が水を欲しがって爆発した。うなり声を上げて叫び、五体をわななかせ、痙攣しながら泣きわめいていた。

押さえに押さえていた抑制の箍が外れ、歯止めがきかなくなって、わけがわからなくなった。

水、水、水と、わめき散らしていた。

マイクロチップが欲しかったら、もっと飲ませろ、と怒鳴り声を上げていた。

子供のように手足をばたつかせ、転げ回っていた。

興奮が収まったのは、力尽きて、それ以上動くことができなくなったからだ。

われに返ったときは、元の暗い部屋へ、放置されていた。

手にしていたコップはなくなっていた。

掌《てのひら》に残っている水の感触が、混濁のもたらした幻覚ではなく、現実の出来事であったことをわからせた。

とにかく生きていた。

半殺しから半生きへ、一歩くらいもどって来ることができた。

呼吸が落ち着き、冷静さを取りもどしていた。

精神状態ばかりか、活力まで甦《よみがえ》りかけている。コップ一杯の水が、気力と体力を復活させたのだ。

天井に頭を向けて横たわった。

目を閉じた。

呼吸を整えながら、先ほどの水が染み渡っているのを感じ取っていた。

わずかとはいえ、元気を取りもどしている。これまでなかった平安な時間が流れていた。それを快く感じる感覚まで甦ろうとしているのだ。

どれくらいたったか、明かりがつき、ドアノブが解錠されると、眉墨男が入って来た。

「顔を拭け」

と手にしたものを差し出した。

受け取ると、絞ったタオルだった。

拡げて顔にかぶった。戦慄が走るほど気持ちよかった。

「拭くだけだ。そんなものを食ったたって、水分の補給にはならん」

タオルにかぶりついたのを見て、男が言った。

「うまく答えたら、今夜も水がもらえる。食いものだって、もらえるかもしれん。そのときは、なにが欲しい」

「一口羊羹」

「なんだと?」

「コンビニで売ってる一口羊羹だ。一本でよい。当分それを、一本ずつくれ」

手軽で、食いやすく、カロリーが高い。甘くて、疲労回復に速効性がある。ふだんから非常食として、デイパックに常備している食いものなのだ。

顔を拭いた。いくぶん元気になった。

眉墨男が引っ込んだ。

二時間ぐらい、なにもなかった。

それから明かりがともった。

ドアが開くと、ベトナム人の口ひげが、折り畳み椅子を持ってきた。ドアのそばへ置くと、引っ込んだ。

それから三十分待った。

靴音がした。

矢作隆造が現れ、中へ入ってきた。

素肌の上に縦縞《たてじま》のブルーのシャツを着ていた。はだけた胸元に、ぶら下げている銀鎖が見えた。首が赤いのは、ゴルフの日焼けの跡だろう。履いているローファーが先日のものとちがっていた。

椅子を引き寄せて腰を下ろした。

三谷は部屋の反対側にいた。足を投げ出し、上体を左腕で支えながら、なんとか矢作の方へ向けていた。

矢作はなにも言わず、三谷を見下ろしていた。無表情で、目も光っていなかった。

「おれの方からは、なにも言う気がねえ。おめえが勝手にしゃべれ」

と言うと、椅子の背に体重を預けた。足を開いて、左足をすこし前に出していた。

「磯畑という男が、どういう仕事をしていたか、おおよそのことは、わかっていたと思う。磯畑亮一は、名も、立場もちがうが、戸籍上は尾上鈴子の子供だよ。大河内東生が尾上材木店の手代だったころ、鈴子づきの女中に手をつけて産ませた子だ。それがばれたときは、鈴子も、父親の尾上稀一郎も激怒し、東生はもうすこしで店から追い出されそうになった。だが、大店《おおだな》のメンツと、世間体が優先して、追い出すことまではしなかった。大河内東生が磯畑を認知し、手許に引き取って育てたのは、そういう事情があったからだ。東生は磯畑に専門教育を受けさせ、自分の助手として使った」

矢作の反応を見ながら話しはじめた。

「磯畑は以来ずっと、東生および東輝ファイナンスの金庫番として、自分に課せられた業務に携わってきた。東生亡きあとはそのまま、鈴子の金庫番となって、東輝グループの金の出し入れを一手に取り仕切った。鈴子は途中で何度か、自分の腹心を磯畑と替えようとしたこともあると思うのだが、それがもう不可能なくらい、磯畑はあらゆる金の動きに精通していた。磯畑が東輝ファイナンスの取締役社長に就任できたのは、それまでの功績に対する報償だったこともあるが、そうすることで磯畑を、金庫番から遠ざけるのがいちばんの狙いだったのだと思う。それはもう遅すぎたけどな。磯畑はそれから何年かは、東輝ファイナンスの社長として辣腕を振るった。ビットコインに投資して、莫大な利益を上げたのもそのときだ。調子に乗って自分の会社までつくったが、それが裏目に出て、儲けた以上の赤字を出してしまった。その赤字分を取りもどそうと、ビットコインで大勝負に出て、今度はぼろくそに負けた。自分の金だけでは赤字を補塡できず、会社の金に手をつけ、それがばれて、東輝グループから追放された。だがそこは、磯畑のことだ。無一文と見せかけて、何億円ものビットコインを隠し持っていた。そのコインを処分して、金を持ったまま行方をくらませた、というのが、今回の磯畑の失踪だったのだ。これまでの経過、わかってもらえたよな」

矢作の顔を見たが、反応はなかった。

「磯畑がビットコインを、まだ隠し持っているのではないかという疑いは、鈴子の側にもなかったわけじゃない。わかっていながら、強い態度には出られなかった。なぜか。磯畑を追い詰めすぎ、これ以上の窮地に立たせてしまったときの、反撃が怖かったからだ。開き直られ、報復手段を取られたらやぶ蛇だ。企業というものは、いかに税金を払わなくするか、節税対策に汲々としている。非合法、つまり脱税行為も当然するわけで、経理の腕の見せ所は、その脱税をいかにうまくやるかということにかかっている。脱税は、裏帳簿で処理され、表には出てこない。それを知っているのは、グループでも磯畑と鈴子だけ、いわば絶対的な企業秘密なのだ。五十年間の裏帳簿の記録を残してあるのが、このマイクロチップフィルムなんだよ。そういうものが国税局へ送られてきたら、国税局は大喜びするだろう。課税対象には時効があるから記録の大半は無効になっているが、時効にならないここ七年間の記録だけ見ても、十億や二十億はくだらない課税対象が見つかるはずだ」

そこで、声が止まった。三谷は矢作の顔を見ながら、言い直した。

「咽が干上がって、しゃべれなくなった。水をもらえないか」

矢作は表情も変えず、廊下に向かって「おい、だれか来い」と声を上げた。

口ひげのベトナム人が顔をのぞかせた。

「こいつに水を飲ませてやれ」

ベトナム人は消えた。数分もすると、水の入ったグラスを持ってきた。

入ってくると三谷に手渡し、三谷が飲み干すのを見ていた。飲み終わったグラスを受け取って、出て行った。

「ありがとう。すこし元気が出た」

礼を言って、三谷は話をつづけた。

「隠し持っていたビットコインを売り払えば、どこから出たかすぐわかる。これまで処分できなかったのは、そのためだったといってよい。今回その禁を破り、なんとかして現金化しようとしたのは、磯畑の側に、それほど切羽詰まった事情があったからだ。それはなにかというと、磯畑の身体を蝕《むしば》んでいた病気だ。正式な病名は知らないが、ガンか、それに近い病気を患っていた。しかも末期、恐らく、この夏を乗り切ることはできないだろうと見た。それくらい悪かったのだ。さらに磯畑は、このままでは死ねない事情をいくつか抱えていた。果たさなければならない義務もあれば、残してやらなければならない私情もあって、なんとしてもまとまった金が欲しかった。あれこれ考えた末に思いついたのが、ビットコインを抵当に、第三者から金を借りる方法だ。磯畑はそれをやった。そしてすべての負債を支払い、この世の義務や心残りから解放され、残った金を持って、二度ともどって来ない旅に出たのだ。いまごろは名前も変え、安らかな最期を迎えさせてもらえる、どこかのホスピスに入っているのではないかと思う。なぜわたしがそこまで知っているかというと、ビットコインを抵当に金策をし、支払いに同行して、身体の具合の悪さまで逐一見届けていたのが、このわたしだったからだ。その仲介と介護の礼として、これまで隠し持っていたマイクロチップをくれたのだ」

話し終えた。

たっぷり三十秒ぐらい、反応がなかった。

「それでお終いか」

つまらなそうに矢作は言った。

「長《なげ》ぇ時間の割に、内容のない話だったたな。それで、結論としてなにを言いたいのだ」

「そのマイクロチップを、おまえが手に入れるか、国税局が手に入れるか、それを決めるのはおまえだということだ」

「どっかで、聞いたことがある台詞だな。もしおれが、そんなのいやだ、と選ぶのを拒否したらどうなるんだ」

「磯畑は最後に別れるとき、こういう忠告をしてくれたよ。あの男に気をつけろ。必ず報復してくるぞとな。そこまで言われて、わたしが何もしなかったと思うか。会社の部下には、わたしと連絡が取れなくなったらこうしろと、ふたつの指示をしてある。ひとつが、デスクの引き出しの裏に貼りつけてあるマイクロチップを、国税局へ送るということ。その日限が、行方不明になって三日目、つまり今日だ」

「なるほどな。それでもうひとつは」

「わたしが行方不明になった事実を、東亜信用調査室の責任者、青柳静夫という人物に知らせることだ。東亜は内閣情報調査室の下部機構で、青柳も定年までそこに勤めていた。番町の英国大使館の裏にあるから、わたしの名を出して問い合わせてみろ」

「ずいぶんご大層な人物とお知り合いだな。その青柳とやらは、なにができるんだ」

「過去の事件の掘り起こしを、いちばん得意にしている。百年以上たった忘れられた事件も、名さえ挙げたら、真相を再検討できる文献資料を、たちどころに山ほどそろえてくれるよ。ここでは、それ以上言うつもりはないが」

まったく反応がなかった。矢作は瞬きしない目で、ひたすら三谷の顔を見つめた。その時間が異様に長かった。

矢作の肩が心持ち下がった。緊張を緩めたということだ。

「国税局への送付をストップするには、どうすればいいんだ」

「わたしから取り上げたスマホがあるだろう。それを使って、会社の部下にメールするだけでよい。無事だから心配するな。なにもせず、つぎの連絡を待て、と言ってやりさえすれば、送付されない」

「じゃあ、これから送信しろ」

「わたしをここから出すのと、引き替えだ。このままなにもせず帰してくれたら、その返礼として、わたしもここへ連れ込まれ、なにをされたか、なにがあったか、口をつぐんで、一切公言しないと約束する。お互いなにもなかったことにして、右と左へ別れられる」

「おまえにだけ、都合のいい措置という気がしてならんのだけどな。とにかく予防措置だけはしておくか」

矢作はそう言うと、廊下に向かって「だれか来い」と呼びかけた。

すぐ口ひげが顔を出した。

「この男のスマホがあるだろう。そいつを持ってこい」

五分以上かかった。やはり口ひげが持ってきて、矢作に手渡した。

矢作はしばらく、三谷のスマホをいじくっていた。青柳の名と交信記録を見つけたようだ。いくらか時間をかけて見つめていた。メールすべてに目を通し、アドレスもお終いまでチェックした。

「わかってねえみたいだが、今日はこないだと、立場がちがうんだ。いまのおまえは囚《とら》われの身で、おれと対等じゃないんだよ。生きて帰れるかどうかは、すべておれの胸三寸にかかっている。だれにメールするか、そこに坐ったまま言え」

感情のない声で、つまらなそうに言った。

「来宮義郎、大河内テクノラボの第一秘書、わたしの部下だ」

「来宮だな。よし、出した」

矢作が画面を操作しながら言った。

「文面を言え」

「三谷です。心配でしょうが、いまのところ、無事です。このまま、つぎの連絡を待っててください」

矢作がメールを打ちはじめた。慣れた手つきだ。

「打ったぞ」

「読み上げてくれ」

「三谷です。心配でしょうが、いまのところ、無事です。このまま、つぎの連絡を待っててください」

「いいだろう」

三谷が言うと、矢作が送信した。

「終わったんだな」

矢作が念押しして言い、三谷はうなずいた。

「だったらこのスマホは、もういらねえな」

そう言うとスマホを親指と人差し指でつまみ、頭の上まで掲げて見せた。

「いらねえよな」

さらに言って、矢作は指を放した。スマホは落下し、はずみもせず、横たわった。矢作が立ち上がり、足を上げて、スマホを踏んづけた。二回、三回と、まじめ腐った顔をして踏んづけた。

矢作は「ドク」と外に呼びかけた。

口ひげがやって来た。

「スマホを落っことしてしまったわ。こわれたかもしれん。片づけてくれ」

口ひげは黙ってスマホを拾い上げ、出て行った。

「マイクロチップがだれの手に渡ろうが、そんなこたぁもうどうだっていいんだ。磯畑がおれたちの前に出てくることは、二度とねえとしたら、そいつがどこにあるかは、だれも知らねえ。それがおれの手にあると、鈴子に匂わせることぐらい簡単だ。おめえのスマホ同様、そのマイクロチップも、もういらねえということよ。あと数日かけて、情勢の変化を見てみる。おめえの処分はそれからだ」

言い捨てると、出て行った。間もなく明かりが消え、ドアが閉められた。

その夜最後の見回りに、口ひげがやって来た。水の入った紙コップと、一口羊羹とを持っていた。ドアを開けるとなにも言わず、入口に置いて行った。

27

翌朝また、ドクが水と一口羊羹を持ってきた。

「トイレに行かせてくれ」

と言うと、すこし考えたが、うなずいて、出ろと顎をしゃくった。

あとふたりのベトナム人は、姿を見せない。

水を飲み干し、羊羹をポケットに入れて立ち上がった。

壁を伝い、そろそろと廊下に出た。

一歩ずつ、足を踏み出した。なんとか歩けた。

ドクは警戒するふうもなく、向かいに立って見ている。

先の方で声がしていた。あとのふたりがいるのだ。眉墨男はその後見ていない。

トイレに入り、便器に腰掛けた。

ドアは開けたままだ。ドクは廊下に突っ立って見ていた。

便意はあったが、なかなか出てこなかった。腸の中で干涸らびてしまったのだ。

うんうん言っていると、ドクがのぞきに来た。出ないのだと手真似すると、にやっと笑って顔を引っ込めた。

声を出して、いきみつづけた。

向かいの部屋のドアが開いていた。中で歓声を上げている声が聞こえた。

トイレを抜け出して、のぞきに行った。

部屋は厨房だった。ステンレス製の調理台が並んでいた。

シンク、戸棚、貯蔵庫、ガスコンロといったものがある。稼働していたときは、十人からのスタッフが働いていたと思われる規模だ。

廃墟感《はいきょ》はなかった。いつでも再開できる態勢で、時間が停止している。

ベトナム人三人が歓声を上げていた。はしゃいでいるのだ。

一歩中に入ってのぞき見た。

三人が笑いながら外を指さしていた。窓を開けて顔をのぞかせているのだ。

外が真っ白だった。

はじめ、窓に紙が貼られているのかと思った。白い色が貼りつき、色彩がなかった。

その白いものが、動いていた。窓から入って来て、三人の顔をふわっと包んだ。そのたびに彼らがはしゃいだ声を上げた。

乳白色の濃さに、濃淡があった。白色が薄れたとき、その中から墨色の樹木が浮かび上がった。

それでわかった。朝霧が立ちこめていたのだ。

ベトナム人がはしゃいでいたのは、こういう深い霧を、これまで見たことがなかったのだろう。

頭の中が瞬間的に切り替わった。

これなら逃げられる、と閃《ひらめ》いたのだ。

それから先は覚えていない。

気がつくと、脇の階段を、両手両足を使って這い上っていた。

一階に出た。

レストランになっていた。赤いクロスのかかったテーブルに、ひっくり返した椅子が積み上げてある。

奥の窓際の席で、テーブルに足を載せて、反っくり返っていた男がふたりいた。

はじめて見る、知らない男だった。

気配を感じたか、ふたりが顔を三谷の方に向けた。

びっくりして飛び上がった。

ふたりとも大きな叫び声を上げた。地下の厨房でそれを聞きつけ、ベトナム人が狼狽の叫び声を上げた。

三谷は正面に見えている玄関に向かって走り出した。回転ドアを潜り、よろめきながら外へ飛び出したのだ。

出るなり、左へ向きを変えた。

霧を通して、一面の笹原《ささはら》がひろがっていた。その中へ頭から飛び込んで行った。

霧が生きもののように激しく動いていた。

目の前すべてをかき消してしまうほど濃く立ちこめたかと思うと、つぎの瞬間さーっと薄れ、四、五十メートル先まで見えてしまう。

腰の高さほどある深い笹原と、ところどころ灌木林《かんぼくりん》があるだけの広大な原っぱだ。人工的な構築物はなにひとつない。

笹の中に頭から飛び込んで起き上がったときは、全身ずぶ濡れになっていた。

昨夜、雨が降ったのだ。

朝日が昇り、この霧が晴れてくるまで、あと一時間くらいあるだろう。その間に追っ手を撒き、安全なところまで逃げ切らなければならない。

笹原をかき分け、必死になって走った。

走って、走って、走りつづけた。

転びつ、まろびつ、踏み外しつ、つまずいたりしながら、ただただ走った。

いまこそ、体力と気力のすべてを振り絞るべきときだ。

その足が、情けないほど動かなかった。

加えて、なんという息苦しさ。

吸っても、吸っても、酸素が肺まで入ってこないのだ。息は切れに切れ、心臓がいまにも破裂しそうだ。

目眩《めまい》がした。気分が悪い。吐きそうだ。

意志がとうから、肉体を制御できなくなっていた。エネルギーを使い果たしていたのだ。

窪地《くぼち》に足を取られ、もんどり打って転んだ。

転んだ拍子に、水溜まりへ顔を突っ込んでいた。

その泥水をすすった。

生き返った。

水の冷たさが心地よかった。

頬を流れ落ちる水滴の、なんという甘さ。

萎えかけていた気力が甦った。

怒声と足音が迫って来た。笹をなぎ倒し、小枝を折りひしぎ、けものと化した剽悍《ひょうかん》な肉体と罵声が、耳元へ迫ってくる。

一段と深い霧が来た。

瞬間、足を止めた。

本能的にしゃがみ込み、地に伏した。

風と唸り声と地響きが、すぐ傍らを通り抜けた。

立ち上がれなかった。

気配がある。

笹の上に頭を出したら、いやでも見えてしまう。

彼らも足を止めていた。

三谷を見失い、霧を呪いながら、周囲に目を走らせている。

息を殺して停止している。

心臓が苦しくて、うめき声が漏れそうになった。

それに耐えて、息を止めた。

すべてを運に賭けていた。一瞬、一瞬、すべてが賭けなのだ。

ふたたび怒号。

笹をなぎ倒してなにか走ってくる音。

見つかった。

と気づいた瞬間、向きを変えて反対の繁みに飛び込んでいた。

這いつくばって走る。

上り坂だ。

四つん這いのまま駆け上がる。

息が切れ、体力が尽きて動けなくなるまで、やみくもに這い登る。

これ以上走れなかった。足が動いてくれない。

なんとかして息を整えようとするが、ブルドーザーの排気音のような息遣いしかできない。

耳をすませた。

声が途絶えていた。

追っ手が、声を出さなくなったのだ。声を出せば、自分たちの居場所をわからせると気づいたのだ。

動かず、ようすをうかがう。

わずかに呼吸が整ってきた。

そして、ぎょっとした。

気のせいでなく、霧が薄れつつあったのだ。

そっと、頭を持ち上げた。

三人の姿はまったく見えなかった。

五、六百メートルほど前方の丘陵に、五階建ての白亜の建物が浮かんでいた。
さっきまで閉じ込められていた建物だ。同じ形の窓が並んでいるところを見ると、レジャーホテルのような施設らしい。単独施設らしく、周囲に建物はまったくない。

ここがどこなのか、判断できるものはないか、目を凝らして周囲を見回した。

すぐ近くから声が聞こえた。

霧が流れ、周りの笹原が眼下に現れた。

そこに三つの頭が突き出していた。

そのひとつが、大声を出して三谷を指さした。

ドクだった。怒りで顔がふくらんでいる。大男がその下にいた。ドクと三谷との距離は百メートルとない。さらにもうひとり、左へ百メートルのところにいる。

見つかった、とわかったときは走り出していた。頭を下げ、四つん這いになり、上へ、上へと、ひたすら駆け上った。

後は振り返らない。

聞こえてくる音と気配に神経を集中し、その間にも相手との距離を測る。

気配がだんだん迫ってきた。ひとり、猛烈に足の速いやつがいる。

また向きを変えた。より傾斜の険しい方へ進路を変えたのだ。

頭を上げ、後方との間隔を測った。さっきよりすこし、距離が開いたように思われる。

とはいえ状況はさらに悪くなっていた。

目に見えて霧が薄れはじめていたのだ。

頭上を仰いだ。

霧の切れ間から、青い空がのぞいていた。真っ青だった。霧が出るときは、快晴なのである。

霧が猛烈な速さで、空へ帰りはじめている。

後方をうかがった。

状況は最悪。自分の体力が尽きてしまったのだ。

もう走れない。

霧がさらに薄れてきた。

その上這っていたつもりが、ほとんど立ち上がっていることに気づき、愕然《がくぜん》とした。

伸び上がって周囲を見渡した。

笹の丈が低くなっていた。

いままでは膝まで、身を隠せる高さがなくなっている。

ところどころ禿《は》げ地の、赤土まで現れはじめた。

笹原が終わろうとしていた。この先はもう、身を隠すものがないのだ。

絶望してうしろを振り返った。

先頭のドクまで、五、六十メートル。最前よりやや距離が開いていた。

つぎの男はドクから数十メートル遅れ、大男はさらに遅れている。身体の揺れから見て、上り坂を苦手にしているのがわかる。

それでわかった。ドクはとっくに追いつける足を持っているのだが、あえてそれをせず、後のふたりが追いついて来るのを待っていたのだ。

ホテルはすでに、小一キロ遠ざかっていた。いまや霧は、ホテルより下の、より低いところに溜まっているだけになった。

坂の上を仰ぎ見た。笹原はまだ残っているが、身を隠せる高さはない。しかも勾配は、この先ますますきつくなる。

下へ降りて行けば、まだ霧がある。

もう一度うしろを見た。先頭を来るドクが、足を止め、腰に手を当てて、三谷を見上げていた。笑ったのか、歯が見えた。照れ笑いだったか。これ以上距離を詰める気はないと、三谷にわからせてしまったのだ。

大男の、左右への揺れが大きかった。見るからに体力消耗度の大きそうな、身体の使い方だ。それを見て、ほんのわずか、気が楽になった。

髪の毛一本ほど気力を取りもどした。

必要とあれば何度でも、気力を取りもどすしかない。力のないものが強いものと渡り合うとしたら、持久力しかないのだ。

もはや姿を隠す必要はなかった。膝に両手を添え、一歩一歩、急坂を上がりはじめた。

空が明るくなってきた。

夏の日差しが降り注ぎはじめた。

霧は下方の、狭間《はざま》にしか残っていない。

なんとか急坂を上り切った。

尾根筋に出たことがわかった。

整備された登山道になっていた。ふたり並んで歩ける幅がある。

だが視界は、いっこう開けなかった。ここがどこなのか、位置をわからせてくれるものがない。富士周辺の丘陵のどこかのはずなのだが、その富士山がどこにも見えないのである。

うしろを見た。

ふたりが五十メートルぐらい下にいた。大男がその下三十メートルくらいのところ。前のふたりが、大男の追いついてくるのを待っている。

前方を仰ぎ見た。ここから先は勾配がゆるくなり、ほぼ真っ直ぐに上って行く。緩斜面が四、五百メートルつづくのだ。

問題はこの坂を上がりきる体力が、残っているかだ。

いまの体力で、あの頂上まで逃げ切れるだろうか。この坂を上りきったら、その先がどうなっているか、ここからはわからないのだ。

迷った。

尾根の反対側の斜面をのぞき見た。こちらは急峻な下りだ。濃い樹林に蔽《おお》われ、下はまだ深い霧に包まれている。

腹を決めた。

尾根道を乗り越し、反対側へ下りる急斜面に足を踏み入れた。姿を隠せるところというと、霧の中しかないからだ。

ものすごい急峻な下りだった。たちまち足を取られ、尻餅をついた。ずるずると何メートルか滑り落ちた。半ば転がり落ちた。

繁みや茨《いばら》が、これでもかとばかり、顔や手を引っ掻いた。シャツが破れ、腕に疼痛が走りはじめた。あちこち血がにじんできた。

上で声がした。三人そろって、尾根道へ上がってきたのだ。

三人とも、あわてたり、あせったりしていなかった。ドクの落ち着き払った声がする。

この男がリーダーなのだ。

三人で坂を下りはじめた。大男が大声を張り上げている。下りになって元気を回復してきたのだ。

霧の中から、水音が聞こえてきた。

谷があった。

小川が流れていた。雨樋《あまどい》くらいの細い流れだったが、水は澄み、小気味よい音を立てて流れている。

水溜まりを見つけると顔を突っ込み、心ゆくまで水を飲んだ。飲んで、飲んで、胃袋が張り裂けそうになるくらい飲んだ。

ポケットに、一口羊羹を入れていたことを思い出した。

取り出してみると、潰れてぐちゃぐちゃになっていた。しかも泥だらけだ。

銀紙を剝ぎ、そいつを食い尽くした。

かえって空腹に襲われた。

沢蟹《さわがに》を見つけた。

追いかけ回してつかまえ、口に放り込むなり、嚙み砕いた。味も糞《くそ》もあるものか。浅ましく食い尽くし、もっといないか、石をひっくり返して探した。いないとわかると、呪いの声を上げた。草木を踏みしだく音が聞こえてきた。追っ手だ。執拗《しつよう》にして確実、三人そろえば無敵の足取りだ。

精根尽きてしまった肉体を鞭《むち》打ち、また歩きはじめた。

谷伝いの下りになった。

ぬかるみに足を踏み入れることや、水を濁すことのないよう、細心の注意を払った。靴の跡も残してはならない。石や岩の上を渡るときは、音をたてないよう気を配った。

なんの収穫もなかった。

せっかくの配慮も、猟犬の鼻を狂わせはしなかったのだ。ほんのわずか足を止めただけで、三人はすぐに追ってきた。

谷を下り切った。

草原のような荒蕪地《こうぶち》が現れた。霧がうっすらと流れていた。

ところどころ段差があった。耕作を放棄された畑の跡だ。畑は四、五段にわたって高度を下げ、森の中へ消えていた。

辺りは深い樹林、視界は利かず、人家の痕跡も、電柱も、コンクリートの側溝のかけらすら見えない。

これを突っ切って森の中へ入って行けば、逃げ切れるだろうか、考えてみた。

逃げ切れないと判断した。

だったら霧の残っている森の中の方が、まだましだ。

足音を忍ばせて荒蕪地を横にたどり、草の中に伏せ、三人が来るのを待ち受けた。

三人の声が聞こえてきた。いまでは遠慮なく声を張り上げていた。

三谷がこの畑を突っ切って山を下りたかどうか、議論しているように思えた。

すこし行ってみよう、ということになったようだ。三人が林の中へ消えた。

三谷は匍匐《ほふく》して森にもどった。こっちにはまだしも、味方になってくれる霧が残っている。

だが歩き出して五分もすると、絶望的な呪い声を上げた。

三人の声がうしろでしはじめたのだ。

森の中まで追って行ったものの、三谷はこっちへ来ていないと見抜き、もどってきたのだ。こいつらは追跡のプロだ。猟犬さながら鼻で嗅ぎ分けている。

三十分後、渇いた谷の底へ追い詰められていた。

流れがなくなり、草木は消え、霧も跡形ないまで霧散していた。頭上からは真夏の太陽が、ぎらついた熱気を露骨に浴びせてくる。

眼前にそびえていたのは、角度が四十度以上あろうかという急崖だった。それが百メートル以上もの高さで、立ちはだかっていた。

この崖を上がり切ったら、その先になにが待ち受けているというのか。

うしろをうかがった。

声がしていた。これまでとちがう声だ。

休憩していた。なにか食っている。

たしかその辺りに、谷の源流を思わせる水場があった。最後の水場だ。

三人にはそれがわかった。それで足を止め、一息入れ、持参した食いものを食い、エネルギー補給をしていた。

一方自分にできることは……。考えるまでもない。逃げるしかなかった。尽きていた気力を無理やりほじくり出した。

壁に手を伸ばし、登りはじめた。

周辺の光景が見えなくなった。それくらい急峻な、孤立した崖だった。

登りはじめると、とうに体力を使い果たしていたと、すぐにわかった。

一歩上がるごとに、一分の休みが必要だった。登るごとに、休む時間が長くなった。

立木がなくなった。森林限界の上に出ていた。笹が消え、疎林と、矮性《わいせい》植物になった。カンバ、カラマツが現れた。

声が追って来た。

三人が下から見上げていた。

差は高度にして二十メートルとなかった。

三谷を指さしてしゃべっていた。白い歯が見えた。どうやって捕まえるか、あるいはどうやってホテルまで引きずって行くか、その相談をしているように見えた。いまや余裕綽々だ。

三谷はまた上を仰ぎ見た。頂上まで、まだ百メートル。

気分が悪くなった。

目がかすんで、見えなくなってきた。

鼻先が変な臭いに包まれてきた。自分の息の臭いだろうか。なにもかもが限界を超していた。

これなら捕まった方がましだと思った。

魔がさしたんだ。ほんの冗談だったたんだよと謝れば、許してもらえるんじゃないか。そんなことまで考えた。

最後の登りだった。

今度こそ、体力が尽きた。

岩が見えている。あれがてっぺんなのか。あそこまで行けば、登りはもうないのか。

出し尽くした力をさらに絞り出し、登った。腕と足、肉体と精神、それがばらばらになった。

それでも登った。

感じることすらできなくなった。なにをしているか、わからなくなっている。

追ってくる三人の息遣いが、真下で聞こえた。それだけが確実な現実だ。

ドクの黒ずんだ顔がすぐ下にあった。

こちらが二本の手、二本の足を総動員しているのに対し、ドクときたら二本の足しか使っていない。ときおり岩に手を添える程度だ。それでも最後の登りになり、さすがにきつくなってきたか、笑みが消え、犬のような顔になっていた。歯を剝き出し、罵声まで上げている。ドクの方も、最後の力を振り絞っていたのだ。

これまでと、異なるものが見えてきた。

景色がちがってきた。

壁を登り切ったのだ。

だが瞬時にして、それは絶望のうめき声へ変わった。

その先に、まだ山があったのだ。

登り切ったと思ったが、絶壁の途中でしかなかったのだ。

もう登る力は残っていなかった。今度という今度こそ、完璧に力尽きた。

絶望した。

下を見た。

ドクの顔が、ほんの数メートル下から見上げていた。

歯を剝いていた。尖《とが》った犬歯が見えた。

絶望して、空を仰いだ。

その途端、のけぞってひっくり返りそうになった。

目をみはった。

目の前に、富士が立ちはだかっていたのだ。

真正面だった。真向かいだったのだ。目と鼻の距離に、富士が屹立していたのだ。

剣が峰、大沢崩れが、手に取る距離に見えた。およそ、二十キロ。いままでこれほど近い距離から、富士を見たことはなかった。

その富士の下から、黒い頭がせり上がってきた。

ドクの頭だった。

手を伸ばせば届く近さに顔があった。首に巻いた金属のネックレスが光った。

富士を見た。真っ青な空が頭上にあった。

瞬間、頭のどこかで音がはじけた。

なにかが切れた。

抑えに抑えていたものが、ぷっつりはじけて飛んだ。

憤怒が爆発し、激情に突き上げられ、なにがなんだかわからなくなった。

それから先のことは、よく覚えていない。

足下でぎゃっと悲鳴が上がったのは聞いた。

足を滑らせ、ずるずる滑り落ちて行くドクの姿が見えた。

三谷が岩を抱えて投げつけたのだ。

投げた、と言えるほど勇ましい格好ではなかった。

なんとか持ち上げた石を、落としただけなのだ。

それを見たドクの顔が、恐怖で凍りついていた。三谷の突然の豹変《ひょうへん》が、信じられなかったのだ。

落とされた石をかわそうとしたが、ドクにも余力は残っていなかった。石を払い除《の》けようとして足が滑り、支えきれなくなって、滑り落ちて行ったのだ。

残るふたりにも、手当たり次第、石をつかんでは投げつけた。

ひとつとして命中しなかった。

それでもふたりを恐怖ですくみ上がらせ、判断を誤らせる効果はあった。ふたりは必死にかわそうとし、踏みとどまれず、悲鳴を上げて、転がり落ちて行った。

なぜもっと早く、石を投げることに気がつかなかったか。それまで、そんなことが自分にできるとは思いもしなかったのだ。

後になって、三人をすくみ上がらせ、判断を誤らせたのは、投げつけられた岩への恐怖ではなく、すさまじいまでに豹変した三谷の形相だったのだと、ようやく気がついた。それくらい凶悪きわまりない形相になっていたのだ。

たしかにあのときは、本気で、三人を殺すつもりだった。殺さない限り、自分を助けられないと、ようやく気がついたのだ。

富士山を発見した途端、内なる自分にあったなにかが一変した。なかったはずの力が憤然と湧き上がり、一抱えもある岩が持ち上げられた。

富士山のおかげだったと言うつもりはない。自分のどこかに、そういう狂気が隠されていたということだった。

28

二時間ほどかけて、山を下りた。

放棄された耕作地を通り抜け、藪漕ぎをして、最後は這って舗装道路にたどり着いた。

目の前に湖が広がっていた。

本栖湖だった。

キャンプサイトまで歩き、出会った登山者に助けを求めた。彼らが救急車を呼んでくれ、富士吉田市の病院に担ぎ込まれ、点滴治療を受けた。

山で道に迷い、足を踏み外して崖から転落、数日間意識をなくして彷徨っていた、ということにして押し通した。

午後には青柳が、駆けつけてきてくれた。

三谷を見ると抱きついて号泣した。

以後の手配は、すべて青柳がやってくれた。

監禁されていたホテルが調べられ、二年前から休業していた本栖湖スカイホテルというリゾート施設であることがわかった。

青柳はパトカーを呼び、すぐさまホテルに向かった。

途中でサイレンを鳴らしながら、火災現場に急行している消防車に出会った。

本栖湖スカイホテルが燃えていたのだ。

駆けつけたときは、火炎を噴き上げながら延焼中だった。

舞い上がる火の粉を前に、どうすることもできなかった。

人里離れた山中であり、消火施設はなにもない。火は四時間に亘《わた》って燃えつづけ、全館を焼き尽くして鎮火した。

火災に巻き込まれたものはいなかったようだが、現場にはだれも残っていなかった。

その後の捜査により、ホテル内の客室で、大麻を栽培していた痕跡が発見された。

末端価格にしたら数億円になろうかという大量の大麻が、三十いくつもの客室で栽培されていた。

同ホテルは休業後、中国系商社によって買い取られ、その後同国不動産会社に数回転売され、最後は同国投資会社に所有権が移っていた。

投資会社の説明によると、会員制リゾート施設としてリニューアルする計画が進行中だったそうで、秋から本格的な改修工事をはじめる予定だったという。

休業中のホテルは、同系列の管理会社に委託され、同社社員が常駐して管理に当たっていた。だが火災発生後、社員は行方不明となっており、現在に至るまで所在不明だ。管理会社なるものも、調べてみたらペーパーカンパニーだった。

「売買記録には出ていないのだが、同ホテルの売却交渉で、中国企業を紹介した人物として、矢作実業先代社長矢作徳一の名が上がっている。はじめは落合が、ここに監禁されていたのではないかと疑ったのだがね。状況が合わない。落合の遺体の解剖結果から、胃袋に肉類、揚げ物、サンドイッチや菓子パンといった炭水化物が確認されている。コンビニで売っている弁当だよ。それしか食わされていなかった。人里離れた本栖湖スカイホテルだと、調達に無理がある。西湖《さいこ》近くのどこか、空き別荘のようなところに連れ込まれていたと考えるのが、もっとも妥当だろう」

後日青柳がそう話してくれた。

「じつはコンベンションセンターにいた七番目の座席の眼鏡の男が、ほかの写真からも見つかったんだよ。日比谷公会堂の、ある政治団体の演説会に顔を出していた。いつも、はんこで押したように、同じ席に腰を下ろしている。どこからでも見やすく、わかりやすい席に坐っているんだ。それをどう考えたらよいか、散々考えた末、この男はなんらかの獲物をおびき寄せるための囮《おとり》、鮎《あゆ》の友釣りのときの囮の鮎だったんじゃないか、という推論にたどりついた。本隊は隠れたところにいて、この男を見守っている。掩護《えんご》が必要になったら出て行って、そこから先はべつの話になる。つまりこの囮役を果たしていた男が伍藤某《なにがし》で、清華文書館に出入りしていたのではないかと思われるふしがあるんだ。その縁で深浦希海の手下になっていたとすると、海外国際事業団にいた生方とのつながりもすべてが腑《ふ》に落ちてくる」

「落合さんのときは、深浦希海が、うしろで見張っていたんですね。落合さんは、自分がおびき寄せられた鮎だということに、気がつかなかったんでしょう」

「ベテランスタッフだったら、尾行を勘づかれたところで、即座に中止するんだ。それが鉄則なのだよ。落合はそういう対処法が身についていなかった。おまえが尾行していることはわかってるんだぞ、と匂わせてもまだ、無神経に追って来た。なんだ、こいつは、と向こうの恐怖心をあおったのが、反撃された最大の要因だったんじゃないかと思っている。清華文書館にいた伍藤でまちがいないと思うが、その後の確認作業はしていない」

突き止めたからといって、捜査の継続ができなくなった青柳に、できることはもうないのだ。わかった事実と、なにがあったかという記録を、後世のために残しておくだけだ、と無念そうに言った。

三谷は青柳と話し合った末、今回の事件は、今後とも口をつぐんで公表しないことにした。三谷の失踪そのものをなかったことにし、この件で当局の取り調べを受けたり、事情聴取をされたりしたものはいないということにしたのだ。

とはいえ最後にもうひとつ、念を押しておくことがあった。

事態がほぼ収拾した九月初旬、三谷は代々木上原にある矢作実業に電話した。平日の執務時間中にかけたのだ。

取次を頼むと、秘書は問い返しもせず、社長室へ電話をつないだ。

「おう」

声とも応答ともつかない音声が、受話器から聞こえてきた。

「三谷孝です」

と言うと、途切れたような沈黙に変わった。

「先日ご厄介になった件で電話しました」

「おれの方に話すことはねえ」

怒りの籠もった声が怒鳴った。

「聞いてください。約束を破ったかたちで逃げ出したことは、申し訳なかったなと思っています。窓から入ってきた濃い霧を見た途端、あ、これなら逃げられると思ったんです。その瞬間なにもかも忘れてしまい、気がついたら逃げ出していました」

「なんの用だ。それを先に言え」

「今回のことは、一切公表しておりません。そちらからされたことも、言うつもりはないということです。ですから今後とも、わたしのことでびくびくする必要はありません。お互い、なにもなかったことにして、きれいさっぱり、忘れてしまいましょう。それを伝えたくて、電話しました。合意してもらえますね」

「このくそ野郎めが。二回もコケにされたおれが、忘れるわきゃねえだろうが。絶対に忘れんぞ」

「過去を覚えておくのは、よいことです。忘れないことも必要でしょう。だからといって、それをなんらかの行動に移し、鬱憤《うっぷん》晴らしすることは、やめたほうがいいですよ。そちらがなにもしなかったら、わたしもなにもしません。あなたの安全は保たれます。地下室で青柳の名前まで持ち出し、わざわざ申し上げたこと、まさか忘れたわけではないでしょうね。金沢八景《かなざわはっけい》でケロシンをぶっかけられ、バーベキューにされた男の話は、いまでもネットをのぞいたら逐一わかるんですよ。この先わたしの身になにか起こったら、その事件はマスコミも思い出し、週刊誌やテレビが大喜びして蒸し返すでしょう、ということです。へたれの神奈川県警は必死になって否定するでしょうけどね」

反応がなくなった。ここまで言いたくはなかったのだが、自分や家族の身を守るためなら仕方がなかった。へたれの三谷孝だって、他人の弱みにつけ込むことぐらいできるのだ。

最後に三人のベトナム人はどうなりましたか、と聞いてみた。

当社にベトナム人なんかおらん、と矢作は答えた。

29

九月二十八日からの週の土曜日、三谷は山梨に大河内の山荘を訪ねて行った。

大河内からは金曜日もと誘われたのだが、素子がいるから二泊は無理だった。それで土曜日のみ、一泊にしてもらった。

はじめのつもりでは、自分の車を運転して、山荘までじかに乗りつけようと思っていた。しかし横山に着いた段階で、その無謀さがわかり、車は横山に置かせてもらい、あとは中島老人の車で送ってもらった。

横山の老人たちが乗り回していた軽自動車は、すべて四輪駆動車だったのである。

山荘へは二時過ぎに着いた。大河内が全身汗みどろになり、頭から水をかぶっているところだった。

大河内が瞑想をしている間に、三谷はバーベキューの支度をはじめた。

今日のため、三谷は素子の故郷から赤うしの肉を取り寄せて持参した。

大河内はボルドーのワインを持ってきた。

「高そうなワインですね」

「なに、もらいものです」

「わたくしはワインの味がわからないんですけど」

「ぼくだってわかりませんよ。発酵させたブドウジュースだと思って飲んでるだけです」

と言ってくれたから楽になった。ふたりそろって貧乏舌《びんぼうじた》なのだった。

「その後、奥さんの具合はどうですか」

「ありがとうございます。ときどきわたくしがだれか、わからなくなるみたいです。周囲の状況や前後のつながりから、まだなんとか思い出してくれますけどね」

「そのような状態になってまで、三谷さんに看取《みと》られている奥さんは幸せだなあ」

「わたくしだって幸せですよ。だってそう思うしか、自分を納得させられないでしょう」

「その通りでした。なにもかも、心の持ち方次第ですよね。三谷さんを見ていると、なんでも納得してしまうんだなあ」

このまえから、今年いっぱいで退職したい、と申し出てあった。

個人営業で行っている介護も、明石町の下村勇之助が終わり、岡本の芝崎園枝が終わり、いまでは無報酬で遊びに行く寺前遼子ひとりになっていた。

それが来月から、葛飾《かつしか》区在住の田所《たどころ》ともえという八十五歳の女性宅へ通うことが、先週決まった。

青柳から話の出ていた、いちばん気むずかしいというスーパー婆さんである。

会いに行ったら意外に気に入ってくれ、話し相手として、当分おいでなさいよということになったのだ。

期限なし。ただし気まぐれだから、もういいわよと、突然の掌返《てのひらがえ》しもあり得る。

尾上希海は、日本から出国して消息が分からなくなっていたが、最近日本にもどってきたという。

「ぼくのほうは、稲城から帰ってきた十四名に加え、テクノラボでもっとも有能なプログラマー六名を加えた二十名のスタッフで、あらたなプロジェクトを来月からスタートさせます。行く行くは、東大が中心となって行っている日本の量子コンピューター開発チームに、押し込んでやりたいと考えているんです」

「量子コンピューター開発競争に、いよいよ大河内テクノラボも乗り出すんですね」

「それほど大袈裟《おおげさ》な話じゃありません。量子コンピューターの開発方式には、超伝導方式、イオントラップ方式、半導体方式、光方式と、大別して四つの方式があるんです。現在の段階では、欧米が行っている超伝導方式とイオントラップ方式の開発がもっとも先行していて、ＩＢＭはもう製品の売り出しまではじめていますけどね。超伝導方式は、電気回路のチップを安定させるため、マイナス二百七十三度という絶対零度の巨大な冷凍機を必要としますし、イオントラップ方式も電子ピットを安定させる真空容器を、大量に用意しなければならない欠点を抱えています。東大グループを代表とする日本がすすめているのは、そういった冷凍機や真空容器といった巨大装置を必要としない、圧倒的に扱いやすい光方式なんです。一方で多くの課題や難問が山積していて、光方式はまだ、量子コンピューター開発の主流になっていません。ぼく自身は、特殊な装置を必要としない光方式が、もっとも優れていると信じているんです。開発できればの話ですけどね」

「成功するといいですね」

「原理的にできないと証明できないかぎり、できる可能性はあるというのが、ぼくのポリシーなんです。ただ量子コンピューターの開発となると、個人の金儲けレベルの話じゃありませんからね。こうなったらすこしでも国力増強のお役に立ちたいということで、わが社の開発チームを、より高いレベルのところへ移行させてやりたいと考えているんです」

「社長の発想には、自分ひとりのためではない、社会というものの存在がつねに働いていますね。素晴らしいことだと思います」

「それほど高邁《こうまい》な話じゃありません。ぼくの器が小さいだけです。自分の頭脳容量相当の金儲けを考えるのが、身の丈に合っているということですよ」

年内いっぱいで退職したいという話は、ここでもうやむやにされた。

「そんなに愛想尽かしせず、来られるときでいいですから、つながりだけは今後とも持たせてくださいよ」

「愛想尽かししているんじゃありません。社長はもう、わたくしを必要とされなくなっていますよ。成長された、という言い方はしませんが、つぎの地平へ移られたということは、言ってまちがいないでしょう。いまはまだ、それに気がついていないだけです。わたくしがいなくなって一ヶ月もすれば、あ、こういうことだったのか、と思い当たられると思います。むしろわたくしの方が、今後とも過去を引きずりそうな気がしているんです」

たしかに考えてみれば、三谷がこれほど大河内に肩入れしたり、親近感を持ったりすることが異常かもしれなかった。

大河内牟禮と三谷孝では、共通しているものが、あまりにも少なかった。むしろ相反しているものの方が多い。磁石の針の南と北だ。

いまの大河内牟禮を、大河内牟禮たらしめているものは、ときとして制御できなくなる強烈な性衝動であることはまちがいないだろう。その情念がエネルギーの根幹をなし、一瞬も足を止めようとしない未来志向の原動力となっている。

一方でそのエネルギーは飼い慣らすことができない狂気であり、身の破滅をもたらしかねないマグマを体内に貯め込んでいることにもなる。性癖が露見し、スキャンダルとして暴かれ、社会的に葬り去られる危機よりも、噴出そのものの変質で、人格が崩壊してしまうことの方を、より怖れるべきだろう。その爆発力をなしくずしに無力化させるためにも、大河内にはこの山荘が必要だったのだ。

三谷孝には、内部にそれほど煮えたぎるものがなかった。抑えがたい性衝動に苦しんだこともなく、強烈な欲望に駆られたこともない。三谷はこれまで、妻素子以外の女性と交渉を持ったことがないのだった。

そのような機会はなかったし、それを残念に思ったこともなかった。それより自分が、母親の胎内に宿された状況そのものに、トラウマないし負い目のようなものを抱きつづけてきた。なにをしていても、記憶中枢にどっかと居座っているその情景が顔を出し、あたかも重度の強迫観念であるかのように、三谷の行動を内部から規制しつづけてきたのだ。

これまでの人生を振り返ってみると、自分は過度の抑制に支配されてきた人間だと認めざるを得なかった。抑制が三谷の人格と一体となり、よそ見をする余裕さえ芽生えさせなかった。その意味で三谷は、周囲に目もくれず、猪突猛進してきた人間だったのである。

大河内と対極のところに位置しているようで、地平は同じだったということだ。

それでいて意識の奥底では、自分を呪縛しつづけてきた情念に、激しい嫌悪と憎しみを抱きつづけていた。

それがはからずも露呈し、殺意と残虐の権化となって爆発したのが、つい先日の出来事だったのだ。

三人のベトナム人に岩を投げ落として殺そうとした行為がまさにそうだったし、矢作の過去をほじくり出して脅迫したのも同じ情念から出ていた。

そこには悔いも、ためらいも存在していなかった。自己防衛という口実が殺意と脅迫に結びつき、善悪や倫理に出る幕を与えなかったのだ。

取りすましたふだんの顔の裏側に、百八十度人格のちがうもうひとりの自分が隠れていたということだ。この年になってはじめて知ったことである。

人はだれしもそういう矛盾を隠し持っているとはいうものの、いまごろ気づいたことが果たしてよかったかどうか。

あれ以後、三谷は鏡を見るたび、自分の人相が一変してしまったような戦慄に襲われている。願わくばその変化を、よりよい方向へ向けるべきだろうとは思っている。

すべてはこれからの、人生に対する覚悟のあり方なのだ。

わが身に起こることをなにもかも受け入れ、なおかつ律し切ることができるかどうか。問われているのは覚悟の内容なのだった。


年が明けた三月はじめのこと、三谷孝は尾上鈴子のオフィスに勤めていた両角あいこから電話をもらった。

鈴子から託されていた尾上オフィスの残務整理が終わり、このほど退職することが決まったので、最後の挨拶をしてきたのだった。

前年の秋、鈴子は自分が主宰していた尾上オフィスと、資本参加、株式保有という方式で関係していたすべての事業を終活、引退を表明して、渋谷区松濤の自宅も処分した。

そして十一月からは、南伊豆にある高級養護施設に身を寄せ、二十四時間の完全介護を受ける身となっていた。

引退するにあたり、鈴子は私財のすべてを自らが設立した『働く女性のための自立援護財団基金』へ寄贈した。

働いている女性、とくに子供を抱えているシングルマザーが自立できるよう、必要な資金と継続援助を無償で提供するという、博愛精神にあふれた慈善事業だった。

鈴子がなぜそのような基金を思いついたのか、本人がコメントしていないから不明だが、両角あいこの話によると、若いときからその考えはずっと頭にあったそうなのだ。

現在の鈴子は耳こそ補聴器の世話になっているものの、ほかはなにも問題なかった。日常の起居から食事、入浴、排便まで、すべて人の手を借りることなく、自力で行うことができる。

言語表現、意思表示も遺漏はなく、施設にとってはもっとも手のかからない入居者だという。

「こんなことを言ったらなんですが、表情も見ちがえるほど穏やかになられました」

両角から年賀状をもらったとき、そのような内容の近況報告が書き添えてあった。

それからわずか二ヶ月後の今日の話で、その後の雲行きが急速に変わってしまったことがわかった。

新年を迎えたあたりから、なにかしようとする意欲や、新しいものに対する興味が減退しはじめ、いまではほとんどなにもしなくなっているとか。

変わりがないのは食欲くらい。認知症初期の無気力症や軽い鬱状態が、目に見えて表れはじめているのだった。

「施設へうかがいましたときも、老衰の度合いが日に日に進行していると言われました。ですからお会いになられるとしたら、いまのうちにと、それもお伝えしておこうと思いまして」

「気が向いたときは、話されるんですね」

「一昨日お目にかかった段階では、わたくしの顔はまだおわかりになっていたと思います。しかしことばはもう出てこなくなっていました。表情が柔和になり、観音様のお顔に近づいているような気がしてなりませんでした」

「元気だったころとは、別人になってしまわれたんですね」

「はい。以前は怖くて、いつもぴりぴりしておりました。あの方とのお話は、プロセスというものがないんです。過程を素っ飛ばして、結果だけ。発端があって、途中の経過なしに、いきなり結論が出てくるんです。それが正確で、まちがっていないのですから、並の頭ではついて行けませんでした。方便というものが通用しないんです。いくらもっともらしい口実を用意しても、即座に見破られてしまいました。なんにもおっしゃらないときが、満足のしるし、それが最大の誉めことばだったんです」

両角との会話が終わってから、施設へ電話して問い合わせてみた。

「日ごとに気力が失われていることは、まちがいありません。自分のすべきことは、すべてなし終えたとばかり、穏やかに眠っておられる時間が、日に日に長くなっております」

というから、三谷もいまのうちに一度会っておこうと思った。

数日後、鈴子を訪ねて南伊豆へ向かった。

きれいに晴れ渡り、富士山がくっきり見える温かい日だった。

窓の外に目の覚めるような樹海が広がっていた。視界の端に、川奈ホテルゴルフコースのクラブハウスが見える。

鈴子は十畳ほどある個室の縁側で、車椅子に腰を下ろし、穏やかな日光を浴びながら、満足そうに過ごしていた。

二十四時間つき添いの介護女性が、「会話なさる時間が、日ごとに少なくなっております」と、寂しそうに言った。

三谷もすぐに、それはわかった。挨拶してことばを交わそうとしたのだが、反応はなかったのだ。

表情がなくなっていた。

能面のような顔に微笑を浮かべ、挨拶したら、うなずきは返してくれる。だが音声を消して見るテレビコマーシャルさながら、こちらの感情に訴えてくるものはほとんど感じられなかった。

「怒ったり悲しんだりすることはあるんですか」

「それもなくなられました。先月はまだ、テレビもご覧になっていたんですけど」

三谷は真向かいに椅子をすすめ、のぞき込むほど近い距離から顔を合わせた。

つき合いがあったとは言えない関係だったが、この女性にはほかの女性には覚えない温《ぬく》もりを覚えていた。

あえて言うなら親近感のようなもの。自分の母親に共通するものを感じていたのだ。

鈴子を特別視するつもりはなかった。ただどこかで同情しているものはあった。

そういう目でしか見られなかった。

いくら権勢を振り回したところで、しょせん男社会に翻弄された徒花《あだばな》、その力は限られたところでしか通用しなかった。

恵まれた商家のお嬢さまに生まれ、わがまま放題、気まま放題、奔放に生きることが許してもらえなかった犠牲者なのだ。

言ってしまえば負け犬なのである。

三谷は鈴子が、自分と同じギフテッドではなかったかと思ったこともある。

それはまったくの見当ちがいだった。自分の歩んできた経験から、一歩もはみ出したことのない人物でしかなかった。

鈴子の博覧強記の才能は、生来身に備わっていた本能ではなく、他動的に強制され、学習することによって会得してきた処世術に過ぎなかったというのが、なんとも哀《かな》しいのだった。

そういう葛藤もついに終わりを迎えようとしていた。

九十三年という歳月を積み重ね、鈴子はいま、ようやくここへたどり着いた。

もはや自分のことしか考えなくてよい究極の境地に達していた。仏の顔にもなろうというものだ。

これきり会えなくなってしまうのが、なんとしても残念だった。

だがこれが、別れというものだろう。人生で無限に繰り返されてきた日常生活のひとこま、それゆえ限りなく愛しいのだ。

「これまで、ありがとうございました。あなたとは、もっと親密なおつき合いをしたかったと思っているんですよ」

三谷は思いを込めて鈴子に言った。

自分の母親の顔は、はっきり覚えていると思っているのだが、それは象徴的な意味であって、具体的な人相となると、目に浮かんでくるものはいつもぼやけていた。

最後にどういうことばを交わしたか、それすら覚えていないのが口惜しくてならないのだ。

せめて鈴子との最後は、しっかり記憶にとどめておこうと思った。

三谷は立ち上がり、万感の思いを込めて頭を下げた。

鈴子は微動だにしなかった。穏やかな微笑を見せている。

「お別れします。さようなら」

もう一度言って、背を返した。

数歩行って、ぱっと振り返った。

鈴子が三谷を見つめていた。

目が合った。

鈴子の顔が、夜叉を思わせる形相で真っ赤になっていた。

それが一瞬にして、仏の顔にもどった。

それから鈴子はにっと微笑んだ。

三谷もおだやかな笑みを返し、もう一度声を張り上げた。

「ごきげんよう」

装画　六角堂DADA

装幀　岡本歌織（next door design）

【初出】

「1」～「7」　「STORY　BOX」2023年8月号

「8」～「29」　書き下ろし

志水辰夫（しみず・たつお）
1981年、『飢えて狼』でデビュー。83年、『裂けて海峡』で第2回日本冒険小説協会賞優秀賞。85年、『背いて故郷』で第4回日本冒険小説協会大賞、同作で第39回日本推理作家協会賞長編部門受賞。90年、『行きずりの街』で第9回日本冒険小説協会大賞受賞。2001年、『きのうの空』で第14回柴田錬三郎賞受賞。

編集　米田光良
幾野克哉

負けくらべ

二〇二三年十月八日　初版第一刷発行
二〇二三年十一月四日　第二刷発行

著者　志水辰夫
発行者　石川和男
発行所　株式会社小学館
〒一〇一－八〇〇一　東京都千代田区一ツ橋二－三－一
編集　〇三－三二三〇－五九五九　販売　〇三－五二八一－三五五五
DTP　株式会社昭和ブライト
印刷所　萩原印刷株式会社
製本所　株式会社若林製本工場

 ISBN 978-4-09-386695-8